Ellen Wittlinger • Hard Love

OMNIBUS

DIE AUTORIN Ellen Wittlinger, geboren 1949 im südlichen Illinois, begann ihre literarische Karriere mit der Veröffentlichung von Gedichtbänden. Später schrieb sie auch Theaterstücke und Romane. Erst seit ihre eigenen Kinder im entsprechenden Alter sind, schreibt sie auch Jugendbücher. Ellen Wittlinger lebt mit ihrem Mann und zwei Kindern in Massachusetts. »Hard Love« ist ihr erster Jugendroman bei OMNIBUS, weitere sind in Vorbereitung.

Ellen Wittlinger

Hard Love

Aus dem Amerikanischen
von Susanne Härtel

OMNIBUS XL

OMNIBUS XL
Junge Bücher mit Format

Band 25039

Umwelthinweis:
Dieses Buch wurde auf chlorfrei gebleichtem Papier gedruckt.

Deutsche Erstausgabe Januar 2002
Gesetzt nach den Regeln der Rechtschreibreform
Der OMNIBUS Taschenbuchverlag gehört zu den Kinder- & Jugendbuchverlagen der Verlagsgruppe Random House.

Die Originalausgabe erschien unter dem Titel »Hard Love« bei Simon & Schuster Books for Young Readers.
Übersetzung: Susanne Härtel
Lektorat: Frank Griesheimer
Umschlag: Klaus Renner
bm · Herstellung: Peter Papenbrok
Satz: Barbara Rabus, Sonthofen
Druck: GGP Media, Pößneck
ISBN 3-570-25039-X
Printed in Germany

www-omnibus-verlag.de

10 9 8 7 6 5 4 3 2 1

Für Kate und Morgan

Und für alle,
deren erste Liebe
eine schwierige Liebe war

KAPITEL EINS

Ich bin immun gegen Gefühle. Das war ich schon immer, solange ich mich erinnern kann. Was hilfreich ist, wenn die Leute an mein Mitgefühl appellieren. Ich habe nämlich ganz offensichtlich keines.

»Komm schon, John! Es bringt dich doch nicht um, wenn du mit mir zur Probe gehst«, bettelte Brian. »Ich mach so was nicht gern allein.« Er lief rückwärts zur Tür des Little Theater der Darlington High School und winkte mich heran, als wäre ich sein Golden Retriever.

»Hör zu«, sagte ich zu ihm, »ich kann nicht singen, ich kann nicht schauspielern und Musicals kann ich nicht ausstehen. Und dieses hier sowieso nicht. Es ist schnulzig.« Ich machte mir nicht die Mühe, ihn daran zu erinnern, dass ich eigentlich gar nicht in diese Schule gehe. Die Leute meinen zwar, dass ich da hingehe, aber das ist nur mein Körper, nicht *ich*. Brian kann das einfach nicht verstehen.

»Du sagst, *Sound of Music* ist schnulzig? Es geht darin um den Aufstieg des Dritten Reichs! Und dass man für seine Überzeugung einsteht –«

»Es geht darin um Berge, die lebendig sind, und singende Nonnen.« Als ob Brian auch nur das Geringste über das Einstehen für irgendwelche Überzeugungen wüsste. Brians absolut feste Überzeugung ist, dass eine Freundin ihn zu einem lebensfähigen menschlichen Wesen machen würde, aber lass ein Mädchen im Schulflur nur »Hi« zu ihm sagen, dann werden ihm schon die Knie weich.

»Wie kommt's, dass du dich plötzlich so fürs Theater interessierst?«, fragte ich ihn, obwohl es mir eigentlich egal war. »Du hast dich doch noch nie für ein Stück beworben.«

Brians Akne wurde weinrot, was seine charmante Art zu erröten war. Er blickte rasch den Korridor rauf und runter. »*Sie* bewirbt sich. Sie kriegt in den Musicals immer eine große Rolle, und alle sagen, dass sie diesmal die Hauptrolle bekommt.«

O mein Gott! »Wer?«, fragte ich, nur um ihn zu ärgern.

Brian rollte mit den Augen und kam ganz dicht an mich heran. *»Violet Neville«*, flüsterte er. Er war mir so verdammt nah auf die Pelle gerückt, dass er mir ihren Ekel erregend süßlichen Namen direkt in den Mund atmete.

»Wie alt bist du eigentlich?«, fragte ich und wich zurück.

»Wieso? Was meinst du?«

»Ich meine, dass du dieses blöde Mädchen seit der Sechsten anhimmelst. Sechs Jahre lang, Brian. Hör doch endlich mal auf! Du hast mit ihr noch kein einziges Wort geredet.«

»Hab ich wohl!«

»Hast du nicht. Glaubst du, nur weil du eine winzige Rolle in diesem Stück bekommst, wird sie dich ganz plötzlich bemerken? Du glaubst, dass Fräulein Maria plötzlich in Liebe zum Nazi-Soldaten Nummer sechs verfällt?«

Brian sah ziemlich geknickt aus, was zugegebenermaßen meine Absicht gewesen war. Ich bin ein ziemlich beschissener Freund. »Das hab ich nicht gesagt. Aber immerhin bin ich dann in ihrer Nähe. Sie proben zwei Monate lang jeden Tag nach der Schule.«

Die Sache ist, dass es mich regelrecht krank macht, wenn Brian sich so aufführt. Mit seinem Dackelblick – genau das ist es, genau so guckt er einen dann an. Oder wie so ein dürrer Köter, der nicht mal mehr mit dem Schwanz wedeln kann, so einer, der dir auf der Straße winselnd und hechelnd hinterherläuft, und du kannst dir nicht vorstellen, welche Hunderassen an dieser armseligen Mischung beteiligt sind.

Ich musste einfach abhauen. »Hör zu, ich muss weg. Ich hab heute Nachmittag was vor.«

»Gut«, sagte Brian sarkastisch. »Dein Leben ist ja *so* ausgefüllt. Du hast ja nicht mal ein Traummädchen.«

Ich musste lachen, was wahrscheinlich nicht die Reaktion war, die Brian erwartet hatte. Aber ich habe nichts dagegen, wenn er zurückhaut. Das ist der einzige Grund, warum wir überhaupt Freunde sind. Wir haben uns gleich vom ersten Tag an erkannt – zwei leere Seelen, die so tun, als wären sie normal. Zusammengezählt sind wir noch immer nicht mehr als eine Null, aber wenigstens hat unser Versagen einen Zwilling. Es klappt ganz gut. Mich stört's nicht, mit einem harmlosen Idioten rumzuhängen, und Brian hat nichts gegen einen witzigen Misanthropen. Und nach außen sieht's so aus, als hätte jeder von uns wenigstens *einen* Freund.

Natürlich hatte ich keine Lust, Brian mitzuteilen, dass mir mein Leben in letzter Zeit nicht mehr so gähnend leer erschien wie früher. Er würde nicht verstehen, dass Sachen, die jemand in einer Zeitschrift geschrieben hat, einen verändern können.

»Ruf mich später an, falls du Lust hast«, sagte ich. Das war das Mindeste, was ich tun konnte. »Sag mir, wie's gelaufen ist.«

»Fuck you«, sagte Brian, drehte sich um und ging ins Theater hinein. Mit hängendem Kopf, mit eingeklemmtem Schwanz. Wenigstens hatte er mich noch angemacht. Das war ein gutes Zeichen.

Interview mit dem Stiefvater

Junge: Sie möchten sich also für den Job als Stiefvater bewerben?

Stiefvater: Ja schon, wenn es sein muss. Ich würde jedenfalls gern deine Mutter heiraten.

Junge: Und ich möchte auf jeden Fall wissen, was für Qualifikationen Sie für den Job vorzuweisen haben, wenn es Ihnen nichts ausmacht.

Stiefvater: Ich dachte nicht, dass ich dafür irgendwelche Qualifikationen brauche. Ich will ja schließlich der Ehemann deiner Mutter werden, oder? Diese Stiefvatergeschichte hängt nun mal dran. Ich dachte nicht, dass ich dafür was tun muss.

Junge: Das *müssen* Sie auch nicht – nur, wenn Sie nichts dafür tun, dann könnte man Sie von meinem richtigen Vater gar nicht unterscheiden. Das wollen Sie doch sicherlich nicht.

Stiefvater: Oh, natürlich nicht. Ich bin froh, dass du mir das gesagt hast. Also, wenn er nichts tut, dann heißt das wohl, dass ich viel tun muss. Aber was für Sachen sollte ich denn tun? Mit dir zum Baseball gehen? Oder mit dir im Hof rumkicken? Oder gehst du gern fischen?

Junge: O Gott, nein. Wie wär's, wenn wir zusammen Mom ein bisschen reinlegen? Vielleicht könnten wir ihr ein paar Plastik-Kakerlaken ins Bett legen oder

Ahornsirup in ihre Shampooflasche füllen oder alle ihre Schuhe der Heilsarmee spenden? Das könnte uns vielleicht zusammenschweißen.

Stiefvater: Was? Das würde ich deiner Mutter nie antun! Was ist eigentlich los mit dir, Junge?

Junge: Ich glaube, ich brauche eine gestrenge, aber liebende Hand.

Stiefvater: Das sehe ich auch so, junger Mann, und ich werde hier sein, um sie dich spüren zu lassen.

Junge: Das glaube ich Ihnen gern. Und die haben Sie Ihren eigenen Sohn auch spüren lassen, stimmt's?

Stiefvater: Meinen Sohn? Also, meinen Sohn sehe ich nicht so oft. Der ist nicht hier, musst du wissen.

Junge: Auch nicht in Gedanken?

Stiefvater: Äh?

Junge: Lassen Sie uns mit dem Interview fortfahren: Sind Sie sich dessen bewusst, dass meine geliebte Mutter schnarcht, und zwar mit einer Lautstärke von sechs Komma zwei auf der Richterskala? Und wissen Sie auch, dass sie damals, als die Katze sie biss, zurückgebissen hat?

Stiefvater: Hör auf, Junge. Du lügst doch. Du verdienst so eine wundervolle Mutter überhaupt nicht, falls ich mir diese Bemerkung erlauben darf.

Junge: Dürfen Sie. Ich würde Ihnen sogar zustimmen. Aber sie, sie verdient mich. Denn immerhin hat diese wundervolle Mutter mich aufgezogen, nicht wahr? Hat mich zu diesem phantastischen Jungen geformt, der ich heute bin. Was Sie vor sich sehen, ist das Resultat ihrer harten Arbeit.

Stiefvater: Weißt du, was ich glaube? Ich glaube, du bist so wie dein Vater. Es ist nicht die Schuld deiner Mutter, dass du so verdorben bist – es ist die Schuld deines beschissenen Vaters.

Junge: Sir, ich glaube, Sie haben den Nagel auf den Kopf getroffen. Ich bin die exakte Kopie von diesem alten Langweiler: egoistisch und voller Scheiße. Der Preis für Ihre verständnisvolle Menschenkenntnis ist die Hand meiner Mutter. Möge sie lange winken.

Stiefvater: Hau ab, Junge. Solche wie dich brauchen wir hier nicht.

Junge: Genau meine Meinung.

Ich weiß auch nicht so genau, was das eigentlich aussagen soll – so würde ich jedenfalls niemals mit Moms spülwasserlauwarmem Freund Al reden –, aber irgendwie finde ich gut, wie es sich anhört. Es stimmt so, auch wenn es nie passiert ist. Genau das ist es, was mir am Schreiben gefällt. Sobald man die Wörter auf dem Papier stehen hat, in Buchstaben gedruckt, machen sie plötzlich Sinn. Es ist, als würdest du deine Gedanken nicht kennen, bis sie vom Hirn in deinen Arm und in deine Hand und aus deinen Fingern tröpfeln und dann auf dem Computer-Bildschirm erscheinen, und dann liest du sie und erkennst: Genauso ist es.

Das ausgedruckte *Interview* füllte drei Seiten meines Zine*, so dass ich dann insgesamt zwölf Seiten hatte. Nicht so umfangreich wie manche Zines, die ich gesehen habe, aber für eine erste Ausgabe lang genug. Vor allem, weil ich das Ganze bis morgen Abend, bevor Dad mich fürs Wochenende abholte, ja noch kopieren und zusammenheften musste.

Ich bin kein großer Künstler, deshalb sieht der Umschlag auch ein bisschen billig aus. Nichts als der Titel, *Bananenfisch*, in kunstvollen Buchstaben, für die ich Stunden gebraucht habe, und die Fotokopie eines alten Fotos von mir, als ich drei Jahre alt war und hinter einem Geburtstagskuchen sitze und wie verrückt schreie. Das noch mal kopierte Bild würde körnig sein, aber das war okay. Zines müssen so aussehen, selbst gemacht und schräg.

* Zines (amerik.): von Jugendlichen geschriebene, illustrierte Zeitungen, die meist in Szene-Plattenläden kostenlos ausliegen.

Ich blätterte noch einmal durch mein Exemplar von *Fluchtgeschwindigkeit*, ob ich vielleicht nicht doch etwas vergessen hatte. Das war das unglaublichste Zine von allen, die ich in den letzten Monaten bei Tower Records aufgelesen hatte. Obwohl der Umschlag aufwändiger war als meiner, mit ausgeschnittenen Schlagzeilen aus Zeitungen und schrägen Zeichnungen, wie man sie normalerweise in Zines findet, bestand das Blatt innen hauptsächlich aus Text, wildem, witzigem Text über alles Mögliche.

Die Autorin, jemand namens Marisol, hat so ein verrücktes Gehirn, das von einem Thema zum anderen springt, jedes noch seltsamer als das vorherige. Sie sagt, sie sei siebzehn, aber sie klingt viel zu cool für jemand, der noch in die Schule geht.

Sie schrieb davon, wie sie im Friedhof herumlief und sich vorstellte, dass alte tote Familien dort unten in der Erde sich noch immer stritten und rumkeiften, wessen Fehler es war, dass Junior es im Geschäftsleben nie zu etwas gebracht hatte, oder warum Eleanor, die doch so eine Schönheit war, in Liebesdingen so wenig Glück gehabt hatte. Sie brachte dann noch eine Liste von Schimpfwörter aus Shakespeare-Stücken und bat ihre Leser und Leserinnen, sich gegenseitig »grindiger, missgeschaffener Grützkopf« zu nennen, um wieder etwas »Biss und Romantik« in die Sprache zu bringen.

Da war auch ein Artikel mit der Überschrift *Warum meine Mutter noch immer einen Dorothy-Hamill-Haarschnitt hat*, worüber ich laut lachen musste, was so ganz und gar nicht meine Art ist. Der Kern dieser Sache war, dass ihre Mutter die Menschen daran erinnern will, dass Dorothy

Hamill (irgendeine Olympia-Schlittschuhläuferin aus den siebziger Jahren) ihr Vorbild sein sollte. »Mom hält es für ihre Lebensaufgabe, alle jungen Mädchen davon zu überzeugen, dass dicke Schenkel nichts ausmachen, solange man seine Mitmenschen scheu durch einen Vorhang aus frisch gewaschenen Haaren anlächelt. Sie meint, dass eine ordentliche, gerade geschnittene Frisur die Augen von einem zu tief liegenden Schwerpunkt ablenkt.« Und so ging es seitenlang weiter.

Dann war da noch eine Seite mit der Überschrift *Warum mein Vater sich noch immer alte Filme von Lawrence Welk auf Kabel ansieht.* Ansonsten war die Seite weiß, leer, nur ganz unten stand: »Manchmal bleibt einem die Wahrheit verschlossen.«

Mein Lieblingsartikel hatte nicht mal eine Überschrift. Er war auf der ersten Seite und fing gleich so an:

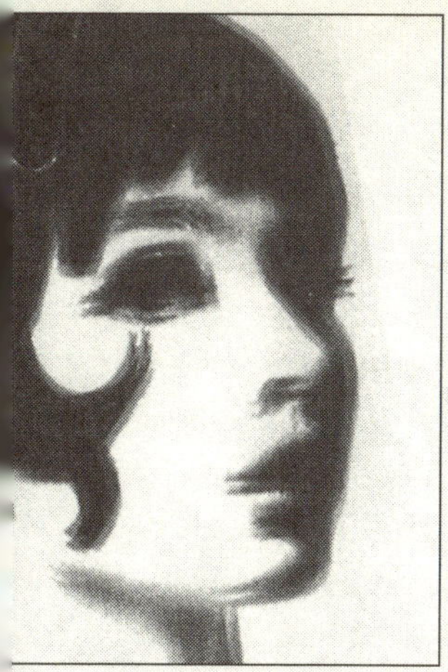

Ich heiße Marisol, was »bittere Sonne« bedeutet. Aber ich bin nicht bitter, weil das eine Zeitverschwendung wäre, und Zeit zu verschwenden ist eine der wenigen Sünden, über die man sich wirklich Gedanken machen sollte. Marisol, so hat man mir gesagt, ist ein sehr beliebter Name in Puerto Rico, wo ich nie gewesen bin. Meine leiblichen Eltern waren Puerto-Ricaner, und weil meine Adoptivmutter, eine weiße Yankee-Sozialarbeiterin, solchen Themen gegenüber sehr sensibel ist, taufte sie mich passend zu meinen Wurzeln. Mein Adoptivvater wurde in Kuba geboren, kam aber mit zwölf Jahren in die USA. Niemand ist amerikanischer als mein kubanischer College-Professor-Daddy. Mich zu adoptieren war für ihn eine Kleinigkeit, nachdem er schon ein neues Land adoptiert hatte und eine neue Sprache, neue Loyalitäten und ein neues Leben. Und so wurde ich Marisol Guzman, puerto-ricanisch-kubanische Nordamerikanerin, Cambridge, Massachusetts, eine reich-verwöhnte, lesbische, privatschulenbegabte und talentierte Autorin und Jungfrau auf der Suche nach Glück.

Gott! Wenn man so was liest, muss man es einfach glauben. Ich meine, das ist keine Klugscheißerin, die den Rest der Welt mit irgendeinem Käse beeindrucken will. Ich bewundere total, wie Marisol ihr Leben vor den Leuten einfach so ausbreitet, als würde es ihr gefallen, dass sie so seltsam ist, und als müsste es jedem, der nur ein bisschen Grips im Kopf hat, auch gefallen. Jedes Mal, wenn ich das lese, habe ich das Gefühl, als würde ich Schicht für Schicht in diese Person eindringen, bis ich tiefer in sie hineinschaue, als ich jemals in mich selbst hineingeschaut habe. So möchte ich auch schreiben. Vielleicht möchte ich sogar so *sein*. Jedenfalls ist klar, dass ich sie kennen lernen will.

Jetzt musste ich nur noch meinen Namen auf den Umschlag schreiben, dann wäre mein Zine fertig. Aber wer war sie eigentlich? Marisol war vielleicht gar nicht ihr richtiger Name. Vielleicht gefiel ihr nur das ganze Zeugs von der »bitteren Sonne«. Wie ich schon sagte: Man kann »wahrhaftig« sein, ohne ständig die Wahrheit zu sagen. Die Leute dachten sich für ihre Zines immer Namen aus, Namen wie Rattie und Tanker und Zünder. Auf keinen Fall würde ich »John F. Galardi jun.« drunterschreiben. John Galardi klang nach langweiligem Spießer, nach bescheuertem Streber. Und dieses Junior-Dingsda habe ich nie benutzt. Was soll das überhaupt? Das ist genauso, als würde man seinem Kind sagen: »Mein Sohn, du bist nur eine kleine Version von mir. Du bist nicht einmal einen eigenen Namen wert.«

Vielleicht sollte ich mich »Giovanni« nennen. Warum nicht? Ein Name, fremdländisch, ungewöhnlich, einprägsam, aber trotzdem fast mein Name – wenn ich in Italien geboren wäre statt in Darlington, Massachusetts. Ich schrieb es sorgfältig mit meinem Füller unten auf das Cover, mit nach hinten geneigten Buchstaben, so wie diese coolen Typen beim Gehen.

»Mom, ich brauche kurz mal den Wagen, okay?«

Mein Gott, sie saß wieder im Dunkeln. Ich hatte gedacht, das wäre vorbei, nachdem sie doch Al hatte, um Dad zu ersetzen. Sie hatte die letzten fünf Jahre fast die ganze Zeit, jedenfalls abends, damit zugebracht, auf diesem kratzigen, alten Sofa im Dunkeln zu hocken. »Ausruhen«, hatte sie es genannt, doch mir erschien es eher wie sich lebendig begraben. Aber dann gingen im letzten Winter die Lichter wieder an, was hauptsächlich eine Erleichterung war, nur dass jetzt auf dem Sofa gewöhnlich dieser glatzköpfige Mann neben ihr saß, verdammt dicht neben ihr, und dabei grinste wie Mister Proper.

»Es ist schon fürchterlich spät zum Ausgehen, Johnny«, sagte sie. Sie würde sogar um zwölf Uhr mittags sagen, dass es zum Ausgehen schon fürchterlich spät sei.

»Es ist doch erst halb neun. Ich muss noch was für die Schule kopieren. Wo ist Al?«

»Er kommt heute Abend nicht. Ich – denke nach.«

»Habt ihr –? Ist er –?« Mein Gott, wenn dieser furchtbare Typ sie abserviert hat!

»Nein, nein. Das nicht.« Sie streckte die Hand aus und knipste eine Lampe an, sodass wir beide blinzeln mussten. »Die Sache ist nur, dass Al mir einen Heiratsantrag gemacht hat.« Ein zuckendes Lächeln huschte beim Sprechen über ihr Gesicht, verschwand und kam wieder.

»Oh!« Keine Überraschung – ich hatte das erwartet.

Doch was zum Teufel sagt man, wenn die eigene Mutter so eine Ankündigung von sich gibt?

»Ich wusste, dass er dir einen Antrag machen würde. Ich meine, er ist so ein Typ, der heiraten will. Er war schon mal verheiratet.«

Ihr Gesicht zuckte noch immer. »Ja, wir sind beide *second hand*.«

»O Mom!« Ich begann, mit meinem Fuß gegen die Wand zu klopfen. Verdammt! Wie ich es hasste, wenn sie so was sagte. Dieses ewige Selbstmitleid! Leute lassen sich dauernd scheiden. Fast alle meine Bekannten hatten geschiedene Eltern. Viele jedenfalls. So war das Leben nun mal. Warum konnte sie sich nicht endlich daran gewöhnen? Ich hatte mich daran gewöhnt.

»Ich weiß nicht, was ich tun soll«, sagte sie. »Er war die ganze Zeit so wunderbar zu mir. Ich dachte, mein Leben sei vorüber, aber Al hat mich zurückgeholt.«

Noch mehr von dem kotzigen Zeug. Ich konnte es nicht ausstehen, wenn sie vertraulich mit mir wurde. Ich wollte weiß Gott nicht mehr als absolut nötig über ihr Verhältnis mit dem guten Al wissen. »Also, dann solltest du den Typ wohl besser heiraten«, sagte ich.

Sie lachte. »Du kannst das leicht sagen. Schon mal den Spruch gehört: ›Gebranntes Kind scheut das Feuer‹?«

»Nein.« Wie viel mehr von dieser Unterhaltung musste ich noch über mich ergehen lassen, damit ich den Wagen eine halbe Meile weit fahren durfte?

Sie nahm eines der Fruchtbonbons aus der Schale vom Couchtisch und drehte das Zellophanpapier fester um die saure Kugel. »Wenn ich ihn heirate, dann öffne ich mich wieder völlig. Und was hält ihn davon ab, dasselbe zu tun, was dein Vater getan hat?«

Ich klopfte mit dem braunen Umschlag gegen mein Bein. »Mom, der Laden macht gleich zu. Könnten wir ein andermal darüber reden?«

Sie starrte mich an, aber ich hatte das Gefühl, dass sie jemand anderen sah, vielleicht jemanden direkt hinter mir. Das fand ich leicht unheimlich. »Als du kleiner warst, da waren wir vertrauter miteinander. Bevor alles mit deinem Vater so schlimm wurde. Erinnerst du dich?«

»Mom«, jammerte ich. Ich wünschte, ich könnte einfach verschwinden, wenn sie auf diese Themen kam.

»Und jetzt kannst du mir nicht einmal fünf Minuten deiner kostbaren Zeit widmen. Mit wem soll ich denn über diese Sache reden? Mit meinen Fünftklässlern?«

»Und was soll *ich* denn dazu sagen? Ich kenne den Typ doch kaum. Wie kann ich dir dann raten, was du tun sollst?«

»Al hat versucht, dich kennen zu lernen.«

»Pass auf, ich habe keine Zeit, irgendwelche Leute kennen zu lernen, okay? Al hat schon einen Sohn und ich habe schon einen Vater. Warum die Dinge komplizieren?«

Sie seufzte und sah unglücklich drein, was nichts Neues war. Aber ich bin dagegen natürlich immun. »Die Schlüssel sind in meiner Manteltasche im Flur. Fahr vorsichtig. Das Leben, das du verschonst, könnte meines sein.«

```
Du Wurstberg, du Wollsack, du Wulst von
  Mann,
du zungendrescherischer, spitzer Stichler,
du mattes Hähnlein, schnöder Wicht,
du hahnreiischer, nichtswürdiger Tropf,
du scheckiger, lump'ger Hanswurst,
du verdammter, lästerlicher Hundsfott,
du übellauniges, schlecht gezogenes,
  buttermilchiges Muttersöhnchen.
```

Das Letzte passte bestens zu mir: *übellauniges, schlecht gezogenes, buttermilchiges Muttersöhnchen*. Marisol hatte eine Liste von Beleidigungen in Shakespeare-Sprache aufgeschrieben, für die ich mir eine Menge möglicher Gelegenheiten vorstellen konnte. Es machte die Beleidigungen sogar noch besser, dass die Beleidigten keine Ahnung hatten, was da eigentlich gesagt wurde. Man konnte mischen und vertauschen, wie es gerade passte. Ich konnte mir einige wurstbergige, schnöde, zungendrescherische Hundsfötte bestens vorstellen und nun hatte ich den richtigen Wortschatz für sie.

Je mehr ich ihre Sachen las, umso weniger konnte ich es erwarten, Marisol kennen zu lernen. Und das würde ich auch, sofern sie auf der Innenseite des Umschlags zu *Fluchtgeschwindigkeit Nr. 1* die Wahrheit gesagt hatte. »Wenn du dieses Zine magst und die Nr. 2 haben willst, schicke einen Dollar und zwei Briefmarken an unten angegebene Adresse oder geh ab Samstag, 2. März, bei Tower Records in der Newbury Street vorbei. Kostenlose Hefte im Eingangsbereich.«

Die Adresse war ein Postfach in Cambridge, aber die andere Information bedeutete ziemlich klar, dass sie die Zeitung irgendwann am Samstag zu Tower Records bringen würde, und ich würde dort sein.

Ich blätterte zurück zur letzten Seite in *Fluchtgeschwindigkeit* und las vielleicht zum zwanzigsten Mal die Erklärung des Titels: »Fluchtgeschwindigkeit: die erforderliche Geschwindigkeit eines Körpers, um der Anziehungskraft eines anderen Körpers zu entkommen.« Mir gefiel der Gedanke – der Augenblick, wenn man sich befreite, wenn man sich so schnell bewegte, dass man alle anderen zurückließ. Und ich stellte mir das Mädchen vor, Marisol, wahrscheinlich groß und muskulös, die einem Tornado oder so davonrennen konnte, die von einem Garagendach heruntersprang und tatsächlich fliegen konnte.

»Hier, Junge, deine Kopien sind fertig.« Die Frau lehnte sich über den Ladentisch und schaute zu mir hinunter auf den Fußboden, wo ich saß. »Fünfzig. Frisch und noch warm.«

Ich stand auf, als sie die Zahlen in die Kasse eingab.

»Hast du das alles geschrieben?«, fragte sie mich.

»Ja.«

»Und für wen hast du das geschrieben? Für deine Freundin?«

Wer konnte einem völlig Fremden nur so neugierige Fragen stellen? Immer wieder traf man Leute, bei denen man sich fragen musste, ob die jemals in ihrem Leben eine ergiebige Unterhaltung geführt hatten.

»Nein«, sagte ich. »Ich habe keine Freundin. Ich hab's für alle geschrieben, die es lesen wollen. Ich hab's für mich geschrieben.«

Sie schüttelte den Kopf, lächelte aber dabei. »Kinder«, sagte sie, als hätte sie gerade eben einen speziellen Einblick in diese Spezies erhalten.

Dann, als ich mir die Blätter unter den Arm packte und gehen wollte, kam sie mit der Nachricht des Tages heraus: »Viel Glück, Giovanni. Du bist in Ordnung.« Also wirklich, wie kommt sie dazu, so was zu sagen?

KAPITEL ZWEI

Es war schon elf. Ich hatte pünktlich im Eingangsbereich gestanden, als der Laden um zehn Uhr aufgemacht hatte, und ich kam mir schon richtig auffällig vor. Einer der Verkäufer hinter der Theke warf mir misstrauische Blicke zu. Ich überlegte mir, ob ich mich nicht hinsetzen und eines der anderen Zines, die neben mir aufgestapelt waren, lesen sollte, um nicht wie ein Ladendieb oder so was zu wirken. Aber was wäre, wenn ich mich in einen Artikel vertiefte und Marisol käme herein, würde die neuen *Fluchtgeschwindigkeit* abladen und wieder verschwinden, bevor ich überhaupt etwas merkte?

Mein Stapel *Bananenfisch* sah ziemlich billig aus im Vergleich zu manchen Heften hier. Aber trotzdem, ein paar Kids waren vorbeigekommen und hatten eines zusammen mit ein paar anderen Zines mitgenommen. Ich sagte nichts. Zum Beispiel sagte ich nicht: »Das hab ich geschrieben«, wie so ein geltungsbedürftiger Trottel, der meint, er sei eine Berühmtheit, nur weil er ein paar Seiten zusammengeheftet hat. Meine Adresse stand drin; sie konnten mir schreiben und mir sagen, wenn es ihnen gefiel. Oder wenn sie es blöd fanden – das konnte ja auch sein.

Ich schaute aus dem Fenster und versuchte zu erraten, welche Leute in den Laden kommen würden, welches Mädchen Marisol sein könnte. Aber als die Leute ständig vorbeisausten, bekam ich Kopfschmerzen, das Gegenstück zu denen, die ich gestern beim Abendessen gehabt hatte. Freitagabends bekomme ich immer Kopfschmerzen, aber normalerweise verschwinden sie, sobald mein Vater mich in seinem Apartment in Back Bay abgeliefert hat und weggeht. Der gute, alte Dad schafft es immer, an den Abenden der Wochenenden dringende Termine zu haben: Wohltätigkeitsveranstaltungen, Literaturabende, Partys von irgendwelchen wichtigen Leuten, wo er es sich nicht leisten kann, nicht hinzugehen. Jede Woche. Was für ein Witz!

Wahrscheinlich ist er mindestens die Hälfte der Zeit bei einem stinknormalen Date (oder wie nennt man das bei alten Leuten?), aber sicherlich denkt er, dass ein Date als Ausrede nicht gut genug ist, sein einziges Kind sitzen zu lassen. Allerdings lässt er fast nie das Abendessen am Freitag ausfallen – das ist seine Buße, eine Stunde pro Woche von Angesicht zu Angesicht mit mir. Aber sobald die Tortur unseres gemeinsamen Pizza-Essens vorbei ist, können wir beide das Wochenende so verbringen, wie wir Lust haben. Manchmal kriege ich ihn kaum wieder zu Gesicht, bis wir am Sonntagnachmittag in den Saab steigen und zurück nach Darlington fahren.

Natürlich erzähle ich das meiner Mom nicht; sie geht davon aus, dass wir das gesamte Wochenende zusammen verbringen. Sie würde durchdrehen, wenn sie die Wahrheit wüsste. Das Lügen ist kein Problem, weil sie mich nie über Dad ausfragt. Mir passt das total in den Kram, dass keiner mehr über den anderen Bescheid weiß; das erhält mir meine Privatsphäre.

Ich glaube, Mom möchte eigentlich gar nicht wissen,

ob wir gut miteinander auskommen. Hin und wieder ist sie ein bisschen neugierig, aber dann brauche ich ihr nur eine simple Geschichte von einem Kinobesuch oder Basketballspiel aufzutischen, und sie ist zufrieden. Als ich noch kleiner war, erzählte ich ihr einmal eine ausführliche Lüge, einfach so, wahrscheinlich um zu sehen, ob ich damit durchkomme. Etwas über eine Party, zu der mich Dad mitgenommen hatte und wo ich alle diese Tänzerinnen vom Boston-Ballett getroffen hatte und auch ein paar Schauspieler von der Amerikanischen Repertoirebühne. Ich zählte sogar einige bekannte Künstler auf, an deren Namen ich mich aus den Büchern erinnerte, die zwei oder drei Jahre lang auf Dads Couchtisch herumlagen, Bücher aus seinem Verlag. Als ich die Namen erwähnte, bekam Mom dieses vertraute Zucken im Gesicht, und ihre Augen wurden feucht, vielleicht weil das die Art von Leuten war, die sie immer getroffen hatte, wenn sie mit Dad ausging, oder vielleicht auch deshalb, weil sie nun ganz sicher wusste, dass ihr Sohn ein herzloser Lügner war. Ich weiß auch nicht. Danach gestaltete ich meine Lügen eine Nummer kleiner und weniger interessant.

Jedenfalls erzähle ich ihr nie, wie oft bei Dad irgendwelche Freundinnen übernachten. Ich selbst versuche, so wenig wie möglich von ihnen mitzubekommen. Dad hat immerhin mein Zimmer mit einem Fernseher, einem Videorekorder, CD-Player, Computer und einem Kühlschrank ausgestattet, offensichtlich in der Hoffnung, dass ich nun keinen Grund habe, es jemals zu verlassen. Unglücklicherweise muss ich trotz allem hin und wieder aufs Klo, aber ich schaue mich erst um, wo eventuelle andere Gäste sich befinden, bevor ich nachts kurz raussause.

Bis noch vor ein paar Monaten kam Brian manchmal übers Wochenende mit nach Boston. Früher, als mir noch jedes Mal die Wut im Hals steckte, wenn Dad mich nur etwas fragte, fand ich es einfacher, jemanden dabeizuhaben. Brian quatschte dann irgendwelches blöde Zeug, wie zum Beispiel, warum seine Mutter koschere Hotdogs kaufte, obwohl sie doch nicht jüdisch waren, und Dad und ich saßen zu Tode gelangweilt dabei, aber wenigstens mussten wir nicht miteinander reden. Doch in letzter Zeit kamen wir mit unserer eigenen bedeutungslosen Unterhaltung besser zurecht oder eigentlich eher mit unserem Schweigen.

Dazu kommt, dass Brian inzwischen ständig total durchdreht, was Mädchen betrifft, und das geht mir auf die Nerven. Brian findet, dass die weibliche Bevölkerung von Boston bedeutend cooler ist als die von Darlington (natürlich mit Ausnahme der sagenhaften Violet Neville). Er redet stundenlang nichts anderes. Wenn wir mal die Newbury Street runterlaufen, die ständig voller Mädchen ist – sämtliche Gattungen von Hippie-Studentinnen bis Möchtegern-Models –, dann sabbert Brian nur noch vor sich hin.

»Findest du das Mädchen hier hübsch? Magst du Piercings? Findest du nicht, dass sie aussieht wie die eine aus *Baywatch*? Findest du nicht auch, dass Michelle Pfeiffer schöner ist als Claudia Schiffer? Wenn du mit irgendeinem Model ausgehen könntest, welches würdest du dann nehmen? Mädchen mit roten Haaren sehen doch heiß aus, oder?«

Ich halt's nicht mehr aus, dieses ständige Gelaber über Mädchen und Sex. Ich habe einfach keine Lust, über so was nachzudenken. Vielleicht ist es ja unnormal, aber es interessiert mich nicht. Ehrlich gesagt mache ich mir deswegen manchmal etwas Sorgen, weil Jungs in meinem Alter eigentlich wie Brian sein sollten, also auf sinnliche Lippen und große Titten scharf sein. Aber für mich ist das Geheimnis weiblicher Körperteile eines, das ich nicht dringend lösen muss. Nicht dass ich was für Jungen übrig hätte – aber das ganze Getue um intime Geheimnisse oder Liebesschwüre interessiert mich einfach nicht. Ich kann mir nicht vorstellen, mich in jemanden zu verlieben, mich von ihr berühren zu lassen und mir Dinge anzuhören, von denen ich nicht wüsste, ob ich sie glauben soll.

Allmählich denke ich, dass ich wahrscheinlich niemals eine Freundin haben werde, was auch in Ordnung wäre. Die wenigen Male, als ein Mädchen tatsächlich mit mir geflirtet hat, ihren Kopf zur Seite neigte und über irgendeine blöde Bemerkung lachte, haben mich nur wütend gemacht. Mir kam das Ganze vor wie ein Spiel mit idiotischen Regeln. Zuerst lacht man, dann erzählt man eine nette Lüge, dann steckt man sich gegenseitig die Zunge in den Mund, dann sagt man sich etwas richtig Gemeines und Verletzendes, dann haut man ab und sucht sich eine Neue, die dieses Spiel spielen will. Ist das eine Beschäftigung für intelligente Menschen? Ich finde nicht.

Irgendwie ist es unfair, aber ich glaube, ich könnte viel leichter eine Freundin finden (wenn ich eine wollte) als Brian. Nicht nur dass der Typ sich in einen stotternden Schwitzsack verwandelt, sobald ein weibliches Wesen auftaucht, sondern er trägt auch noch weniger als 60 Kilo auf seinem 1 Meter 80 hohen Knochengestell durch die

Gegend. Er hat diese unglaublich lockigen Haare, die ihm vom Kopf abstehen, sodass er wirkt wie ein von einem kleinen Kind gemalter Baum. Wohingegen ich eigentlich ziemlich normal aussehe: Durchschnittsgröße und -gewicht, eine relativ niedrige Pickelrate und glattes, schwarzes Haar, gerade lang genug, um leicht unordentlich auszusehen (der Ihr-könnt-mich-alle-Gammel-Look). In der Fünften sagte ein Mädchen in meiner Algebraklasse, ich hätte Schlafzimmeraugen. Ich sagte zu ihr, sie habe Badezimmerlippen, und das war's dann. Aber zu Hause schaute ich in den Spiegel, um festzustellen, was für Augen ich tatsächlich hatte: dunkel und tief, kein Gewässer, in das man gern eintauchen würde.

Die Frau an der Kasse warf mir einen wirklich fiesen Blick zu. Zwanzig nach elf. Ich lehnte mich gegen die Wand und rutschte daran hinunter auf den Boden, von wo ich sie nicht sehen konnte, nahm eines der herumliegenden Zines, damit ich so tun könnte, als läse ich, falls sie herüberkam, um mich zu kontrollieren. Es hieß *Ohne Bedauern* und das Cover war knallrot mit schwarzen Buchstaben. Blöder Titel. Alle bedauerten irgendwas, auch wenn sie nicht darüber reden wollten. Aber das Zine sah aus, als könnte es trotzdem witzig sein. Ich las ein paar von den Gedichten auf den ersten Seiten – sie waren kurz und albern. Da war eines über Spargel und wie deine Pisse davon seltsam riecht, was mir echt Spaß machte, denn das hatte ich auch schon bemerkt, nur hatte ich das noch niemand sagen hören.

Ein Stapel von Zines knallte direkt neben mir auf den Boden. Ich schaute kurz mal rüber und stellte den Blick scharf: *Fluchtgeschwindigkeit*. Das musste sie sein!

»Entschuldigung«, sagte sie laut. »Hab ich dich gestoßen?«

Sie redete mit mir. »Ehm, nein.« Kein bisschen so, wie ich sie mir vorgestellt hatte. Klein, fast winzig, aber ihre Stimme war voll. Sie trug diese plumpen, schwarzen Stiefel, die Mädchen anscheinend so lieben, aber sogar damit sahen ihre Füße höchstens ein Drittel so groß aus wie meine. Sie trug schwarze Jeans und eine schwarze Lederjacke, auch ihre Haare waren schwarz, etwa schulterlang und mit so spitz zulaufenden Strähnen, dass es aussah, als würden sie ohne die schützende Jacke ihr ins Fleisch piksen. Ich war so sicher gewesen, dass sie groß sein würde – so hatte ich sie mir vorgestellt –, irgendwie beeindruckend und vielleicht sogar einschüchternd.

Ich muss wohl gelacht haben oder geschnaubt oder sonst was. Ich war einfach überrascht. Sie fuhr herum und sah mich wütend an.

»Ist was?« Ihre Stimme war genau wie ihr Haarschnitt, scharf und gefährlich. Groß oder klein, sie *war* einschüchternd.

»Nein, nichts«, sagte ich und hob die Hände, um ihr zu zeigen, dass ich nicht bewaffnet war. »Bist du Marisol? Die *Fluchtgeschwindigkeit* schreibt?«

Sie neigte den Kopf und starrte mich nun aus den Augenwinkeln an. »Ja, und? Was dagegen?«

»Nein, nichts. Ich meine, ich bin heute gekommen, um das neue Heft zu holen. Und dich zu treffen.«

Sie drehte sich um und schaute mich nun direkt an, die Hände an den Hüften. Sie erinnerte mich an einen winzigen East Clintwood oder so. »Woher wusstest du, dass ich komme?«

»Das steht im Zine: Nummer zwei gibt es am 2. März und das ist heute.« Allmählich kam ich mir blöd vor, vom Boden zu ihr raufschauen zu müssen, also rutschte ich mit dem Rücken an der Wand wieder nach oben, bis ich über ihr aufragte, obwohl ich nur einsachtundsiebzig groß bin. Sie trat einen Schritt zurück.

»Also, ist Marisol dein richtiger Name oder ein Pseudonym? Du weißt schon, ein Name, den –«

»Ich weiß, was ein Pseudonym ist. Ich bin doch nicht blöd.«

Irgendwie lief das Ganze nicht so gut. »Also ist es dein Name?«

»Bist du vom FBI, oder was? Ja, es ist mein Name, okay?« Sie hievte den schwarzen Rucksack auf ihre Schultern und wandte sich zum Gehen.

»Also –« Ich wusste nicht, was ich noch sagen könnte. Hier vor mir war nun diese Person, die all dieses phantastische Zeug in *Fluchtgeschwindigkeit* schrieb, und mir fiel nichts Richtiges ein, um sie zum Bleiben zu bewegen. »Nimmst du keines von den anderen Zines mit?«

Sie hob die Schultern. »Ich hab diejenigen abonniert, die ich mag. Wenn ich das ganze Zeugs hier lesen würde, hätte ich keine Zeit mehr, selbst was zu schreiben.«

Ich gab nun meine vornehme Zurückhaltung auf und hielt ihr ein Exemplar von *Bananenfisch* hin. »Vielleicht gefällt dir dieses hier.«

Marisol verdrehte die Augen und nahm das Heft mit spitzen Fingern entgegen, als wollte sie sich die Hände nicht schmutzig machen. Sie blätterte die ersten Seiten durch.

»Es ist von mir«, sagte ich.

»Echt wahr? Was für ’ne Überraschung.« Aber immerhin las sie weiter.

»Nimm es doch mit. Kostet nichts.«

»Nicht zu glauben!« Sie schlug das Heft zu und betrachtete den Umschlag. »Also, Giovanni. Ist das dein Pseudonym?«

Sie war wie eine Granate, die im nächsten Moment in meiner Hand losgehen würde. Wie zum Teufel konnte ich ihr jetzt sagen, dass ich John hieß? Heutzutage hieß niemand mehr John – das war ein Fünfziger-Jahre-Name. Ein Name für einen bescheuerten Onkel.

»Meine Familie ist italienisch«, sagte ich und umging das Thema. Keine *ganze* Lüge. Galardi ist ja schließlich italienisch, obwohl wir schon vor sechs Generationen den Hügeln der Toskana den Rücken gekehrt hatten.

»Tatsächlich? Ich bin eine puerto-ricanisch-kubanische Yankee-Lesbe, also liege ich auf der Exotik-Skala bedeutend höher als du, Giovanni-Italiener.« Sie gab mir mit meinem eigenen Zine einen kleinen Schlag auf den Arm. »Gut, ich nehm das mit nach Hause und schau’s mir an.«

Diesmal wandte sie sich wirklich um und ging schnell durch die Drehtür, ohne sie auch nur zu berühren.

Ich schnappte mir ein Exemplar von *Fluchtgeschwindigkeit Nr. 2* mit der Hand, in der ich immer noch *Ohne Bedauern* hielt, und rannte aus der Tür. Sie war schon einen halben Häuserblock weit die Newbury Street hinuntergegangen.

»Warte doch mal!«, rief ich und rannte hinter ihr her. »Wie wär’s – willst du mit mir ein Eis essen oder so? Und dich unterhalten?«

Marisol wandte sich um. »*Eis essen?* Hier draußen friert

einem doch alles ab! Was willst du? Versuchst du, mich anzumachen? Ich hab dir doch gesagt, dass ich eine Lesbe bin.«

»Überhaupt nicht«, sagte ich leicht beleidigt. »An so was bin ich nicht interessiert. Ich meine, es ist sogar besser, dass du lesbisch bist. Ich mag Mädchen nicht besonders.« Kaum hatte ich den Mund zugeklappt, war mir klar, dass ich wieder Mist gebaut hatte. Sie stemmte ihre Arme in die Hüften.

»Zu deiner Information, Blödmann, Lesben *sind* Mädchen. Habt ihr keine Sexualkunde in der Schule?«

»Das hab ich nicht – ich hab das anders gemeint – du machst mich total nervös. Ich hab das Gefühl, als müsste ich alles ganz schnell sagen, damit du nicht wegrennst.«

Sie starrte mich noch ein paar Sekunden böse an, dann bewegten sich ihre Lippen ein wenig, als erwäge sie ein Lächeln. »Okay. Ich renne nicht weg. Also noch mal langsam und von vorn.«

»Ich wollte sagen, dass ich keine Freundin suche. Ich möchte mich nur mit dir unterhalten. Übers Schreiben. Über dein Zine. Wir könnten einen Kaffee trinken, wenn du keine Lust auf Eis hast.« Ich hasste Kaffee, aber Kaffee war wohl das, was eine puerto-ricanisch-kubanische Yankee-Lesben-Autorin morgens um elf Uhr bestellen würde.

Marisol zuckte wieder mit den Schultern. »Also gut, von mir aus, ich hab ein bisschen Zeit. Solange du nicht einer von den Verrückten bist, der meint, er könnte mich bekehren.«

»Ganz sicher nicht«, sagte ich. »Ich bin auch nicht verrückt. Ich bin kein Vergewaltiger. Ich bin eigentlich nichts richtig.«

Nun schenkte sie mir so eine Art halbes Lächeln, wobei nur die Hälfte ihres Mundes aktiv wurde, und zeigte mit ihrem Finger auf meine Brust. »Um ehrlich zu sein, ich glaube, Gio, du bist ganz schön verrückt, aber wahrscheinlich nicht gefährlich verrückt. Komm, ich kenne ein Café.«

Mir war, als hätte man mich aus einer Falle entlassen, leicht wackelige Knie und am ganzen Körper zerkratzt, aber eigentlich dankbar. Ich war nicht mehr John. Ich war Gio. Und wahrscheinlich war ich ziemlich verrückt.

»Du hast den halben Vormittag bei Tower Records verbracht und hast kein Exemplar von *Factsheet 5* mitgenommen?«, sagte Marisol und knallte ihre Kaffeetasse auf den Tisch. Sie hatte sich nachschenken lassen und hatte schon wieder fast ausgetrunken, während ich noch mit meiner ersten Tasse herumspielte, die inzwischen eiskalt war. Es war ein cooler Ort, zu dem sie mich mitgenommen hatte, ein Buchladen mit Café, wo man von den kleinen Tischen aus die Buchrücken in den Regalen lesen konnte. Wir hatten eine Stunde lang über die Herstellung von Zines diskutiert. Sie hatte so viel Ahnung, dass ich anfing, mir Sachen aufzuschreiben.

»Ich hab noch nie was von *Factsheet 5* gehört«, sagte ich. »Ist das ein Zine?«

»Nein, nein. Es ist kein kostenloses Blatt. Du findest es drinnen im Zeitschriftenregal. Dafür musst du schon ein paar Dollar hinlegen, aber ich sag dir, wenn du weiterhin Zines machen willst, *musst* du *Factsheet 5* lesen.«

»Wieso?«

Marisol lehnte sich in ihrem Stuhl zurück und legte einen schwer bestiefelten Fuß auf ihr Knie. Für mich war das Ganze so überraschend, hier im Trident Bookstore Café in der Newbury Street zu sitzen und mich mit dieser außergewöhnlichen Person zu unterhalten – jedenfalls hatte ich noch nie so jemanden wie sie getroffen – und dabei so irren Spaß zu haben. Ich mochte sogar die anderen Leute an den Tischen. Da waren zwei Frauen mit langen, grauen Haaren, wahrscheinlich älter als meine Mutter, mit langen Indien-Röcken und Wanderschuhen, die sich über ihre Akupunkturärzte unterhielten. An einem anderen Tisch stritten sich ein paar College-Studenten mit farbbespritzten Klamotten, welche Galerien die innovativsten Arbeiten ausstellten und welche vegetarischen Burger am besten schmeckten. (Nein, das war eindeutig nicht mehr Darlington.)

»Du hast verdammtes Glück, Giovanni-Italiener, dass du mich getroffen hast. Du hast ja nicht die geringste Ahnung vom Zine-Geschäft«, fuhr Marisol fort.

Ich nahm einen weiteren Schluck von meinem kühlen Gebräu. Herrgott, das Zeug nagt einem wirklich den Magen an. »Ich sehe das Ganze nicht als Geschäft. Ich schreibe einfach gern und dachte, es sei lustig, mal ein Zine zu machen. Ich erwarte nicht, dass ich dadurch reich werde oder so.«

»Na, dann ist es ja gut, denn das wirst du auch nicht. Keiner von uns wird reich. Andererseits, je weniger du draufzahlen musst, umso mehr Zines kannst du herstellen, stimmt's?«

»So viel hat mich das gar nicht gekostet. Nur das Kopieren und das Papier für den Umschlag.«

»Das summiert sich. Pass auf, in *Factsheet 5* steht, wie man das Zeug billig herstellen kann, wie man eine Abonnements-Liste anlegt, und das Beste ist, dass sie alle Zines besprechen, die sie zugeschickt bekommen. Das bedeutet, dass Leute dir von überall her schreiben und wollen, dass du ihnen *Bananenfisch* zuschickst. Würde dir das nicht gefallen? Geh zurück zum Tower und hol dir ein *F5* und schicke denen gleich ein Exemplar von deinem Zine.« Sie war ungeheuer ernsthaft bei der Sache.

»Ja, okay, aber für mich ist das nicht so wichtig. Das, was ich sage, wird nicht gleich die ganze Welt verändern.«

Marisol setzte sich gerade auf und ihr Gesicht verschloss sich. »Wozu dann das Ganze, wenn es nur eine idiotische, halbherzige Art ist, deine Zeit totzuschlagen? Wenn du nicht dazu stehst, dass die Leute auch lesen sollen, was du schreibst? Worüber haben wir dann den ganzen Vormittag geredet?«

»Es ist nicht halbherzig –«

»Denn das hasse ich wirklich – Leute, die nichts ernst nehmen, die denken, dass alles nur ein großer Witz ist.«

»Es ist kein Witz. Ich habe hart dran gearbeitet.«

Aber sie hörte mir gar nicht mehr zu. Sie war auf einem Missionstrip oder so ähnlich. »Es ist eine Lüge, wenn man so tut, als wäre einem nichts wichtig. Dann versteckt man sich. Glaub mir, ich weiß das, weil ich mich lange Zeit versteckt habe. Aber das tu ich jetzt nicht mehr. Ich lüge nicht, und ich verschwende meine Zeit nicht mit Leuten, die lügen.« Sie hob den Rucksack vom Boden auf und wühlte darin herum auf der Suche nach Geld für die Rechnung.

»Moment mal. Wer sagt, dass ich lüge?«

Sie blickte mir direkt in die Augen. »Sag mir, dass du es nicht tust.«

Oh lieber Gott! »Also, ich kann nicht sagen, dass ich *nie* lüge. Ich meine, ich sage meinen Eltern nicht immer die ganze Wahrheit, aber das tut doch keiner. Meine *Freunde* lüge ich nicht an.« Als ich das sage, stelle ich mir tatsächlich diese riesige Menge von Leuten vor, denen ich immer ehrlich und loyal begegne, und nicht nur den guten alten Brian, dem ich praktisch alles sage.

Sie holte ein paar Dollar-Scheine heraus, also suchte ich in meiner Tasche auch nach ein paar Scheinen.

»Weißt du eigentlich, was ›Coming-out‹ wirklich heißt?«, fragte sie und schaute mir wieder direkt ins Gesicht. »Es bedeutet, dass man aufhört zu lügen. Man sagt die Wahrheit, auch wenn es schmerzt. Allen, deine Eltern eingeschlossen.«

»Ich bin nicht schwul«, sagte ich, obwohl ich keine stichhaltigen Beweise dafür hatte. »Wenigstens glaube ich es nicht.«

»Es gibt auch noch andere Geheimnisse.«

»Jedenfalls lüge ich in meinem Zine nicht. Und dich lüge ich auch nicht an.« Nicht sehr.

»Mich solltest du auch lieber nicht anlügen, Gio.«

Gio. Also, das war nicht ganz fair. Ich meine, das war doch eine unschuldige Lüge, und die hatte ich in die Welt gesetzt, bevor ich wusste, dass sie solch ein Wahrheitsfanatiker war. Irgendwie war jetzt nicht der richtige Moment, mit einem Geständnis rauszurücken.

»Tu ich nicht. Würde ich nie tun«, sagte ich. Ich ließ meinen Blick über die Bücherregale gleiten und hatte Glück. Genau das Richtige. Ich packte ein Exemplar der *Neun Erzählungen* von J. D. Salinger, knallte es auf den Tisch, legte meine linke Hand darauf und hob meine rechte Hand hoch. »Ich schwöre auf meine Bibel«, sagte ich so ernsthaft wie möglich.

Marisol lachte. Natürlich kein tiefes Lachen aus dem Bauch. Nur eine kleine Luftexplosion, aber eindeutig ein Anflug von Heiterkeit.

»Ich glaube, du bist ziemlich schlau, Mr. Bananenfisch«, sagte sie.

»Kennst du das Buch?«, fragte ich.

»Natürlich kenne ich das Buch. Die beste Geschichte ist *Kurz vor* –«

»Kurz vor dem Krieg gegen die Eskimos!«, schrie ich. »Ich wusste, dass du das sagen würdest!«

»Wusstest du nicht«, sagte sie und knallte das Geld auf den Tisch. »Aber du bist witzig. Das gefällt mir.«

Sie stand auf und versuchte, sich wieder zu verdünnisieren, aber ich folgte ihr zur Tür hinaus. »Ich bin jede Woche hier. In der Wohnung von meinem Vater in der Marlborough Street. Ich habe nie was vor, vielleicht könnten wir –«

»Du hast nie was vor? Solange du lebendig bist, gibt's eine Menge zu tun. Kennst du John Berryman, den Dichter? Er sagt, Leute die sich langweilen, haben keine inneren Ressourcen. Lies es nach: *Traumgesang Nr. 14*. Treff mich hier nächsten Samstag um elf. Mit einem Exemplar von *Factsheet 5*.«

Ich sah ihr kurz nach, wie sie die Newbury Street hinunterging (überlegte dabei, was zum Teufel ein Traumgesang war), aber ich hatte das Gefühl, dass sie es nicht gut gefunden hätte, wenn ich ihr nachschaute, also drehte ich mich um und ging zurück in Richtung Tower Records. Ich war lebendig; es gab eine Menge zu tun.

KAPITEL DREI

Es war einfach nicht lustig. Die Idee war zwar gut: *Erinnerungen aus der Hölle*. Zum Beispiel, wo du geschlafen hast (in Schlafsälen, wo alle anderen schnarchten), neben wem du beim Essen sitzen musstest (neben Leuten mit Schnupfen oder widerlichem Husten), was es Ekliges zum Frühstück gab (Leberwurst mit Schmelzkäse aus der Spraydose), wo du eingekauft hast (nur in schäbigen Warenhäusern), das einzige Spielzeug, das du besitzen durftest (eine Barbie-Puppe), das einzige Buch, das du lesen durftest (*Das verlorene Paradies* von Milton). Solches Zeug. Aber es klappte einfach nicht richtig. Man konnte hin und wieder kichern, aber so richtig reingehauen hat's nicht. Es war einfach nicht tief gehend, nicht bösartig witzig. Ich wollte gerade aufgeben und mir den Gedichtband von John Berryman vornehmen, den ich mir in der Schulbibliothek geholt hatte, als Mom mich von unten rief: »Johnny! Rate mal, wen ich auf dem Heimweg von der Schule mitgenommen habe!«

Verdammter Mist! Dein bester Freund aus der Hölle (ein Idiot, den niemand anderer auch nur bemerkte und dessen soziales Leben total von dir abhing).

»Komm runter und iss eine Kleinigkeit mit Brian. Er hat Hunger.«

Das war der Geheimcode für: Komm sofort runter und mach Brian was zu essen. Nach einem ganzen Tag Unterricht mit Fünftklässlern bin ich zu müde, um deine Freunde zu bedienen.

»Moment noch!« Ich speicherte die *Erinnerungen aus der Hölle* in das Gehirn des Computers, um es aus dem meinen rauszukriegen. Vielleicht klappte es später besser.

»Wohin bist du denn nach der Schule verschwunden?«, fragte Brian, als ich die Treppe runterkam.

»Ich wollte schnell nach Hause und konnte dich nirgendwo finden. Ich hatte was zu tun.«

»Ich hab dir doch gesagt, dass du mich am schwarzen Brett vom Theater-Klub treffen sollst. Sie haben die Teilnehmerliste ausgehängt!«

»Ach ja, stimmt. Entschuldige. Hab ich vergessen.« Er war nicht sauer genug, um mir nicht in die Küche zu folgen. Mom wusch gerade ihre Thermoskanne für den Kaffee aus.

»Ich fürchte, ihr werdet nicht viel zu essen finden. Vielleicht ein wenig Käse und Cracker. Ein paar Bananen. Ich muss mal wieder einkaufen.« Mom war nie besonders gut darin, was »Hallo, wie geht's denn? Habt ihr einen schönen Tag gehabt?« betraf.

»Kein Problem, Mrs. Galardi, wir finden schon was. Ich meine, Mrs. – Ms. Van Esterhower – Van Esterhausen.« Dass Mom ihren Mädchennamen wieder angenommen hatte, brachte den guten alten Brian völlig durcheinander. Ich kann nicht gerade sagen, dass ich selbst das besonders toll fand. Es war ziemlich merkwürdig, ins Schulbüro zu gehen und sagen zu müssen, dass ihr Name in allen meinen Unterlagen geändert werden sollte, so als wäre plötzlich jemand anderer meine Mutter, jemand, deren Name ich kaum buchstabieren konnte.

»Ich weiß, es ist ein ziemlicher Brocken. Sag doch einfach Anne zu mir, Brian. Immerhin seid ihr Jungs ja keine Kinder mehr.« Irgendwie gefiel es mir nicht, dass sie uns das verkündete; ich meine, das war doch eher etwas, das ich *ihr* sagen sollte: *Mutter, wir sind doch keine Kinder mehr!* Sie stellte die Thermoskanne auf das Abtropfbrett und schenkte uns ein kleines Lächeln, aber es war klar ersichtlich, dass sie das einiges kostete. »Ich verschwinde jetzt nach oben und ruhe mich ein wenig aus, bevor ich das Abendessen mache. Johnny, würdest du bitte ans Telefon gehen, wenn es klingelt?«

»Klar.« Sie musste sich ziemlich dicht an mir vorbeischlängeln, um durch die Tür zu kommen, aber ich wusste, dass sie mich nicht berühren würde, und das tat sie auch nicht. In letzter Zeit hatte ich darüber nicht mehr viel nachgedacht, aber damals, als ich zum ersten Mal bemerkte, dass Mom mich nicht mehr berührte – das war wohl zur Zeit der Scheidung –, hatte es mir eine Weile lang ziemlich viel ausgemacht. Damals grübelte ich ständig darüber nach. Stimmt schon, sie war noch nie eine von den Küsschen-Küsschen-Müttern gewesen, aber als kleines Kind hatte ich mich abends immer neben sie aufs Sofa gekuschelt. Oder mich eben auf ihren Schoß gesetzt. Und mit ihren Umarmungen war sie immer ziemlich freizügig gewesen. Als sie damit dann ganz plötzlich aufhörte – ich war so um die neun oder zehn –, habe ich das natürlich gemerkt, ist ja klar.

Ich habe alles nur Mögliche getan und mich ihr so in den Weg gestellt, dass sie fast gezwungen war, mich anzurempeln, aber das geschah nie. *Sie* hat dann alles nur Mögliche getan, das zu verhindern, oder sie wartete so lange, bis ich von selbst wegging, oder bat mich einfach, ihr Platz zu machen. Ich brachte es nicht über mich, irgendwas zu sagen, und ging dann einfach aus dem Weg. Was hätte ich auch sagen sollen? *He, Mom, bin ich so widerlich? Hab ich irgendeine ansteckende Krankheit? Wie kommt's, dass du mich plötzlich nicht mehr berühren magst?* Na ja, inzwischen habe ich mich daran gewöhnt. Nur wenn ich hin und wieder Brians Mutter beobachte, wenn sie ihm einen Kuss gibt oder ihm auch nur den Arm tätschelt oder so, kriege ich eine Gänsehaut.

Ich holte ein Stück Schweizerkäse aus dem Kühlschrank.

»Willst du nicht mal wissen, ob ich eine Rolle bekommen habe?«

»Was für eine Rolle?«

»Mein Gott«, explodierte Brian, »du bist vielleicht das Letzte von einem Freund!«

Da hatte er wahrscheinlich Recht. »Ach so, ja, hab ich ganz vergessen. Das Theaterstück. Also, hast du eine?«

Brian grapschte sich den Käse aus meiner Hand und schmiss ihn auf den Tisch. Es war ganz eindeutig, dass er es kaum erwarten konnte, mir alles zu erzählen, aber nun hatte ich es ihm irgendwie vermiest. Ich zwang mich also zu sagen: »Sag schon, hast du jetzt eine oder nicht? Ja, ich will es wissen.«

»Natürlich habe ich eine. Sie brauchten unbedingt Jungen«, sagte er düster. »Und ich bin nicht der Nazi-Soldat Nummer sechs, sondern der Butler.«

»Klingt doch gut. Und was macht der Butler?« Ich schob ein Holzbrett unter den Käse und gab Brian ein Messer, stöberte dann irgendwelche Cracker auf und suchte im Kühlschrank nach was Trinkbarem. Da war nicht viel, nur ein Rest Orangensaft, den man aber mit Mineralwasser strecken konnte.

»Ich trete in zwei Szenen auf und muss vier Sätze sagen. Meistens nehme ich den Leuten den Mantel ab oder bringe ihn wieder beim Gehen.«

»Phantastisch! Also hast du's geschafft! Ist Wie-heißt-sie-noch-mal auch dabei?« Meine Gutartigkeit ist ziemlich begrenzt, ich weiß.

»*Violet*, Herrgott noch mal. Natürlich ist sie dabei. Sie ist *Maria*.« Er schnitt mit dem Messer gleichzeitig durch seinen Daumen und den Käse. Der Käse verfärbte sich, bevor ich ihn wegziehen konnte, sofort rosa. Brian wirbelte im Kreis herum, wobei er den Finger in die Luft streckte und mit der anderen Hand umklammerte.

»Mann! Halte ihn unters Wasser!«, schrie ich. Ich weiß nie, was man in einem Notfall tun muss, aber ich verbreite gern den Eindruck, dass ich alles unter Kontrolle habe. »Du brauchst nur den Namen dieses Mädchens zu sagen und schon bist du der letzte Schwachkopf!«

»Aua, au, au«, jaulte Brian, als er mit Wasser den Schnitt auswusch und das Spülbecken voller Blut spritzte. Dann hielt er den Daumen in Augenhöhe, um den Schaden zu begutachten.

»So tief ist es nicht«, sagte ich, ohne richtig hinzugucken. Ich holte ein Pflaster aus dem Wandschränkchen.

»Das kannst du doch gar nicht wissen«, sagte Brian mit vor Selbstmitleid erstickter Stimme.

Ich zog den Plastikschutz vom Pflaster und hielt ihm den klebrigen, beigen Streifen hin. Ich hatte nicht im Geringsten vor, die Wunde zu berühren.

Während er sich das Pflaster um den Finger wickelte, versuchte ich, den Käse zu säubern, aber das ging nicht. Ich musste ihn amputieren.

»Sie hat einen Freund«, erzählte Brian seinem Daumen.

»Was?«

»Sie hat einen *Freund*«, wiederholte er, sodass ich es auch mitkriegen konnte.

»Du meinst Violet?«

»Wen denn sonst?«

»Na ja, und? Ich meine, überrascht dich das wirklich? Ich dachte, sie wäre schon das ganze letzte Jahr mit so einem Typen gegangen.«

»Und ich dachte, du wüsstest nicht mal richtig, wer sie ist.« Der Junge hatte eine ziemlich beschissene Laune, das war nicht zu übersehen.

»Du redest doch die ganze Zeit von ihr. Also lässt sich ein gewisses Maß an Informiertheit kaum vermeiden«, sagte ich.

Brian ließ sich zurück auf den Stuhl fallen. »Ich hatte nicht gerade erwartet, dass ein Wunder geschieht. Aber ich hatte vor allem nicht erwartet, dass für Vincent Brazwell ein Wunder geschieht.«

»Vincent Brazwell? Mit *dem* geht sie?« Das war ja tatsächlich eine jämmerliche Geschichte.

»Er ist groß. Und er *singt*.«

»Und wen interessiert es, dass er singt?«

»Violet interessiert es. Er spielt die männliche Hauptrolle. Den Hauptmann-Typ. Sie verkünden dann vor den ganzen Zuschauern ihre Liebe. Auch vor dem bescheuerten Butler.«

Ich schaute noch mal in den Kühlschrank. Zu schade, dass ich Brian kein Bier geben konnte. Mom würde Zustände kriegen. Aber sonst war da nichts, was ich für den Jungen tun konnte. Ich füllte sein Glas noch einmal mit orangefarbenem Wasser. Lecker!

»Hör zu, du musst aufhören, an Violet Neville zu denken. Sie ist nicht das einzige Mädchen auf der Welt.«

»Aber das einzige brauchbare in Darlington.«

»Das bezweifle ich.«

»Sag mir eine andere.«

»Brian, mich kannst du nicht fragen. Ich meine, Rapunzel könnte direkt vor mir sitzen und ich würde sie wahrscheinlich nicht mal bemerken. Mädchen sind nicht mein Ding.«

Brian schüttelte den Kopf. »Du bist so seltsam. Kein Wunder, dass du mit mir rumhängst.«

»Ist dir das jetzt erst gekommen?«

Sein Gesicht hellte sich auf. »Ich weiß was! Nimm mich nächstes Wochenende mit nach Boston. Dann schau ich mal die Newbury Street rauf und runter.«

Mist! Das war eine ziemlich schlechte Idee. »Und was soll das bringen? Selbst wenn du eine entdeckst, siehst du sie danach nie wieder. Du gabelst doch keine Braut in Boston auf und verfrachtest sie hier heraus nach Darlington, damit sie mit dir am Samstagabend ins Kino geht.«

»Aber mir geht's schon besser, wenn ich die Mädchen nur anschaue. *Bitte!*«

Verdammt. »Es ist nur – ich kann nicht.«

»Warum nicht? Ich bin schon seit Monaten nicht mehr mitgekommen. Deinem Vater ist es doch egal.«

»Na ja, also, wir haben irgendwie – Sachen zusammen

gemacht. Ich meine, du weißt schon, mehr Zeit zusammen verbracht und was unternommen.« Verdammter Mist, ich hatte das Gefühl, als würde Marisol mir über die Schulter blicken und mir beim Lügen zuhören.

»Du und dein Dad? Der ist doch viel zu beschäftigt, um mit dir was zu machen.«

»Na ja, wir versuchen's halt. Und darum glaube ich nicht, dass gerade jetzt ein guter Zeitpunkt wäre für einen Besuch von dir.«

Brian starrte auf seinen verpflasterten Finger, als wäre er eine Kristallkugel. »Währenddessen sitze ich hier in der Hölle fest, wo mein einziger Freund davon überzeugt ist, dass mein Leben nichts als ein großer Witz ist, und das Mädchen meiner Träume einen Tenor liebt.«

Ich zog die Augenbrauen hoch. Nicht schlecht, Brian, alter Kumpel. Nicht schlecht.

Freitagabend: wieder bei Bertucci. Wenn ich wählen kann, was normalerweise der Fall ist, dann wähle ich immer Bertucci. Da gibt's meiner Meinung nach die beste Pizza. Dad bestellt dann irgendeine Pasta. (Ist euch auch schon aufgefallen, dass es so was wie »Spagetti« nicht mehr gibt? Es ist jetzt alles »Pasta« oder irgendwas Hochgestochenes auf Italienisch mit *chini* oder *tini* oder *lini* am Ende.) Pizza ist für so jemanden wie meinen Vater viel zu jugendlich. Könnte ja sein, er futtert gerade ein großes Tomatendreieck, von dem lange Mozzarella-Fäden runterhängen, und da kommt ein berühmter Autor seines Verlags zu ihm an den Tisch. Ich nehme mal an, dass berühmte Autoren keine Pizza essen, wenigstens nicht in der Öffentlichkeit. Nur Heimservice. Arme Teufel!

Ich überlegte mir dauernd, warum Dad sich ständig räusperte. Er aß auch seine Tortellini nicht, sondern pickte nur die kleinen Brokkoli-Röschen heraus. Dann kam er endlich zum Thema.

»Vor ein paar Tagen habe ich zufällig Peter Otto getroffen!« Großes Lächeln.

»Wen?«

»Peter Otto. Sie sind früher ein paarmal zu uns zum Essen gekommen. Deine Mutter arbeitet mit seiner Frau Jane zusammen. Jane Otto. Sie haben ein kleines Mädchen –«

»Ja, ich erinnere mich.« Vage. Das kleine Mädchen wollte nie zu Hause bei einem Babysitter bleiben. Ich musste mit ihr fernsehen, damit die Erwachsenen ihre Ruhe hatten. Ich glaube, ich habe sie zum Heulen gebracht.

»– Bitsy oder Pinky oder irgend so was.«

»Mhm.«

»Jedenfalls hat Mr. Otto erzählt, dass deine Mutter überlegt, ob – dass sie wahrscheinlich – wieder heiraten wird.« Er legte einen ernsthaften Gesichtsausdruck auf, für den Fall, dass mir entgangen war, dass wir gerade etwas *Wichtiges* beredeten.

Ich dachte eine Weile darüber nach, während ich gleichzeitig ein Riesenstück gebratener Zwiebel von einem mit Käse überzogenen Pizza-Teil herunterangelte und in den Mund schob. Mom wäre garantiert mehr als erfreut gewesen, wenn sie gewusst hätte, dass ihre persönlichen Angelegenheiten von ihrem Exmann und einem Typen, dem sie mal Schweinebraten serviert hat, diskutiert wurden. Wahrscheinlich bei einem kühlen Bierchen in irgendeinem Pub oder so. Und die Neuigkeit mit ein paar leicht fiesen Mann-zu-Mann-Witzchen garniert.

»Ich nehme an, John, dass sie das mit dir besprochen hat.«

»Geht mich eigentlich nichts an«, sagte ich und befreite ein weiteres Pizza-Stück von seinen Genossen.

»Wieso? Es betrifft dich doch auch. Und du wirst den Mann doch schon mal getroffen haben, nehme ich an.«

»Ich kenne ihn«, gab ich zu.

»Und bist du mit ihm einverstanden? Ist er irgendwie – passend?«

Was zum Teufel redete er da? Ich konnte plötzlich nicht mehr richtig kauen. »Warum hältst du dich da nicht raus? Du bist nicht *ihr* Vater.«

»John, ich versuche, von Mann zu Mann mit dir zu reden. Ich dachte, du wärst alt genug, um so ein Gespräch zu führen. Aber wenn es zu schmerzhaft für dich ist –«

Es war wie ein Vulkanausbruch, als die Wut in meiner Brust aufstieg und durch meinen Mund hinausgeschleudert wurde. Ich hatte nicht gewusst, dass so was passieren würde, hatte nicht mal gewusst, dass diese Wut da war. »Alt genug?«, schrie ich so laut, dass er vor Schreck eine Gabel voll Gemüse fallen ließ und ein kleines Tomatenstückchen auf seine Krawatte spritzte. »Seit wann ist es wichtig, wie alt ich bin? Als ich zehn war, hast du schon erwartet, dass ich dich verstehe. Erst hast du mich rumkommandiert wie einen Mini-Sklaven und im nächsten Augenblick wolltest du mit mir über deine Männerprobleme plaudern und wie meine Mutter dich enttäuscht hat. Ich war zehn! Ich glaube nicht, dass ich *damals* alt genug war, um mir diese Scheiße anzuhören!«

Seit Jahren hatte ich ihn gefühlsmäßig nicht mehr so dicht an mich herangelassen. Ich versuchte, mich zu beruhigen. Was zum Teufel gingen die mich eigentlich alle an? Das war eine alte Geschichte. Aber ich schien den Vulkanausbruch nicht stoppen zu können. »Es ist nicht im Geringsten schmerzhaft für mich, wenn ich mitkriege, dass meine Mutter endlich ein kleines bisschen glücklich ist, nachdem ich fünf Jahre lang mit angesehen habe, wie sie im Dunkeln rumsaß. Mir ist es total egal, wen sie heiratet. Und wenn ich den Kerl nicht gerade liebe, na und? Ihre Wahl, was Ehemänner betrifft, war noch nie überragend.«

Es war so ein gutes Feeling! Ich hatte schon ein paarmal erlebt, dass jemand in einem Restaurant oder so ausgerastet ist, und dann hat man das Gefühl, man sollte die Leute nicht anstarren, weil es ihnen sowieso schon peinlich genug ist, dass sie in der Öffentlichkeit explodiert sind. Aber mir war das überhaupt nicht peinlich. Mir gefiel es, dass hier ein ganzer Raum voller Leute meinem Vater verstohlene Blicke zuwarf, dessen fleckiges Gesicht ganz eindeutig ein Eingeständnis seiner Schuld zeigte.

Er war jedoch ein Profi. Wahrscheinlich haben ihn schon öfter mal temperamentvolle Autoren in der Öffentlichkeit angebrüllt. Er winkte den Kellner herbei, der wie ein Schnellläufer herüberspurtete, unterschrieb die Quittung für die Kreditkarte und ließ sich das Essen zum Mitnehmen einpacken, bevor jemand nur »oberpeinlich« hätte sagen können.

Die sechs Häuserblocks zurück zu seiner Wohnung in der Marlborough Street lief ich vor ihm her, aber an der

Tür musste ich auf ihn warten, weil ich meine Schlüssel nicht mitgenommen hatte.

Ohne mich anzusehen, stieß er die Tür auf. »Ich gehe noch fort«, sagte er und drückte mir die fettigen Kartons in die Hand. »Es wird spät.«

»Danke«, war die einzige Erwiderung, die mir in den Sinn kam.

KAPITEL VIER

Samstagmorgens schlief Dad normalerweise lange, aber für den Fall, dass er beschlossen hatte, früh aufzustehen, um mir für meinen Ausbruch bei Berlucci ein Feedback zu geben, dachte ich, wäre es günstig, so früh wie möglich zu verschwinden. Da ich vor meinem Treffen mit Marisol noch einige Stunden totschlagen musste, nahm ich die zweite Ausgabe von *Fluchtgeschwindigkeit* mit, die ich mehrere Male gelesen hatte, und auch die Ausgabe von *Ohne Bedauern*, die ich letzten Samstag, als ich bei Tower Records wartete, durchgeblättert hatte. Und natürlich das Exemplar von *Factsheet 5*, wegen dem ich noch mal zurückgegangen war, weil Marisol darauf bestanden hatte. (Ich hatte es schon gelesen, hatte ein paar hilfreiche Vorschläge gefunden und dem Rezensenten ein Exemplar von *Bananenfisch* zugeschickt, aber falls es nötig sein sollte, bei Marisol ein paar Punkte zu sammeln, könnte ich es jederzeit herausziehen und zeigen, wie folgsam ich war.) Das alles, dazu Schreibblock und Kugelschreiber und Berrymans *77 Traumgesänge*, packte ich in einen kleinen Rucksack und nahm mir vor, so lange wie möglich wegzubleiben.

Ein paar Häuserblocks von Dads Wohnung entfernt gab es ein Café, das gewöhnlich voller Emerson-College-Studenten war, die ihre Piercings und Tattoos ausstellten, aber um halb neun am Samstagmorgen war es dort relativ leer. Es würde niemanden stören, wenn ich mich für ein paar Stunden in eine Ecke setzte, solange ich an einem Bagel knabberte und eine Tasse Tee bewachte. Als Erstes las ich noch einmal den besten von Marisols neuen Artikeln.

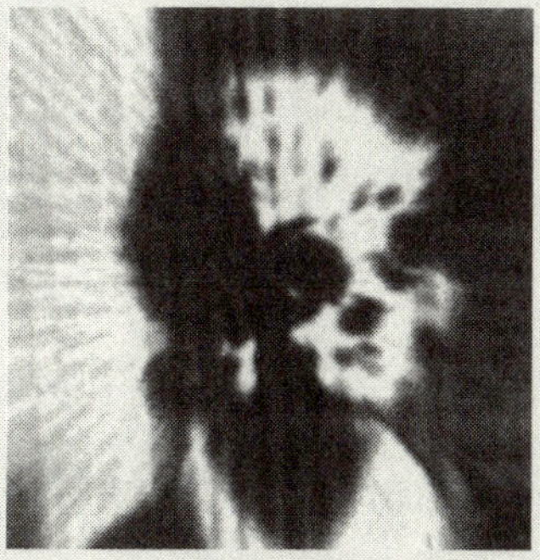

F•L•U•C•H•T

Ich nehme an, dass es Leute gibt, die ohne Fluchtgedanken aufwachsen, aber solche Leute kenne ich nicht. Ist das ein Vermächtnis meines Vaters, dem die Flucht aus Kuba gelungen ist und der nun vollkommen in die Hektik des amerikanischen Lebens eintauchte? Oder von meiner weißen Mutter, die meinte, sich von ihrem aristokratischen Hintergrund losreißen und einen Flüchtling mit einem Akzent heiraten zu müssen, um als Sozialarbeiterin der bedürftigen Armen ernst genommen zu werden, die nun aber in ihren teppichbelegten Büros in Cambridge hauptsächlich bedürftige Reiche berät? Oder kommt es von meinen leiblichen Eltern, von denen ich nur weiß, dass sie Puerto-Ricaner waren und vor mir geflohen sind?

Und nun muss auch ich weg. Natürlich um

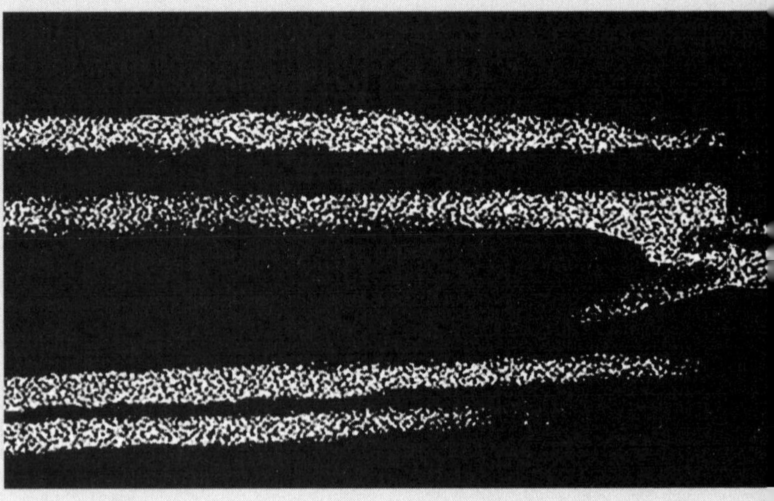

ihnen zu entfliehen, wie alle Kinder das tun müssen, um ihrem Verständnis zu entkommen und ihrer stetigen, ach so toleranten Liebe. Ich muss mich selbst ohne Puffer in der Welt erproben, und ich muss meinen Eltern eine Atempause einräumen, in der sie sich von ihrer sonderbaren lesbischen Tochter erholen können. Als ich mit der Wahrheit herausrückte, versicherte mir meine Mutter, dass ich immer auf ihren Beistand zählen könne, aber dann weinte sie tagelang hinter der verschlossenen Badezimmertür. Ich glaube, sie trauerte um den Verlust ihrer Erwartungen: Kleider und eine Hochzeit, Liebschaften und Babys, Dinge, auf die sie sich gefreut hatte. (Auf eines davon hatte ich mich auch gefreut. Ich tue es noch immer.)

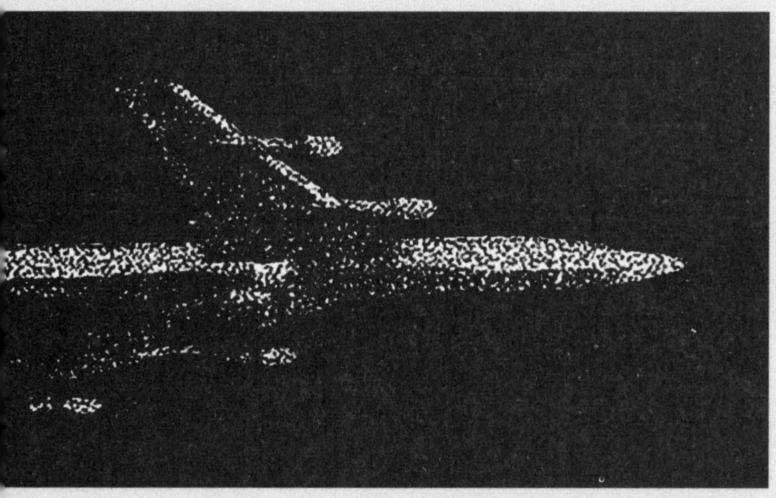

Mein Vater redete ein paar Tage nicht mit mir, aber ich hörte, wie die beiden sich nachts in ihrem Schlafzimmer unterhielten. Sie versuchte, ihn zu überzeugen, dass alles schon werden würde, dass es nicht pervers und ich noch immer ihr geliebtes Kind war. Das ist nun schon mehr als ein Jahr her, und mein Vater hat niemals ein Wort über mein Lesbischsein verloren, aber er redet jetzt wieder mit mir und tut so, als hätte sich nichts geändert.

Innerhalb einer Woche war meine Mutter einer Gruppe für Eltern und Angehörige von Lesben und Schwulen beigetreten und hatte verkündet, dass wir beide zusammen in der Christopher-Street-Day-Parade marschieren würden. Ich weiß, dass ich von Glück sagen kann. Ich weiß, dass es Eltern gibt, die toben und schreien und ihre Kinder nach einer solchen Eröffnung aus dem Haus werfen. Und trotzdem nehme ich es ihnen übel. Der eine verdrängt es, die andere umarmt mich. Mein Vater schließt die Augen, und meine Mutter will noch lesbischer sein, als ich es bin! Ich weiß selbst noch nicht so genau, was es bedeutet, lesbisch zu sein, und sie ist mir ständig einen Schritt voraus, liest die gesamte Literatur, befragt Experten, möchte »meine Gefühle erkunden«. Ich aber möchte mein Lesbischsein nicht ausgerechnet mit meiner Mutter erkunden-

Ich muss ganz allein herausfinden, was das alles bedeutet. Ich brauche eine Welt, die meine Mutter ausschließt. Ich muss allein und ohne ihre Hand zu halten Grenzen überschreiten. Ich bin nicht mehr ihr Baby. Ich bin nicht ihre beste Freundin. Ich möchte ihre Tochter sein, aber später, nachdem ich ganz allein herausgefunden habe, wer Marisol ist. Nachdem ich entflohen bin.

Ich musste immer wieder darüber nachdenken, wie jemand so viel über sich selbst wissen konnte. Und über seine Eltern! (Und ich fragte mich, auf welches der vier Dinge sie sich noch immer freute.)

Nicht dass ich nicht auch über Sachen nachdenke, aber normalerweise komme ich zu keinen Ergebnissen – ich werde nur frustriert, weil mir alles so kompliziert erscheint: die Depression meiner Mutter, das bewegte Junggesellenleben meines Vaters, mein eigenes abgewürgtes Leben, das im Leerlauf hängen bleibt, während alle anderen in meinem Alter wie verrückt Gas geben.

Ich fragte mich, wie wohl die Reaktion *meiner* Mutter sein würde, wenn ich ihr erklärte, dass ich schwul wäre. Ich konnte es mir vorstellen. Sie würde kurz durch die Nase schnauben und sagen: »Natürlich muss das wieder mir passieren. Ich hätte wissen müssen, dass da was schief läuft.« Und dann hätte sie das Licht im Wohnzimmer ein paar weitere Jahre ausgeschaltet.

Dad würde wahrscheinlich seinen Bissen Brokkoli hinunterschlucken und ruhig sagen: »John, wir werden diese Unterhaltung weiterführen, wenn du älter bist. Von Mann zu Mann. Im Augenblick interessiert es mich nicht.«

Ich holte mein Notizbuch hervor und schrieb auch etwas über Flucht, eine Art Antwort auf Marisols Artikel.

Wie lange würde es dauern, bis meine Eltern bemerkten, dass ich geflohen bin? Möglicherweise würden sie es nie merken. Mom wäre froh, dass ich in meinem Zimmer bleibe. In regelmäßigen Abständen würde sie die Treppe hinaufrufen, dass in der Küche ein paar Bananen für mich liegen und ein wenig Käse. Oder sie würde annehmen, dass ich irgendwo auswärts esse, was in Ordnung wäre, solange ich das Auto nicht genommen hätte. Sie möchte, dass das Auto in der Garage steht. Es könnte ja sein, dass sie es selbst benützen möchte, um endlich diesen Unfall zu produzieren, auf den sie schon seit Ewigkeiten wartet.

Wenn dann Dad am Freitag nach der Arbeit auftauchte, würde Mom durchs Schlüsselloch schreien: »Geh nach Hause! Er möchte allein sein!« Voller Glück, dass ich endlich auf ihre Seite übergetreten war. (Auf die Seite der einsamen Irren.) Dad würde vor Freude durchdrehen. Keine sich ewig dahinschleppenden Abende mehr mit dem Sohn. Kein Verstecken der Tussie-Parade mehr. Keine öffentlichen Peinlichkeiten mehr. Halleluja!

Irgendwie zog es mich herunter, als ich das schrieb. Ich wäre am liebsten gleich losgelaufen, um Marisol zu treffen, aber es war noch eine gute halbe Stunde bis dahin, und so nahm ich das Berryman-Buch und wandte mich den Gedichten zu, aus denen Marisol letzte Woche zitiert hatte. Die meisten der Gedichte kapierte ich nicht; ich wusste irgendwie nicht, wo beginnen, obwohl die Sprache so seltsam war, dass ich mich eigentlich ganz gern innerhalb ihrer Welt aufhielt.

Traumgedicht Nr. 14 fand ich total witzig. Dieser Typ war eindeutig cool, wie er beschrieb, wie langweilig das Leben war, dass man das aber nicht zugeben durfte. Das Komische war, dass der Teil über die inneren Ressourcen, den Marisol so mochte, dem Typ ausgerechnet von seiner *Mutter* ständig vorgebetet wurde und er das offensichtlich völlig ignorierte. Also, ich glaube, jeder versteht Gedichte so, wie er sie verstehen möchte und wie es am besten zu ihm passt.

Ich musste noch immer zwanzig Minuten herumbringen und so blätterte ich noch einmal durch *Ohne Bedauern*, von den Gedichten am Anfang bis zu einer Art Gedankenstrom-Autobiografie am Ende des Hefts. Die Schrift war mit winzigen, handschriftlichen Sternen und Monden und Noten und Teddybären und Pfeilen und allen möglichen Dingen verziert, die wie Konfetti durch die Wörter regneten.

In der Mitte der Seite war ein dicker Baum, der seine Zweige in den Text hineinreckte, sodass die Blätter wie kleine Wölkchen durch den Artikel schwebten.

Zuerst sollt ihr mal wissen dass Diana Baum mein richtiger Name ist aber nicht der Name mit dem ich geboren bin denn der ist Diana Feigenbaum was kein Name ist den ich haben möchte und ich sehe nicht ein warum wir unsere Namen nicht selbst aussuchen können Diana ist in Ordnung damit kann ich leben es bedeutet Jägerin und ist ein echt starker Frauenname aber den anderen Teil - Feige - feige - akzeptiere ich nicht weil es genau das Gegenteil von allem ist an das ich glaube und damit meine ich dass wir offen sein müssen für neue Erfahrungen und nicht immer das Negative ansehen und Angst haben und uns beklagen ich habe den feigen Teil weggelassen weil der nichts mit mir zu tun hat nur der Teil mit dem Baum gehört zu mir ein guter Teil von mir ein großer beweglicher und ständig wachsender Teil von mir der die echte in mir steckende Person reflektiert und nicht irgendeine von Vorvätern überlieferte aufgesetzte Sache die mich mit einer Menge toter Personen in Verbindung bringt die mich wahrscheinlich sowieso nicht mögen würden.

Wenn man so wie ich auf Cape Cod lebt werden die natürlichen Dinge wie Bäume und Sand und Wind und Wasser sehr wichtig sie werden fast zur wichtigsten Sache überhaupt sie helfen dir den Menschen zu vergeben die dich verletzt haben weil du erkennst dass man Menschen auch du mit eingeschlossen nie so vertrauen kann wie der Natur weil Menschen nicht lange genug leben und nicht verstehen wie sehr sie einander brauchen außer vielleicht die Menschen die früher schon einmal auf der Welt gewesen sind und eine kleine Erinnerung zurückbehalten haben und vielleicht bin ich einer von diesen Menschen weil ich wirklich vertrauenswürdig sein und niemanden verletzen will wenn ich nur länger als achtzig oder neunzig Jahre leben könnte aber jedenfalls habe ich das Gefühl dass es mir hilft wenn ich das Feige über Bord werfe und zu einem Baum werde dessen Wurzeln mich in der Erde festhalten und dessen Zweige alle beschützen die mir nahe stehen habt also keine Angst und stellt euch unter.

Ich hatte noch nie etwas in der Art gelesen, alles so aneinander gereiht, und es machte Spaß, das auseinander zu klamüsern. Aber diese Diana war ein bisschen seltsam. Vielleicht war sie tatsächlich schon mal auf der Welt gewesen. Was war das, Buddhismus oder so? Newage oder einfach nur wie die guten alten Hippies? Ich musste zugeben, dass es mir gefiel, was sie über den Teil des Namens schrieb, der zu ihr passte, und den Rest, den sie einfach wegschnitt. So ähnlich hatte ich das ja auch getan, oder nicht? Keine richtige *Lüge*, nur ein kleines Zurechtrücken der Wahrheit. Allerdings hatte Diana es direkt angesprochen und zugegeben.

Als ich auf meine Uhr schaute, war es fast elf! Verdammt, ich war so in die Lektüre von *Ohne Bedauern* versunken gewesen, dass ich nicht mehr auf die Zeit geachtet hatte. Ich musste nur ein paar Häuserblocks hinunter laufen, trotzdem sprintete ich los und wurde dann allmählich langsamer, um nicht völlig außer Atem und verschwitzt dort anzukommen. Für die zweite Märzwoche war es warm und ich hatte meinen Wintermantel an.

Ich konnte sie schon einen Häuserblock entfernt vor dem Trident stehen sehen, wieder ganz in Schwarz. Sie schien sich mit dem blonden Typen neben ihr zu unterhalten, so ein muskelbepackter Kerl in einem T-Shirt, als könnte sein sich wölbender Bizeps es nicht ertragen, von einengenden, langen Ärmeln behindert zu werden. Ich konnte mir lebhaft vorstellen, wie begeistert Marisol sein würde, dass ausgerechnet so ein Typ sie angesprochen hatte.

Aber als ich näher kam, bemerkte ich, dass die beiden lachten; Marisols Hand lag auf einem der Eisenarme.

»Gio!«, rief sie, als sie mich kommen sah. »Da bist du ja! Birdie und ich waren schon etwas früher da und haben Kaffee zum Mitnehmen besorgt. Das Wetter ist so schön, und ich dachte, wir könnten runter zum Park gehen und uns dort hinsetzen.«

»Klar.« Birdie? Eher Habicht als Vögelchen, würde ich sagen. Seine lange Nase zog sich fast bis zu seinem breiten Lächeln hinunter.

»Also du bist *Gio*. Ich bin Birdie Gates, Marisols *engster* Vertrauter«, zwitscherte der Blonde, und mir wurde klar, dass mein erster Eindruck von ihm ziemlich danebengelegen hatte. Birdies Sprache war sehr genau, fast affektiert, und er legte auf manche Wörter eine seltsame Betonung, als wollte er sichergehen, dass ich sein Schwulsein auch ja bemerkte.

»Ich dachte, es macht dir bestimmt nichts aus, wenn ich Birdie mitbringe. Er wusste nicht so recht weiter. Sein letzter Liebhaber hat ihn fallen lassen«, erklärte Marisol.

»Mich fallen lassen? Ich *bitte* dich – ich habe *seinen* bemitleidenswerten Hintern fallen lassen.«

Wir gingen die Newbury Street hinunter Richtung Park und Marisol reichte mir einen großen Styroporbecher. So viel würde ich niemals schaffen. »Hast du Milch reingetan?«, fragte ich.

»Ich hab die Milch von einer halben Kuh reingegossen, so wie du letzte Woche.« Sie fasste in ihre Jackentasche. »Zucker hab ich auch mitgebracht. Es sah nicht so aus, als ob ungepanschtes Gebräu deine Spezialität ist.«

Ich nahm die kleinen, weißen Beutelchen und stopfte

sie in meine Manteltasche. »Danke. Vielleicht ist es nächste Woche warm genug für einen Eisbecher.«

»*Nächste* Woche?«, kreischte Birdie. »Sag bloß, ihr beide habt eine *regelmäßige* Verabredung laufen oder was?«

»Ich meine nur, das nächste Mal, egal, wann das –«

Marisol unterbrach mich. »Er ist nur eifersüchtig. Birdie, ich hab dir doch gesagt, dass Gio auch schreibt. Ich muss mich manchmal mit anderen Autoren unterhalten. Wir suchen für dich einen neuen Freund, dann hast du keine Lust mehr, alle deine Samstage mit mir zu verbringen.«

Birdie sah missmutig drein. »Jedenfalls wird *er* es nicht sein«, sagte er und deutete mit dem Kopf in meine Richtung.

Marisol warf mir einen Blick zu. »Bist du sicher? Jetzt schon?«

»Der ist doch nicht *schwul*! Um das festzustellen, braucht man kein *Diplom*.«

»Hab ich da was verpasst?«, erkundigte ich mich.

»Na ja, du hast doch gesagt, dass du keine Mädchen magst und dass du nicht genau weißt, ob du schwul bist oder nicht. Da dachte ich, Birdie würde das wissen –«

»Ich weiß das«, versicherte Birdie mir. »Ich kann das immer sofort sagen.«

»Und wenn du schwul gewesen wärst – und Birdie doch gerade niemanden hat –«

»Du wolltest mich verkuppeln?«, fragte ich erstaunt.

Marisol zuckte mit den Schultern. »Nicht unbedingt. Ich wollte nur sehen, was passiert. Es hätte schließlich sein können. Weil ich euch doch beide mag.«

Sie sagte das einfach so. »Weil ich euch doch (beide) mag.« Also ehrlich, mir lief ein Schauder durch den Körper. Ein großer. Wie ein Erdbeben. Noch nie hatte jemand gesagt, dass er mich mochte. Noch nie. Nicht einmal Brian, der es wahrscheinlich auch nicht tat.

»Da läuft nichts mit Verkuppeln. Er *ist* es nicht. Wie er geht. Und redet. Und lacht –«, erklärte Birdie Marisol.

»Ach, hör auf! Das sind doch nur Klischees! Das meinst du doch nicht ernst!«

»*Süße*, das sind keine Klischees, wenn *ich* das sage. Ich sehe die subtilsten Dinge. Und übrigens kann ich es an der Art sehen, wie er *dich* ansieht.«

Ich blieb wie angewurzelt stehen. Also, wenn das Marisol nicht verscheuchte. »Was meinst du denn damit? Ich weiß doch selbst nicht einmal, ob ich schwul bin oder nicht. Ich hab halt gedacht, dass ich es vielleicht sein könnte.«

»Ach *wirklich*? Ziehen Männer dich *an*?«, fragte Birdie.

»Nein, eigentlich nicht. Aber Frauen auch nicht.«

»Oh, deshalb bist du doch nicht *schwul*, das sind nur Funktionsstörungen«, behauptete Birdie überzeugt. Darauf wusste ich nichts zu sagen.

Der Park war praktisch leer, nur ein paar Leute, die schon jetzt ihre Mittagsbrote aßen, hockten auf den Bänken, und ein paar Zwölfjährige auf Inlinern machten ein Wettrennen hinüber zur Brücke.

»Unten am Teich, in die Sonne«, dirigierte uns Marisol und Birdie und ich folgten ihr. Wir setzten uns an den Rand des leeren Beckens und öffneten unsere dampfenden Becher.

»Bist du enttäuscht?«, fragte mich Marisol.

»Enttäuscht?«

»Dass du nicht schwul bist?«

Ich zuckte mit den Schultern. »Das ist ja nur Birdies Meinung. Übrigens bin ich nie enttäuscht. Ich habe keine solchen Gefühle.«

»Was für ein Schwachsinn!«, sagte Birdie.

Marisol warf mir dieses schiefe Lächeln zu. »Das kenne ich. Das ist Selbstschutz. Aber auf lange Sicht bringt es dir nichts.«

»John Berryman sagt, das Leben sei langweilig«, sagte ich. Ich dachte wohl, Marisol fände es cool, dass ich losgezogen war und diese Gedichte gefunden hatte. Stattdessen fuhr sie auf mich los.

»Herrgott noch mal, Gio, versuch nur nicht, wie Berryman zu sein. Die Gedichte sind natürlich ganz wunderbar, aber der Typ hat sich umgebracht. Seine Mutter hatte Recht, es war seine Empfindsamkeit, die ihn hinauf auf die hohe Brücke getrieben hat.«

Ich wusste nicht, was ich sagen sollte, aber ich wollte meine Überraschung über diese Eröffnung nicht zu deutlich zeigen. »Große Künstler leben oft am Rand des Abgrunds«, sagte ich mit einer, wie ich dachte, geheimnisvollen Stimme.

Birdie beugte sich über Marisol hinweg und legte eine schwere Hand auf eines meiner Handgelenke. »*Entschuldige* meine Unverblümtheit, Gio, aber du bist so merkwürdig verklemmt – ich *muss* dich einfach fragen: Was ist eigentlich los mit dir?«

Ehe ich mir eine clevere Antwort überlegen konnte, wurde Marisols Gesicht plötzlich ganz leer und bleich. Sie blickte über meine Schulter. »Oh nein!«

»Was ist los?« Ich wandte mich um. Eine große, vergnügt wirkende Frau in weiten Hosen und dicken Turnschuhen kam den Weg herunter in unsere Richtung gelaufen und winkte uns zu. Ihre kurzen, gerade geschnittenen Haare flatterten fröhlich um ihren Kopf herum.

»Oh, sieh nur!«, sagte Birdie. »Da kommt doch tatsächlich *Dorothy Hamill*; sie muss direkt vom Land Oz rübergeflogen sein!«

»Ich glaub's nicht. Sie ist mir nachgegangen.« Marisol schüttelte den Kopf.

»*Helen*!«, rief Birdie aus, als die Frau näher kam. »Wie *schön*, Sie wiederzusehen. Es muss ja schon – *Stunden* her sein!«

»Mutter, was tust du denn hier?«, fragte Marisol.

»Nichts, mein Schatz. Ich wollte gerade in ein paar Läden gehen, Laura Ashley und so, und da sah ich dich hier zufällig mit deinen Freunden sitzen –«

Sie schaute hoffnungsvoll in meine Richtung. »Du musst Gio sein.«

»Ja, bin ich. Es freut mich, Sie kennen zu lernen.« Ich streckte meine Hand aus, zog sie dann wieder zurück und stand auf, bevor ich sie wieder ausstreckte. Es war nicht gerade eine elegante Darbietung.

»Mich ebenfalls«, sagte sie. »Bist du aus dem Nordend? Nicht dass unbedingt alle Italiener in Boston im Nordend wohnen müssen, aber in diesem Stadtteil herrscht so eine *wundervolle* Gemeinschaft.«

»Nein, ich bin aus Darlington. Oben am Nordufer.«

»Oh, ein wunderbarer Ort! Was für ein Glück du hast!«

»Ja, schon.« Und wie wunderbar! Ich hatte große Mühe zu glauben, dass diese massige Frau mit dem grauen Gesicht und der weiten Hose Marisols Mutter sein sollte. Natürlich hatte sie sie nicht geboren, aber trotzdem war es unmöglich, sich vorzustellen, dass die beiden zusammen im selben Haus wohnten, das gleiche Essen aßen und ihre Wäsche in dieselbe Waschmaschine stopften. Nein wirklich, die Frau sah aus wie Eleanor Roosevelt, wenn die sich ihre Haare damals in einer geraden Linie von einem Ohrläppchen zum anderen abgeschnitten hätte.

»Also gut, dann hast du ja herausgefunden, was du wolltest, und kannst jetzt zu Laura gehen«, sagte Marisol nicht unfreundlich.

»Nein wirklich, ich freue mich so, dass ich dich hier hab sitzen sehen.«

»Mmm – was für ein Zufall!«

»Ich wünsch dir noch einen schönen Tag, mein Schatz.« Als Mrs. Guzman davonging, schaute sie noch zweimal über ihre Schulter zurück und winkte uns jedes Mal zu.

»Zum *Kringeln*!«, sagte Birdie und lachte. »Sie ist wirklich zum Totlachen!«

»Meint ihr nicht, es war ein Zufall, dass sie hier aufgetaucht ist?«, fragte ich.

»Bei meiner Mutter gibt es keine Zufälle.«

Birdie ließ sich rückwärts auf den Boden fallen, um sich von seinem hysterischen Lachanfall zu erholen. »Helen ist aus *demselben* Grund gekommen wie ich, nur dass ihre Hoffnungen in genau die *entgegengesetzte* Richtung zielen –«

»Sie gibt die Hoffnung nicht auf«, sagte Marisol. »Sie hofft, dass du nicht schwul bist.«

Ich lachte. »Erzähl mir dann, was sie denkt. Vielleicht sollten wir eine Umfrage starten. Ich könnte meine sexuelle Ausrichtung ja durch eine Volksbefragung ermitteln lassen.«

Aber Marisol lachte nicht mit. »Ist es dir denn nicht wichtig, das selbst herauszufinden?«

»Nicht besonders.«

Mein Lächeln erstarrte, als Marisol mich streng anblickte. »Es *sollte* dir aber wichtig sein. Wenn *du* nicht weißt, wer du bist, wie soll dann jemand anderer dich jemals kennen lernen?«

Wie sie das sagte, erschien es mir als etwas, worüber ich nachdenken sollte.

»Falls das überhaupt jemand *will* – dich kennen lernen«, fügte Birdie liebenswürdig hinzu.

KAPITEL FÜNF

»Gehst du zu Fuß nach Hause?«, rief ich zu Brian hinüber. Er kramte in seinem Schließfach herum und versuchte, seine Jacke unter einem Stapel Bücher und loser Blätter hervorzuzerren.

»Ja, aber ich habe erst noch Probe.«

»Schon wieder?«

»So ist das, wenn man ein Stück einstudiert. Man hat jeden Tag Probe.« Er war inzwischen *der* Schauspiel-Experte geworden.

»Aber nicht am Wochenende«, korrigierte ich ihn.

»Natürlich nicht am Wochenende.« Er stopfte den ganzen übrigen Mist zurück in den Metallsarg.

»Na dann«, sagte ich, war aber doch ein wenig enttäuscht. Aus irgendeinem Grund hatte ich Lust auf Reden. Marisol hatte mich am letzten Wochenende nicht treffen können, und es war fast so, als hätte ich mich daran gewöhnt, mich wenigstens einmal in der Woche mit jemandem zu unterhalten. Ich vermisste es. Auch wenn Brian natürlich nicht annähernd so viel Interessantes zu erzählen gehabt hätte wie Marisol.

Aber wie sich zeigte, hatte er doch etwas Überraschendes zu berichten. »He, John, du wirst es nie erraten.« Er presste mich regelrecht gegen die Schließfächer, weil er mir die Neuigkeit zuflüstern wollte, ohne dass der ganze Flur zuhörte. »Ich hab ein Mädchen getroffen!«

Ich stieß ihn zurück, damit ich wieder atmen konnte. »Was meist du mit ›getroffen‹. Willst du sagen, dass du mit einer *gesprochen* hast?«

»Ja, schon ein paarmal. Sie spielt auch mit. Sie ist im letzten Jahr der Junior High. Sie ist eine Nonne.«

»Du hast eine vierzehnjährige Nonne getroffen? Genau das Richtige für dich.«

»Psst!« Er schaute sich um, ob jemand uns belauschte. »Im Stück ist sie eine Nonne«, flüsterte er. »Sie heißt Emily Prine. Kennst du sie?«

»Du weißt doch, dass ich keine Mädchen kenne. Nicht einmal Violet Noseville.«

»Neville. Für die ich mich übrigens immer weniger interessiere.«

»Gott sei Dank.«

»Bei näherem Hinschauen ist sie doch ziemlich oberflächlich.« Es war ihm anzusehen, dass ihn diese Einsicht richtig stolz machte.

»Was du nicht sagst.«

»Und ich werde Emily fragen, ob sie am Samstag mit mir ausgeht. Heute frag ich sie.« Er knackte so sehr mit seinen Fingergelenken, dass ich befürchtete, er könnte sich aus Versehen entfingern.

»Hast du deinen Inhalator mitgebracht? Soll ich irgendwo rumhängen, falls du erste Hilfe brauchst?«

Er gab mir einen Stoß. »Hau ab, Mr. Cool! Und schau dich lieber selbst mal nach einem Mädchen um.«

»Wieso sollte ich?«

»Weil in einem Monat der Schulball ist.«

Natürlich verlangte das nach Gelächter. »Und du meinst, ich gehe zum Schulball?«

Brian hob die Schultern. »Alle gehen zum Schulball. Der ganze Jahrgang geht. Es wird lustig. Vorher gibt's ein Abendessen und danach ein Frühstück.«

»Bri, ich glaube ehrlich gesagt nicht, dass das *Essen* der Höhepunkt dieser Veranstaltung sein soll.«

»Du Idiot! Ich hau jetzt ab. Und wenn Emily an diesem Wochenende mit mir ausgeht, dann lade ich sie zum Schulball ein.«

Ich sah auf meine Uhr. »Ich möchte nicht, dass du zu spät zu deiner Butler-Probe kommst.«

Old Bri warf mir einen seiner gemeinsten Blicke zu – so ähnlich wie ein frustriertes Eichhörnchen – und stapfte den Gang hinunter.

Als ich dann nach Hause ging, war ich selbst ein wenig frustriert und nervös, weil ich nichts mit mir anzufangen wusste. Das Ganze wurde auch nicht unbedingt besser, als ich an der Haustür meiner Mutter in die Arme lief.

»Ich geh in den Laden und kauf ein paar Krabben. Al kommt zum Essen, und ich möchte, dass es schön wird –«

Mom hatte Al letzte Woche das Okay gegeben und jetzt saßen sie ständig herum und *planten*.

»Ich esse dann in meinem Zimmer.«

»Nein! Wir möchten, dass du mit uns isst! Al möchte das. Damit wir reden können.«

»Über was denn reden? Die Hochzeit?«

»Hochzeit? Nein, nein. Über uns drei. Danach. Du weißt schon – wo wir wohnen werden und alles.«

»Wohnen? Ziehen wir um?« Irgendwie war mir noch nicht in den Sinn gekommen, dass diese Heirat auch *mein* Leben irgendwie verändern könnte. Und jetzt redete sie hier von *Umziehen!*

Mom seufzte. »Ich muss los, Johnny, damit ich rechtzeitig zurück bin und das Essen machen kann. Wir reden später darüber.«

»Oder auch nicht«, sagte ich und ging die Treppe hinauf. Ich würde auf keinen Fall umziehen. Wohin denn? In das große, alte Haus in Chesterfield, wo Al mit seiner Mutter wohnte? Niemals!

Ich hörte noch, wie Mom die Haustür schloss. Möglicherweise etwas lauter als nötig.

Als wir im Park unsere Telefonnummern ausgetauscht hatten, war ich mir sicher gewesen, dass ich Marisol nie anrufen würde. Ich freute mich, dass sie mir ihre Nummer gegeben hatte – ich hatte sie in zwei Sekunden in meinem Gehirn gespeichert, bevor ich den Zettel in meine Geldbörse steckte –, aber ich unterhielt mich nicht gern am Telefon. Die Leute hörten sich nie so richtig echt an, wenn man durch ein Glasfaserkabel mit ihnen verbunden war und sie nicht sehen konnte. Entweder hörten sie sich aufgesetzt fröhlich an, als wären sie *wahnsinnig* glücklich, dass man anrief, oder sie grunzten und grummelten, als müssten sie auf der Stelle eine Happypill einwerfen, falls man vorhatte, noch länger mit ihnen zu reden. So war's bei meiner Mutter, wenn ich sie von Dads Wohnung aus anrufen musste. Sie klang dann immer so, wie ein Basset Hound aussieht.

Aber nachdem ich eine Stunde aus dem Fenster gestarrt und zwei kleine Kinder beobachtet hatte, die sich stritten, wie man einen Baseball richtig schlägt, wobei ich insgeheim gehofft hatte, dass die beiden bei ihren Versuchen ein Fenster oder so zertrümmern würden, war ich allmählich weich geklopft. Ich wählte die Nummer, ohne auch nur auf den Zettel zu schauen.

»Hallo«, kam die vertraute Stimme.

»Marisol?«

»Ja. Wer ist dran?«

»Mmh, Jo – Gio.«

»Hey! Hallo! Was ist los?«

»Nicht viel. Ich versuche nur gerade, nicht den Verstand zu verlieren.«

»Erzähl! Aber ich muss heute Abend mit meinen Eltern zu einem Essen, wo so ein beschissener B&T-Preis vergeben wird, für Begabte und Talentierte. Ich wollte da nicht hin, aber dann hat meine Mutter von der Mutter von so einem anderen B&T-Idioten davon erfahren, und jetzt muss ich mich dort sehen lassen.« Sie klang ganz normal, so wie im Café oder wie damals im Park.

»Das heißt also, dass du begabt und talentiert bist, oder?«

»Ja, ich und zwei Drittel der Abschlussklasse. Dafür zahlen die Eltern ja schließlich eine Privatschule. Reiche Leute können den Gedanken nicht ertragen, dass ihre Kinder einfach ganz normal sind. Wir sind *alle* begabt und talentiert.«

»Aber *du* bist es wahrscheinlich wirklich.«

»Na klar. Ohne Frage.«

Etwas, das sie vorher gesagt hatte, klickte plötzlich in meinem Gehirn. »Du bist in der Abschlussklasse?«

»Und wie, Gio, erst die Abschlussprüfung und dann nichts wie weg. Ich fliehe!«

»Wohin? Gehst du aufs College?«

»Ja, ich denke schon. Das ist am einfachsten. Dagegen

können meine Eltern nichts unternehmen. Ich hab mich überall beworben, überall außer in Neuengland. Ich hoffe, dass es in Stanford klappt. Kalifornien ist gerade weit genug weg.«

»Oh Mann! Ich hab noch nicht mal angefangen, über ein College nachzudenken. Ich hab ja auch noch ein Jahr.«

»Dann mal los, Junge! Wenn du zu lange auf deinem Arsch hocken bleibst, dann endest du auf irgendeinem staatlichen College oder so. Dann wollen sie, dass du zu Hause wohnst und all das. Fang lieber bald an zu planen!«

Ich hatte echt keine Lust auf eine Lektion Lebensplanung, was übrigens eines der Lieblingsthemen meines Vaters war. »Hey, Marisol, würde es dir – könnte ich dir was vorlesen, was ich gerade geschrieben habe? Es ist was für das Zine, aber ich komme irgendwie nicht weiter. Vielleicht kannst du mir helfen.«

»Klar. Ich hab noch eine halbe Stunde, bevor ich mein Gehirn polieren muss, damit ich vor den Freunden meiner Eltern angeben kann.«

»Super.« Schnell suchte ich in meinem Rucksack nach dem Notizbuch. Ich holte tief Atem und las ihr den unfertigen Teil vor, den, in dem ich geschrieben hatte, ob es meinen Eltern überhaupt auffiele, wenn ich abhauen würde. Ich versuchte, es lustig klingen zu lassen, aber mir war klar, dass es so nicht rüberkam.

»Deine Eltern sind total anders als meine«, war Marisols erster Kommentar.

»Allerdings.«

»Ich weiß, dass du wahrscheinlich übertrieben hast –«

»Ein bisschen. Ich meine, es ist nicht gerade so, dass

meine Mutter eine Banane auf die Treppenstufen legt und dann weggeht. Sie heiratet wieder. Und hat den Kopf voll mit allen möglichen Sachen.«

»Mmmh. Und der Teil über deinen Vater – dass er froh ist, dass du weg bist?«

Warum hatte ich ihr nur diesen Text vorgelesen? Er war deprimierend. Und blöd. »Der Teil stimmt wahrscheinlich. Es haut nicht hin, oder? Ich meine, ich wollte es lustig machen, aber –«

»Nein, Gio. Versuch nicht, lustig zu sein. Schreib die Wahrheit. Vielleicht wird es dann lustig, vielleicht auch nicht. Lass es einfach. Schreib so, wie du es fühlst.«

»Ich weiß nicht. Es ist irgendwie Zeitverschwendung.«

Von unten hörte ich Mom schreien: »Al ist da! Wir essen gleich. Komm runter und sag guten Tag!«

»Ich bin am Telefon!«, brüllte ich zurück und hielt das Mundstück zu. »Ich komme gleich!« Fast war ich froh, dass ich eine Entschuldigung hatte aufzulegen. Marisol war auf eine falsche Spur geraten. Sicher, sie hatte einige ernsthafte Sachen geschrieben, aber ich war auf Humor aus und nicht auf dieses Selbstfindungszeugs.

»Hör mal, der Freund von meiner Mom ist hier. Ich muss jetzt runter und mit ihnen essen. Die machen plötzlich auf Familie und so. Es ist richtig unheimlich.«

»Schreib's auf, Gio. Geh nach dem Essen in dein Zimmer und schreib auf, was passiert ist und wie es dir damit geht. Du schreibst gut – wirklich wahr. Lauf nur nicht vor deinen Gefühlen davon.«

Ich musste lachen. »Ausgerechnet *du* sagst mir, ich soll nicht davonlaufen. Dabei kannst du es kaum erwarten, abzuhauen.«

Eine Weile lang hörte ich nichts, und ich hatte Angst, dass ich was Falsches gesagt haben könnte.

»Marisol?«

»Ich renne nicht vor mir selbst davon, Gio. Ich lüge nicht«, sagte sie dann endlich. Ihre Stimme klang angespannt, als würde sie beim Reden etwas sehr Schwieriges tun, zum Beispiel auf einem Seil balancieren oder so was. »Ich muss weg, weil ich rausfinden will, wer ich bin, wer in dieser Person wirklich steckt, die meine Eltern hergestellt haben. Doch ich laufe nicht vor meinen Gefühlen davon. Du kannst es glauben oder nicht, aber ich liebe meine Eltern. Manchmal hab ich Angst, wenn ich dran denke, dass ich sie verlasse und ganz allein weggehe. Es könnte ja sein, dass ich es allein nicht schaffe.«

Ich war erstaunt. »Natürlich schaffst du es. Wenn du es nicht schaffst, wer dann?«

»Genau davor habe ich Angst. Dass es niemand schafft. Nicht wirklich.«

»Oh, vielen Dank. Das ist ja ein tröstlicher Gedanke.«

Sie seufzte. »Eben. Also geh jetzt und iss mit dem Typ. Ich muss mir was zum Anziehen überlegen, das wenigstens ein bisschen normal ist, damit meine Mutter sich vor ihren Freundinnen nicht schämen muss.«

»Treffen wir uns am Samstag? Um elf? Oder früher?«

Wieder eine Pause. »Ich weiß nicht. Ja, ich denke schon. Bring was von dir zum Lesen mit. Vielleicht, was du über das Essen heute schreibst –«

»Okay. Und du bringst auch was mit.«

»Ich finde es so merkwürdig, dass wir – irgendwie – Freunde sind«, sagte sie. »Andererseits, es gibt sicherlich noch viel merkwürdigere Sachen.«

Wenn man das Wort *Verlobter* hört, dann denkt man normalerweise nicht an einen alten, glatzköpfigen Mann, oder? Für mich sollte dieses Wort für junge Pärchen reserviert sein, die wenigstens im Leben noch jungfräulich sind, wenn auch nicht gerade sexuell. Aber so bezeichnet sich der breit lächelnde, zweiundfünfzigjährige Freund meiner Mutter.

»Da ich nun der Verlobte deiner Mutter bin«, sagte er zu mir, »sollten wir, denke ich, einander ein bisschen besser kennen lernen.« Je weniger, je besser, ist meine Meinung, aber die behalte ich für mich. Es ist einfacher, immer beschäftigt zu sein, wenn der gute alte Al auftaucht. An diesem Abend jedoch findet eine Pflichtveranstaltung statt: eine Aussprache darüber, wie es nach der Hochzeit weitergehen soll.

Eines weiß ich ganz genau, nämlich wo ich zu leben gedenke – genau hier in demselben Haus, in dem ich fast siebzehn Jahre lang gelebt habe. In dem Haus, in dem ich Guppys und selbstmörderische Goldfische aufgezogen habe. In dem Haus, dessen Regenrinnen ich mehr als einmal mit Tennisbällen verstopft habe. In dem Haus, an dessen Wänden mein ruckartiges Wachstum verewigt wurde. In dem Haus, das mein Vater meiner Mutter überlassen hat, bei der Scheidung, durch die sie ihre gute Lebenseinstellung verlor.

Trotzdem, ich gehe hinunter, um mit Al zu Abend zu essen (wohl wissend, dass mir sonst der Hungertod droht). Er kann es kaum erwarten, bis er mir die frohe Botschaft überbringen darf. Mom schafft noch die letzten Leckereien aus der Küche herbei, als er auch schon seine Füße unter den Tisch steckt und sagt:

»Ich möchte nur, dass du weißt, dass mein Haus mehr als groß genug ist für uns alle.«

Mom läuft eilig herbei. »Warum essen wir nicht erst, bevor wir diese Dinge besprechen? Die Pasta wird sonst kalt.«

Ich lasse eine Ladung Krabben und Tomatensoße auf meine Spagetti fallen und nehme mir vor, die Nahrungsaufnahme so schnell wie möglich zu erledigen, falls sich schon bald die Notwendigkeit ergeben sollte, einen Wutanfall zu bekommen und rauszulaufen. »Welches Haus meinst du, Al?«, frage ich unschuldig.

»Mein Haus in Chesterfield. Es ist ein großes, altes Haus.« Al hat sein Essen noch kaum angerührt und beschreibt mit einer weitschweifigen Armbewegung die Ausmaße seines Heims. »Natürlich bewohnt meine Mutter den Großteil des ersten Stocks. Das Haus gehört eigentlich ihr, aber sie ist überhaupt nicht schwierig. Du wirst sie mögen«, versichert er mir.

Aber *natürlich.*

Ich deute auf meine Mutter. »Und wer wird dann die Dame des Hauses sein? Meine Mutter oder deine?« Und das mit einem süßen Lächeln.

»Ach, Unsinn – die beiden vertragen sich wie die engsten Freundinnen, stimmt doch, Annie, oder?«

»Deine Mutter ist ein Schatz«, sagt die meinige taktvoll. Ich frage mich, was zum Teufel sie durch diese Heirat gewinnt. Macht sie dadurch ihren verlorenen Stolz wieder wett? Aber dann beugt sich der gute Al zu ihr rüber und reibt richtig zärtlich ihre Schulter und sie lächelt ihn irgendwie schüchtern an. Mein Gott, es wird doch nicht *Sex* sein! Ich muss wegsehen.

Und so fängt das ganze Theater also an. Ich muss es ihnen sagen: »Hört zu, ich ziehe nirgendwo hin. Ihr beide könnt ja gern gehen, aber ich bleibe hier. Ich habe noch ein Jahr Schule zu machen und ich fange nicht woanders noch einmal von vorn an. Also schlagt es euch aus dem Kopf, dass Omi und ich uns zusammentun.« Ich weiß, wie das ausgehen wird, und so schaufle ich schnell noch mehr Spagetti in mich rein.

Al sagt, er versteht, dass dies alles ziemlich aufwühlend für mich sein muss; Mom sagt, dass ich nicht derjenige bin, der hier die Entscheidungen zu fällen hat. Ich sage, okay, dann zwingt ihr mich dorthin, aber ich gehe trotzdem weiter in die Schule in Darlington.

»Weißt du, was es kostet, wenn du in einer Stadt, in der du nicht wohnst, in die Schule gehst?«, fragt Mom. »Und es gibt auch keine direkte Busverbindung. Chesterfield ist nur eine halbe Stunde weg – du kannst jederzeit hierher kommen und deine Freunde besuchen.« (Welche Freunde?, frage ich mich.)

»Dann fahre ich mit dem Auto rein«, sage ich. »Ich such mir einen Job und bezahle die Schule selbst. Und fahre jeden Tag nach Darlington.« Ich weiß gar nicht genau, warum ich mich so reinhänge, weil ich meine Schule doch sowieso nicht mag. Niemand außer Brian würde überhaupt merken, dass ich weg bin, und jetzt, wo er sich in eine aus der Junior High verknallt hat, wäre es ihm auch egal. Also warum? Weil ich es schräg finde, dass meine Mutter diesen Glatzkopf heiratet; und weil ich nicht möchte, dass sich jetzt noch mehr für mich ändert.

»Fahren?«, kreischt sie. »Das ist viel zu weit!« Nachdem sie gerade gesagt hatte, dass es *nur* eine halbe Stunde sei.

»Na gut, wenn ich also nicht fahren kann und es keine Busse gibt, wie stellst du dir dann vor, dass ich alle meine guten, alten Freunde besuche? Das stinkt, weißt du das? Das stinkt zum Himmel!«

Nun ist endlich die Zeit für einen dramatischen Abgang gekommen. Die Krabben habe ich sowieso alle aufgegessen und auch fast alle Spagetti. Es ist Zeit, sich aufs Zimmer zurückzuziehen und ihnen die Gelegenheit zu geben, über den Schaden, den sie Mamas armem Jungen zufügen wollen, ein paar Gedanken zu verlieren. Auf meinem Weg zur Treppe mache ich einen Umweg durch die Küche, um mir ein Eis aus dem Eisfach zu holen. Kein Grund, den Nachtisch zu verpassen.

Das war ziemlich witzig. Clever. Gemein. Ich könnte es Marisol am Samstag zu lesen geben. Aber dann war da noch der Teil, den ich nicht aufgeschrieben hatte und der mir keine Ruhe ließ. Das, was später geschah, als Mom nach Als Abgang in mein Zimmer kam. Ich saß, in meine Kissen gelehnt, am Kopfende des Bettes und sie hatte sich weit entfernt von mir ganz unten aufs Bett gesetzt und eine ganze Menge Wasser weggeblinzelt. Sie weint sonst nie, daher war dies ein wenig beunruhigend.

»Ich möchte dir nicht wehtun, Johnny«, sagte sie und starrte hinunter auf den alten indischen Bettüberwurf, der einmal ihr gehört hatte. »Aber jetzt muss ich an mich denken. Du bist beinahe erwachsen. Sehr bald verlässt du mich auch. Und, weiß Gott, ich liebe Al. Wenn er also bei seiner Mutter wohnen möchte, dann soll er das. Weil ich es nicht ertragen könnte, ihn jetzt zu verlieren.«

Sie heulte wegen diesem Glatzkopf! Das konnte doch nicht wahr sein! »Du meinst, Al wird dich verlassen, weil du nicht Tisch und Bett mit seiner Mutter teilen willst?«

»Vielleicht verstehst du das nicht, John, aber es ist mir sehr schwer gefallen, nach so vielen Jahren jemanden so nah an mich heranzulassen. Und nun, nachdem ich es zugelassen habe, werde ich nichts riskieren«, sagte sie.

»Herrgott, hast du denn überhaupt keinen Stolz?«, sagte ich. Das war richtig gemein, ich weiß. Wie ich schon sagte – manchmal, wenn ich genau weiß, was jemanden richtig verletzt, dann kann ich mich nicht zurückhalten und muss es sagen. Aber ich habe festgestellt, dass ich nicht der Einzige bin, der so was tut. Und immerhin fühle ich mich danach ziemlich beschissen.

Sie sah aus, als wollte sie mich ins Gesicht schlagen,

aber sie tat es nicht. Natürlich nicht. Denn dann hätte sie mich berühren müssen. Also stand sie nur auf und ging hinaus.

Ich dachte darüber nach, was am Tisch passiert war – wie Al sich rübergebeugt und ihr die Schulter gerieben hatte. Es schockierte mich nicht, dass sie vielleicht Sex hatten, sondern dass er sie *berühren* durfte. Er hatte es so locker getan, und sie hatte es ohne Zusammenzucken akzeptiert – das war also nicht das erste Mal gewesen. Wusste der Typ eigentlich, was das bedeutete? Er hatte Kontakt aufgenommen! War durch die unsichtbare Schranke gebrochen. Er durfte meine Mutter berühren *und ich durfte es nicht!*

Aus irgendeinem Grund tat das so verdammt weh, dass ich am liebsten auch geheult hätte. Aber das tat ich natürlich nicht. Ich wüsste wahrscheinlich nicht einmal mehr, wie das geht.

KAPITEL SECHS

»Ich dachte, du würdest heute vielleicht gern zu Hause essen, John. Und zur Abwechslung mal chinesisch?«

Ich wusste nicht, was los war. Schon seit er mich abgeholt hatte, benahm Dad sich seltsam. Mindestens hundert Jahre lang hatten wir nun die gleiche Freitagabend-Routine hinter uns gebracht: Er fährt in seinem Lexus vor, ich warte mit meinem Schultersack hinter der Tür, er hupt, ich sprinte den Gartenweg hinunter und hüpfe auf den Beifahrersitz. Er muss nicht mal den Motor ausschalten. Er muss sich auch nicht mit meiner Mutter unterhalten, was ihr nur recht ist.

Aber heute war es anders. Ich wartete wie gewöhnlich, der Wagen fuhr vor, ich sprintete hinaus, doch kaum hatte ich die erste Hälfte des Wegs zurückgelegt, da war er schon ausgestiegen.

»Wollte nur mal deiner Mutter guten Tag sagen, John. Ihr gratulieren.«

Er ging an mir vorbei hinauf zur Eingangstür und klopfte. Ich folgte ihm nicht, aber ich beobachtete ihn. Ich machte mir fast Sorgen, dass Mom die Tür öffnen und in Ohnmacht fallen würde; ich weiß nicht, wann sie den Typ das letzte Mal gesehen hatte. Sie fuhr ein bisschen zurück, fing sich dann aber.

Dad machte den netten, lustigen Kerl; ich hörte, wie er sülzte, wie wunderbar es doch sei, dass sie jemanden gefunden habe, und wie sehr er hoffe, dass sie glücklich blabla, blabla, blabla. Die herzlichsten Glückwünsche. Falls Mom was sagte, konnte ich es nicht hören. Kurz danach rauschte Dad mit entschlossenem Gesichtsausdruck den Gartenweg entlang, und als er am Auto war, knallte er die Hände zusammen. Den Job hatte er hinter sich.

Im Auto waren wir immer sehr schweigsam. Normalerweise schaltete Dad das Radio an und hörte Nachrichten. Manchmal kommentierte er irgendeine Naturkatastrophe oder einen politischen Aufruhr und ich fühlte mich zu einem unverbindlichen Antwortgemurmel verpflichtet. Ich weiß auch nicht, warum ich keine Lust habe, mich mit ihm zu unterhalten. Wahrscheinlich weil ich weiß, dass er es gern hätte. Wahrscheinlich hätte er gern, dass ich die ganzen bescheuerten Bücher lese, die in seinem Verlag veröffentlicht werden, damit wir anregende literarische Konversationen führen könnten.

Da wir um diese Zeit den Berufsverkehr gegen uns haben und Dad sowieso wie ein Wilder fährt, sind wir meistens in Rekordzeit in der Marlborough Street. Aber heute war er mit dieser idiotischen Idee gekommen, sich unterwegs bei einem Chinesen was einpacken zu lassen. Wir würden zu Hause essen, nur er und ich. Ich konnte mich nicht daran erinnern, wann wir das zuletzt getan hatten. Keine Restaurant-Geräusche, die unser Schweigen übertönen würden, keine Speisekarte, in die man sich vertiefen konnte, keine Gäste, die man beobachten konnte. Was würden wir nur *tun?*

Ich war so verwirrt, dass ich der Idee, chinesisch zu essen, nachgab. Chinesisches Essen ist die Lieblingsküche meines Vaters, also stimme ich natürlich immer für alles andere, obwohl ich chinesisches Essen auch ganz gern mag. Er bestellte es über sein Handy, so brauchten wir nur kurz anhalten und konnten das Essen sofort mitnehmen.

»Sollen wir heute am Tisch essen wie zivilisierte Leute?«, fragte er, während er die Tür zu seiner Wohnung aufschloss. Als ob ich die Wahl gehabt hätte! Der große, lackierte Tisch im Esszimmer war schon für uns gedeckt – ein Tisch, an dem ich ihn noch nie gesehen hatte, er benutzte ihn sonst als Behelfsschreibtisch, wenn der in seinem Büro überfloss. Aber nun lagen darauf zwei Gedecke für uns, gefaltete Servietten, Weingläser hinter den Tellern und in Glaskerzenhaltern zwei brandneue Kerzen, die nur darauf warteten, angezündet zu werden.

Hatte er etwa vor, mir etwas richtig Schlimmes beizubringen? War er krank? Pleite? Wollte er auch heiraten? Nein, das sicher nicht. Er hatte Mom (in seiner widerlich ruhigen Stimme) immer wieder gesagt, dass er niemals hätte heiraten sollen. Er sei nicht der Mann, der in einem eingeschlossenen Leben glücklich sein könne. So nannte er es: *ein eingeschlossenes Leben*. Als wäre er jetzt so frei, Mr. Armani-Anzug, Mr. Lexus, Mr. Heim-Service-Essen.

Er klatschte das Schweinefleisch süßsauer, das Sechuan-Hühnchen und den Reis in ein paar Schüsseln, legte die Schalottenpfannkuchen und die chinesischen Maultaschen auf eine Platte und brachte alles zum Tisch, als hätte er das Essen selbst zubereitet und nicht nur dafür bezahlt. Er zündete die Kerzen an, als würde er etwas *feiern*. Ich hätte mir eher die Zunge abgebissen, als ihn zu fragen, was zum Teufel eigentlich los war.

»Das ist doch mal was anderes, was?« Er entfaltete mit Schwung seine Serviette und legte sie sich in den Schoß.

»Was zum Teufel ist eigentlich los?« Ich konnte nicht anders; ich war zum Essen viel zu nervös.

Er lächelte und schaufelte weiter Reis auf seinen Teller. »Du hast was gemerkt, stimmt's?« Gemerkt? Ich müsste praktisch im Koma liegen, um nicht zu merken, dass da was faul war. Er seufzte, aber es war kein unglückliches Seufzen. »Die Wahrheit ist, John, dass ich manchmal das Gefühl habe, ich kenne dich gar nicht mehr. Wir verbringen Zeit zusammen, aber wir reden fast nicht miteinander.«

»Und an wem liegt das?«, murmelte ich. Nachdem ich nun wusste, dass er mich nur voll labern wollte, konnte ich ja essen. Das Sechuan-Hühnchen sah gut aus, selbst mit Labersoße drüber.

»Ich meine nicht, dass Schuldzuweisungen nötig sind. Tatsache ist, dass du nun praktisch erwachsen bist, und ich meine, dass wir nun eine reife Beziehung haben können. Ich habe über deinen Ausbruch von letzter Woche nachgedacht, und mir ist klar geworden, dass ich dich nicht genügend ernst genommen habe, findest du nicht auch? Du bist jetzt ein Mann und wir sollten offen und ehrlich miteinander reden.«

Oh Mann, ging mir das runter! Und war es nicht schlau von ihm, das Gespräch diesmal in privatem Rahmen abzuwickeln, sodass ich ihn nicht noch einmal in der Öffentlichkeit bloßstellen konnte? »Und was willst du mir nun als Mann sagen, was du mir nicht sagen konntest, als ich noch ein Kind war?«

Er zerkleinerte eine Maultasche mit seinen Designer-Essstäbchen, nahm einen Bissen und kaute sorgfältig, während er über diesen Ausspruch nachdachte. »Worüber ich mit dir reden möchte, John, ist die Scheidung von deiner Mutter. Ich hoffe, du bist jetzt alt genug, um zu verstehen, dass ich keine andere Wahl hatte.«

Oh Mann! Ich war eindeutig nicht alt genug und würde wohl *niemals* alt genug sein, um mir anzuhören, warum mein Vater keine andere Wahl hatte, außer mit einer seiner magersüchtigen Freundinnen abzuhauen und meine Mutter im Dunkeln sitzen zu lassen.

»Und ich gebe die Schuld nicht deiner Mutter. Nein, wirklich nicht. Aber ich musste dort raus, John. Für sie war es ihr Zuhause, aber mich hat das umgebracht. Diese engstirnige Gemeinde, alle so sehr damit beschäftigt, die Hecken zu schneiden und Rosen zu züchten und –«

»Und ihre Kinder aufzuziehen?«, half ich ihm weiter.

Er lächelte mich an, als sei er stolz, dass ich es geschafft hatte, ihm eine reinzuwürgen. »Nun gut, das auch. Ich war nie ein besonders guter Fußball-Daddy. Erinnerst du dich noch an das erste Jahr, in dem du mit Baseball angefangen hast, beim Farmer-Team oder so? Ich glaube, du warst etwa acht Jahre alt, und der Trainer fragte mich, ob ich nicht mithelfen wollte, als sein Assistent. Ich musste richtig lachen über den armen Kerl. Er war in die Geschichte irgendwie reingeraten und jetzt wollte er einen weiteren Trottel mit reinziehen. Aber nicht mit mir.« Er schüttelte den Kopf über die Naivität dieses Mannes.

Mein Appetit war plötzlich verschwunden. Ich stocherte mit meinen Stäbchen in meiner Maultasche herum, riss sie auseinander, erinnerte mich, wie sehr ich es gehasst hatte, diesen schweren Schläger hochzuwuchten und meinen Platz am Wurfmal einzunehmen, während die Gegnerpartei brüllte und lachte.

»Mit acht war ich schon zu alt, um mit Baseball anzufangen. Alle anderen Kinder hatten schon jahrelang gespielt. Ich konnte sie nie mehr einholen.«

Dad wischte die Klage mit einer Handbewegung weg. »Ach was, das ganze Sportszeug ist sowieso nur Zeitverschwendung. Du warst zu klug für Baseball. Du hast das nicht gebraucht.«

»Du meinst, *du* hast das nicht gebraucht.«

»Wenn du wirklich hättest spielen wollen, dann hätte dich deine Mutter hinfahren können.«

»Woher hätte ich denn wissen sollen, was ich wirklich wollte? Ich war acht. Übrigens hat sie mich zum Schwimmunterricht, zu den Karatestunden und am Wochenende zum Campen gefahren. Sie war auch beschäftigt, falls du das nicht mehr weißt. Sie hat gearbeitet. Sie hatte auch ein Leben. Du wolltest nur mit keinem von uns etwas zu tun haben. Du warst ein weltmännischer Wichtigtuer und wir waren zu provinziell für dich.« Ich schmiss die Essstäbchen auf den Tisch.

»John, willst du mir ernsthaft sagen, dass du gern in Darlington wohnst? Für Kinder ist es wohl in Ordnung, aber für jemanden in deinem Alter muss es doch tödlich langweilig sein.«

Natürlich war es langweilig, aber das würde ich ihm gegenüber weiß Gott nie zugeben. »Ich nehme an, dass es für Leute ohne innere Ressourcen langweilig sein muss. Für mich ist es in Ordnung.« Ich schaufelte mir süßsaures Schweinefleisch auf den Teller und hoffte, dass meine inneren Ressourcen aufhören würden, sich zu drehen und zu schwanken, wenn ich sie etwas auffüllte.

Er warf mir über seine Brillengläser einen frustrierten

Blick zu und manövrierte das letzte Schweinefleisch süßsauer auf ein Stück Pfannkuchen. »Ich stelle fest, dass das Thema für dich noch immer schwierig ist. Tut mir Leid, dass ich es angeschnitten habe. Lassen wir es. Ich habe Mokkasahneeis als Nachtisch gekauft.«

»Dann ist ja alles in bester Ordnung. Lecker, lecker. Richtige Männer essen Eiskrem.«

Nun wurde er wirklich sauer. Ich verhielt mich so *unerwachsen.* »John, den Sarkasmus brauche ich wirklich nicht.«

»Ich weiß. Mich brauchst du auch nicht.« Ich stand auf und knallte den Stuhl gegen den Tisch. »Übrigens, ist es mir ziemlich egal, welche Ausrede du benützt. Ich werde nie alt genug sein, um zu vergessen, wie ich mich damals gefühlt habe, als du uns verlassen hast.«

Marisol war so tief über die Blätter gebeugt, dass zwischen dem Tisch und ihren Lippen kaum noch Platz für die Kaffeetasse war. Ich beobachtete sie, wie sie die Augen zusammenkniff und den Kaffee schlürfte. Sie las das Ganze bereits zum dritten Mal und hatte schon einmal abgewinkt, als ich versuchte, sie zu unterbrechen und zu fragen, was sie davon hielt. Wenn ich gewusst hätte, dass sie es so ernst nahm, hätte ich das Ding überhaupt nicht erst mitgebracht.

Endlich schaute sie auf und zeigte mit dem Finger auf das Blatt vor ihr. »Hier ist der Augenblick der Wahrheit«, sagte sie. »Deshalb lohnt es sich, das alles zu lesen.«

»Wo?« Ich lehnte mich über den Tisch, damit ich sehen konnte, worauf sie deutete.

»›Ich möchte nicht, dass sich jetzt noch mehr für mich ändert.‹ Diese Zeile verrät mir, dass dieser arrogante Typ ehrlich mit sich selbst ist und nicht nur ein aalglatter Idiot, dem alles egal ist.«

Ich setzte mich in meinem Stuhl zurück. »Du findest, ich klinge arrogant und aalglatt?«

»Es ist dein Stil: cool, ungerührt, alles aus der Distanz betrachtend. Sag nicht, das überrascht dich jetzt. Zum Beispiel dieser letzte Absatz: Du hast einen Wutanfall, dann denkst du ganz ruhig darüber nach, wie erschüttert sie wohl sind, während du dir auf dem Weg nach oben ein Eis holst. Also ehrlich. Du zeigst hier nicht gerade Empfindsamkeit.«

»Na und, wieso sollte ich?«

»Du musst es ja nicht. Aber dieser Stil erlaubt deinen Lesern nicht so einfach einen Blick auf die Person hinter dem Text. Was wahrscheinlich deine Absicht ist. Du bist sowieso ein Mensch, der sich recht bedeckt hält.«

»Was?«

»Ich bitte dich, *das* willst du doch wohl nicht anzweifeln. Du möchtest dich nicht mal entscheiden, ob du schwul bist oder nicht. Du willst nicht, dass auch nur die *geringste Information* über dich rüberkommt, willst nichts von dir preisgeben.«

Mir war, als hätte sie meine Flügel mit Nadeln an einem Karton befestigt und zoomte sich nun mit einem Mikroskop heran.

»Wenn ich etwas lese, dann möchte ich hinterher das Gefühl haben, dass ich den Autor ein bisschen kennen gelernt habe«, fuhr sie fort. »Diesen ewigen Sarkasmus finde ich mit der Zeit ärgerlich.« Sie hob die Hände.

»Versteh mich nicht falsch. Du schreibst gut. *Sehr* gut. Es ist witzig und stark und ich bin, ehrlich gesagt, ganz schön beeindruckt. Wenn das nicht wäre, würde ich kein Wort darüber verlieren.«

»Also hat es dir gefallen? Ich kann das bei dir immer ziemlich schlecht sagen.«

»Klar, ich mag es, aber das, was mich das Ganze ernst nehmen lässt, ist dieser eine Satz, wo du von deiner Angst vor weiteren Veränderungen sprichst. Das klingt ehrlich. Und weil der Text sonst so distanziert ist, hat man das Gefühl, als sei dir der Satz nur so herausgerutscht, wodurch das Ganze noch ehrlicher wirkt. Verstehst du, was ich meine?«

Ich zog die Blätter zurück auf meine Seite des Tisches. »Ich glaube schon.« Ich konnte mich nicht mal mehr daran erinnern, dass ich diesen Satz geschrieben hatte. Vielleicht fiel er nur so auf, weil er gar nicht richtig dorthin gehörte.

»Weißt du, was ich wirklich gern mal lesen würde?«, sagte Marisol. »Den Text, den du mir am Telefon vorgelesen hast. Ich glaube, er hieß *Flucht*. Das konnte ich richtig nachfühlen.«

»Wirklich? Mir kam das vor wie ziemlicher Mist. Ich hab's weggeschmissen.« Ich log sie wieder an, ohne auch nur im Geringsten darüber nachzudenken. Ich hatte den Text bei mir, hier direkt in meinem Rucksack, aber dieser Scheiß, ständig meine Gefühle niederzuschreiben, wurde mir allmählich zu viel. So wie Mädchen, die Tagebuch führen oder so. Darum ging es nicht in einem Zine. Wenigstens nicht in meinem.

Marisol gab der Bedienung ein Zeichen, noch mehr

Kaffee zu bringen. »Nun sei nicht gleich sauer. Ich mag es, wie du schreibst. Egal, wer du bist.« Fast lächelte sie.

»Und, hast du was mitgebracht, das ich in Stücke zerreißen kann?«

»Ich hab's versucht, aber es ging nicht.«

»Was? Du hast nichts mitgebracht? Das ist unfair!« Wahrscheinlich war es aber ganz gut so. Seit meinem Kampf gestern Abend mit Dad war ich schon die ganze Zeit auf einen neuen Streit aus, als ob die Wut, die noch immer in mir steckte, sich irgendwie befreien wollte. Und es wäre wohl keine gute Idee, das Ganze auf Marisols Texte loszulassen.

»Das Problem ist, dass ich etwas über ein ganz bestimmtes Thema schreiben will, etwas, das ich irgendwie nicht in den Griff bekomme. Ich habe fast die ganze Woche versucht, den Anfang zu finden, und hab dann alles weggeschmissen. Es war zu – persönlich.«

»Zu persönlich? Ich dachte, das wäre der Sinn der ganzen Sache? Du hast mir gerade erzählt –«

»Ich meine, die Einzelheiten waren zu persönlich. Was da plötzlich auf dem Papier stand, war voller Schmerz. Ich nehme an, dass ich noch nicht genug Distanz habe, um es aufzuschreiben. Vielleicht werde ich die nie haben.«

»Ging es um – ein Mädchen?« Ich war mir nicht hundertprozentig sicher, ob ich eine lesbische Liebesgeschichte hören wollte, aber ich wollte irgendwie, dass Marisol mir Dinge über sich erzählte. Und ich wollte wohl noch ein paar Anhaltspunkte, wer sie eigentlich war. Außerdem hatte ich inzwischen genug vom Nachdenken über meine eigenen bescheuerten Probleme.

Sie ließ ihren Blick über die Bücherregale schweifen. »Also gut, ich gebe dir eine Kurzversion. Die Details sind sowieso langweilig. Es war vor ungefähr einem halben Jahr. Ich hatte mich erst vor ein paar Monaten geoutet und traf diese Gruppe von Mädchen, die sagten, sie seien lesbisch. Eine geht in meine Schule und der Rest in andere Schulen hier in der Gegend. Jedenfalls war da dieses eine Mädchen, Kelly. Sie war witzig und intelligent. Ich hab mich sofort in sie verliebt. Es war das erste Mal, dass ich so was gefühlt habe, du weißt schon. Nein, wahrscheinlich weißt du es nicht. Jedenfalls flirtete sie mit mir und, na ja, wir küssten uns und so. Sie war so cool – sie ließ nichts von meinem üblichen B&T-Mist durchgehen. Mein übliches Angeberzeug. Sie war einfach – super.« Marisol hörte auf zu reden und spielte mit ihrer Kaffeetasse.

»Also hat sie dich fallen lassen?« Ich weiß, dass es fies war, die Geschichte so abzuschneiden, aber ich war sauer, dass sie einfach annahm, ich könnte nicht verstehen, wie es ist, wenn man nach jemand verrückt ist. Ich meine, es ist mir noch nicht passiert, aber ich lese schließlich; und ich habe Phantasie.

»Ja, es ging auseinander. Aber das war nicht das Schlimmste. Ich meine, es war schon schlimm, aber noch schlimmer war, *wie* es passierte. Wir saßen eines Abends am Harvard Square und hörten diesen peruanischen Straßenmusikern zu. Es war ziemlich kalt und wir hatten uns aneinander geschmiegt und ich liebte sie so. Draußen in der Öffentlichkeit und alles. Ich hatte noch nie vorher so was gefühlt. Gio, du kannst dir nicht vorstellen, wie es ist, wenn man sich jemand so sehr gewünscht hat wie ich und dachte, dass man niemals jemand finden würde, und dann ist sie da – neben dir – und berührt dich!«

Da war so ein rauer Ton in ihrer Stimme, der meine eigene Kehle zusammenzog. Als Marisol mich anschaute, hatte ich das Gefühl, dass sie sehen konnte, wie ich zusammengesetzt war, wie eine dieser Spielfiguren, die Kinder auseinander nehmen können, um zu sehen, wie ihr Innenleben funktioniert. Ich wünschte, ihre Geschichte wäre schon vorbei. Ich wollte nichts mehr darüber hören. Plötzlich hatte ich Angst, Angst vor den Gefühlen, die sie gehabt hatte und ich noch nie, und Angst vor dem, was als Nächstes geschehen würde.

»Wir saßen da so zusammen«, fuhr sie fort, »und ich drehte mich zu ihr um und küsste sie, und sie sah auf mich herab und sagte: ›Weißt du, Marisol, ich bin nicht so ganz sicher, ob ich überhaupt lesbisch bin.‹ Es stellte sich heraus, dass sie einen Typ getroffen hatte und jetzt doch lieber den Pfad der Tugend gehen wollte. Als wäre Lesbischsein nur so eine Klamotte, die sie mal anprobiert hatte und die nicht ganz passte. Nach diesem Abend hab ich sie nie mehr gesehen.«

Ich konnte mir das vorstellen. Das Gefühl im Bauch, als ob alles rausgezerrt, verknotet und dann irgendwie wieder reingestopft worden wäre. So hatte sich das angefühlt, als Dad gegangen war und Mom in der Dunkelheit verschwand.

Eine Weile lang sagte keiner von uns ein Wort, bis meine Stimmbänder endlich wieder funktionierten. »Das ist schrecklich.«

»Ja.«

»Du wirst wieder eine andere Freundin finden.«

Sie zuckte mit den Schultern. »Vielleicht. Aber mit der so genannten Lesbengruppe hänge ich nicht mehr rum. Meistens bin ich mit Birdie zusammen. Oder jetzt mit dir.« Sie trank ihren Kaffee aus. »Ich müsste eine finden, die keine gottverdammte Lügnerin ist.«

Ich vertraue der rot untergehenden Sonne,
den blattlosen Novemberbäumen.
Am Montagmorgen schaue ich furchtlos voran
bis zum Freitagabend.

Aber Menschen sind nicht so verlässlich
wie die Natur, die Bäume.
Ich frage mich, ob du zurückkommst;
Sicher weiß ich nur, dass du gehst.

Ich hatte schon seit Ewigkeiten kein Gedicht mehr geschrieben, aber dieses kam aus mir herausgesprudelt, als ich, nachdem Marisol die U-Bahn nach Hause genommen hatte, auf einer Bank auf dem Copley Square saß. Zuerst dachte ich, das Gedicht sei über diese Kelly und wie sie Marisol verlassen hatte, aber je länger ich an ihm arbeitete, umso mehr wurde mir klar, dass es mein eigenes Gedicht war. Vielleicht über Dad, der uns verlassen hatte. Nur dass ich dabei auch Marisol sah, wie sie die Treppe zur U-Bahn-Station runterging, den Rucksack tief auf ihrem Rücken, und ich hörte das Klicken ihrer Stiefel, das sich immer weiter von mir entfernte.

»Ich habe Birdie versprochen, dass ich nächsten Samstag was mit ihm unternehme«, hatte sie gesagt. »Er ist eifersüchtig wie verrückt. In zwei Wochen, okay? Ruf mich an, wenn du mir was vorlesen willst.«

Zwei Wochen, das war ewig lang. Vielleicht würde ich sie anrufen, aber das Gedicht würde ich ihr nicht vorlesen. Sie log nicht. Ich vertraute ihr nicht.

KAPITEL SIEBEN

Die Nonnen kletterten auf jeden Berg und durchquerten jeden Fluss, während ein kleines Team von Müttern letzte Änderungen an den Gewändern vornahm und die Trapp-Familie über die Berge und hinunter durch den Gang des Little Theater der Darlington High School entfloh.

Aus irgendeinem Grund bekam ich bei dem Lied über Regenbogen, denen man folgen sollte, um seine Träume zu finden, eine Gänsehaut. Ich sagte mir, dass Maria nur die tapfer aussehende Violet Neville mit einer bescheuerten Frisur war, der Hauptmann nur Vincent Brazwell mit einem kleinen Schüler auf dem Rücken und die Nazis hauptsächlich irgendwelche Kinder, die nicht besonders gut schauspielern konnten. Brian stupste mir schon dauernd in die Rippen.

»Sind sie nicht toll? Die Aufführung wird ganz sicher cool. Das musst du zugeben, John.«

»Welche ist sie noch mal?«, sagte ich. Ich kann es nicht ausstehen, wenn mir jemand sagt, dass ich was zugeben muss.

»Oberste Reihe links. Ich glaube, sie sind jetzt mit der Probe fertig und ich kann sie dir vorstellen. Endlich.«

Ich weiß nicht, warum, aber ich hatte überhaupt keine Lust, Brians geliebte Emily Prine kennen zu lernen. Ich hatte nun schon wochenlang irgendwelche Ausflüchte gebraucht, aber das war nun die letzte Probenwoche vor der Aufführung, und ich konnte so nicht weitermachen, ohne die einzige männliche Freundschaft, die ich hatte, zu gefährden.

Brian winkte wie verrückt, bis endlich dieses große, lächelnde Mädchen mit rückenlangen, roten Locken und einem Nonnenschleier in der Hand auf uns zugerannt kam. Eine Mutter verfolgte sie den Gang hinunter.

»Emily, gib mir dein Kostüm! Wir wollen doch nicht, dass es vor Freitagabend schmutzig wird.«

Also stand Emily da und wurde entkleidet, während Brian uns gegenseitig vorstellte. Sie hatte einen sehr kurzen Rock an (für eine Nonne) und grüne Strumpfhosen über ihren dünnen Beinen und sah aus wie Peter Pan.

»Ich freue mich so, dass wir uns endlich kennen lernen«, sagte Emily. »Bri redet die ganze Zeit von dir.«

»Nein, tu ich nicht«, sagte Brian.

Emily errötete. »Natürlich nicht die *ganze* Zeit oder so. Also, kommst du zu der Aufführung am Wochenende? Du musst kommen!«

Mir war klar, dass sie eigentlich etwas schüchtern war und nur jetzt so aufgeregt wegen des Musicals und weil sie einen Freund hatte. Brian packte ihre Hand, als würde sie sonst ohne ihn irgendwohin verschwinden – diese Geste von Besitzanspruch, die mich immer so aufregt. Du gehörst *mir!*

»Ja, ich denke schon«, sagte ich. Da ich Marisol an diesem Samstag sowieso nicht sehen konnte, gab es auch keinen Grund, nach Boston zu fahren. Um bei meinem lieben, guten Daddy zu sein? Ich war froh über die Ausrede, an diesem Wochenende in Darlington bleiben zu können.

»Freitag- oder Samstagabend?«, fragte Brian.

»Weiß nicht. Ist das wichtig?«

»Nach der Aufführung am Samstag gibt's eine Party für die Mitspieler. Aber wenn du am Freitag kommst, könnten wir anschließend irgendwo hingehen oder so.«

Das war ein aufregender Gedanke. Sie würden durchdrehen wegen des phantastischen Erfolgs, und ich würde ihnen zuhören müssen, wie sie sämtliche kleinen seelischen Schocks hinter den Kulissen durchhechelten. »Hast du mitgekriegt, dass die Lichter zu früh angegangen sind? Die Dings konnte ihr Soundso nicht finden und musste *ohne* –« Übrigens waren sie jetzt ein Paar. Und ich wäre das Anhängsel.

»Ich weiß noch nicht. Ich sag's euch dann.« Sicherlich könnte ich irgendeine – Lüge auftischen. Oh Mann, seit ich Marisol versprochen hatte, nicht mehr zu lügen, hatte ich mehr gelogen denn je.

»Willst du mitfahren, Alter? Ich bin mit meinem fahrbaren Untersatz da«, sagte Brian. Er konnte nicht einfach »Auto« sagen. Natürlich nicht. Brian war nun an der Grenze zum absoluten Coolsein angelangt.

»Klar. Du kannst mich ein Stück mitnehmen. Wo wohnst du, Emily?«, fragte ich.

»Mmh, nur einen Häuserblock von hier. Aber Bri fährt mich trotzdem heim.« Sie sah ihn von der Seite an.

»Natürlich tu ich das. Und wir nehmen den langen Weg.« Er stopfte ihre Hand in seine Jackentasche, damit er sie auch ja wieder finden konnte, wenn er sie brauchte. Ich wohnte nur eine halbe Meile von der Schule entfernt, aber ich war mir nicht sicher, ob ich es aushalten würde, so lange mit den beiden in einem Auto zu sitzen.

Nachdem ich mich auf dem Rücksitz angeschnallt hatte, versuchte ich, mich unsichtbar zu machen, doch Emily drehte sich höflich um. »John, mit wem gehst du auf den Schulball?«

O Mist! Ich dachte, ich hätte Brian meine Einstellung zu diesem Thema klar genug gemacht. »Ich gehe nicht hin. Ich hab für Schulaktivitäten nicht so viel übrig.«

»Aber Brian hat doch gesagt, du gehst mit und wir gehen zu viert! Wir wissen nicht, mit wem wir sonst gehen sollen!«

»Ich hab nie gesagt –«

Brian sah mich im Rückspiegel an. »John, wir haben doch darüber gesprochen. Weißt du nicht mehr? Es ist nämlich so, dass keine von Emilys engeren Freundinnen geht. Ich meine, sie sind erst neu auf der Schule und haben noch keine Freunde aus der Oberstufe.« Emily rutschte glücklich auf ihrem Sitz herum; *sie* hatte einen. »Und du bist mein bester Freund«, sagte er noch. »Mit wem sollten wir sonst gehen?«

Bester? *Einziger* wäre näher an der Wahrheit. »Braucht ihr einen Aufpasser? Warum könnt ihr nicht einfach allein –«

»Oh, das macht keinen Spaß!«, schrie Emily. »Es ist doch eine Party. Da will man doch zusammen mit Freunden hingehen!«

He, Emily, ganz ruhig! »Ich weiß nicht, wen ich einladen könnte. Ich gehe mit niemand aus.«

»Vielleicht könnte Emily dir eine von ihren Freundinnen vorstellen. An diesem Wochenende. Und wenn du sie dann nett findest –«

»Ja!« Emily hüpfte auf dem Vordersitz herum, wobei ihre Haare Brian ins Gesicht flogen. »Eine tolle Idee! Meine Freundin Jessica! Die gefällt dir bestimmt! Glaubst du nicht auch, Bri? Sie ist ganz süß und –«

»Halt! Moment mal! Ich mag keine arrangierten Verabredungen –«

»Ja! Jessica!«, stimmte Brian mit ein. Die Dinge gerieten außer Kontrolle.

»Nein! Wirklich nicht. Ich meine, vielleicht ist da doch jemand, den ich fragen könnte. Aber keine arrangierte Verabredung, okay?«

Emily war enttäuscht, Brian neugierig. »Wen würdest du denn fragen? Sarah aus dem Mathekurs? Ich könnte wetten, dass die ziemlich scharf ist –«

Wie war ich da nur hineingeraten? Ich hatte überhaupt nicht vor, auf den Schulball zu gehen. »Ich weiß nicht, Bri. Lass mich das erst noch mal überdenken, okay?« Gott sei Dank waren wir inzwischen bei mir zu Hause angelangt. In meinem Rettungshafen, meinem Versteck. Ich sprang hinaus, bevor Bri überhaupt richtig angehalten hatte.

»War schön, dich kennen zu lernen, Emily. Ich freue mich auf die Aufführung.« Sie lächelte, war bereit, mir zu glauben. Was für ein phantastisches erstes Schuljahr auf ihrer neuen Schule sie doch verbrachte!

»Ruf mich an, John«, sagte Brian. »Und sag mir Bescheid wegen dem Wochenende und allem, du weißt schon.«

»Ja, sobald ich darüber nachgedacht habe.« Ich rannte ins Haus und knallte den beiden Fremden, die mich nach Hause gefahren hatten, die Tür ins Gesicht. Ich war so froh, diesem Hampelmann und seiner Freundin entflohen zu sein, dass es eine Weile dauerte, bis ich registrierte, dass durch mein normalerweise ruhiges Heim Rockmusik dröhnte. Was zum Teufel war das? ABBA? Volle Pulle aus dem Bügelzimmer.

Noch nie war ich so entgeistert gewesen wie jetzt, als ich das Zimmer betrat. Da war meine Mutter, meine nüchterne, traurige Mutter, in einem T-Shirt und engen, glänzenden Radlerhosen, und strampelte sich wie eine Irre auf dem alten Fitnessrad ab, das seit dem Auszug meines Vaters in der Ecke gestanden hatte. (Inzwischen hatte ich mir angewöhnt, an das Rad meine Hemden zu hängen, in der Hoffnung, dass sie gebügelt würden.) Und sie sang »Mamma mia«, so laut sie nur konnte.

Sie war ganz außer Atem und erreichte die hohen Töne nicht mehr, aber sie hatte eindeutig ihren Spaß dabei. Die Musik war so laut, dass sie mich beim Hereinkommen nicht gehört hatte, daher hielt ich es für besser, mich gleich wieder rauszuschleichen. Sie würde sich nur genieren, wenn sie merkte, dass ich Zeuge dieser Sportveranstaltung gewesen war, und ich würde mich genieren, weil sie sich genierte. Aber da drehte sie sich um und sah mich. Ich nehme an, sie weiß immer genau, wenn ein anderer warmer Körper in ihrer Nähe ist; ihr Sicherheitssystem ist, falls ich ihr je zu nahe kommen sollte, jederzeit im Einsatz.

Sie hörte auf zu strampeln. »Hallo, Johnny! Puhhh! Ich hab dich gar nicht reinkommen hören.« Sie war kein bisschen verlegen.

»Ich hab's gemerkt. Was –?«

Sie kletterte steif vom Rad herunter und drehte am Kassettenrekorder den Ton leiser, dann streckte sie sich genüsslich. »Wow, ich bin nichts mehr gewöhnt! Ich sollte das Rad mal wieder öfter benutzen. Es steht hier nur rum und ich sitze auch rum und werde immer breiter.«

Ich zuckte die Schultern. »Ist mir nicht aufgefallen.« Nicht dass ich groß darauf geachtet hätte.

»Ich bin deine Mutter, da merkt man so was nicht. Aber jetzt, da die Hochzeit immer näher kommt ... Ich sollte ein bisschen mehr auf mich achten.«

Herrgott, diese Hochzeitsgeschichte war offenbar ziemlich wichtig für sie. Sie versuchte, für ihre Hochzeit gut auszusehen, als wäre es *die* große Schau oder so.

Sie war außer Atem, aber sie hatte ein kleines Lächeln im Gesicht, als sie ihre Hüften zu dem Lied über die tanzende Königin hin und her bewegte. Ich blickte an ihr vorbei aus dem Fenster, obwohl ich nicht hätte sagen können, was zum Teufel da draußen zu sehen war. Es war zu gruselig, wie meine eigene Mutter sich in ihrem verschwitzten Gymnastik-Outfit wie Jane Fonda aufführte.

»Dein Dad und ich liebten dieses Lied. Ist das nicht komisch? Inzwischen ist er so kultiviert.«

Ich wäre fast in Ohnmacht gefallen. Mom redete *nie* über Dad und vor allem nicht so, glücklich und als ob sie sich an etwas Nettes erinnerte. Ich musste hier raus – es war zu verwirrend –, also ging ich in die Küche. »Ja, stimmt«, rief ich zurück. »Übrigens, dieses Wochenende geh ich nicht zu Dad.«

Ich hatte den Kühlschrank noch nicht erreicht, als sie schon hinter mir her war, ein wenig zu dicht für ihre Verhältnisse, dachte ich.

»Dieses Wochenende nicht? Wieso denn? Du gehst doch immer zu ihm.«

»Ich weiß, aber dieses Wochenende wird Brians Musical aufgeführt. Und ich hab ihm gesagt, dass ich komme.«

»An beiden Abenden?«

»Natürlich nicht, aber es ist doch Quatsch, wegen nur einer Nacht reinzufahren. Muss ich denn jedes Wochenende da hin? Du kannst mir glauben, Dad ist das egal.« Hoppla! Das war ein Hinweis, den ich ihr eigentlich nicht hatte geben wollen, nämlich dass Dad und ich nicht so besonders gut miteinander auskamen.

Aber sie hakte nicht nach; da war irgendetwas anderes, das sie beschäftigte. »Nein, natürlich *musst* du da nicht hin. Ich dachte nur –« Sie biss sich auf die Lippen.

Ich kapierte immer noch nicht. »Willst du mich nicht hier haben, oder was?«, fragte ich und lachte. »Planst du was Illegales?«

Der Ausdruck auf ihrem Gesicht – als hätte ich sie mit einer Nadel im Arm erwischt. Dann begriff ich. Natürlich! Al kam an den Wochenenden immer rüber. Sie schlafen hier miteinander, damit seine alte Mutter dort im Spukhaus sich nicht aufregen muss. Hier können sie allein sein, aber nicht, wenn ich auch da bin.

Als sie merkte, dass ich begriffen hatte, riss sie sich zusammen. »Natürlich macht es nichts aus, wenn du am Wochenende hier bleibst. Es ist dein *Zuhause*, John.«

»Und es ist *dein* Zuhause. Hör zu, mir ist es egal, wenn Al hier übernachtet. Du heiratest diesen Typ ja schließlich bald. Ist doch kein Problem.« Ich fand mich ziemlich erwachsen, wie ich mit der Sache umging.

Auch wenn ich mich mächtig anstrengen musste, das groteske Bild von Al in Unterhosen im Flur aus meinem Gehirn zu entfernen.

Doch Mom wandte sich ab und beschäftigte sich eifrig am Küchentisch. »Johnny, gib mir bitte die Margarine. Ich backe ein Maisbrot fürs Abendessen. Ich habe schon seit Ewigkeiten kein Maisbrot mehr gemacht. Und dazu taue ich das Chili auf, das ich eingefroren habe –«

Ihr Sexleben stand offenbar nicht zur Debatte. Sie hatte die Tür zu jeglicher Art von Kommunikation wieder zugeschlagen. Ich hätte die paar Minuten, in denen sie mich hineinlinsen ließ, genießen sollen. Sie plapperte weiter übers Essen, nahm mir die Margarine mit spitzen Fingern ab, damit sie ja nicht mit den fleischigen Händen ihres Sohnes in Berührung kam.

Ich stand noch eine Weile lang herum und hoffte, dass die Hitze meiner plötzlichen Wut sie versengen würde. Was wäre, wenn ich ihr diese abstoßenden Hände auf die Schultern legen würde oder meinen Arm um ihre Taille, was Al sicherlich tun durfte? Wahrscheinlich schon seit Monaten, jedes Wochenende. Brian konnte mit seiner Mutter so rumalbern. Ihr gefiel das. Aber ich durfte das nicht, weil – weil ich *sein* Sohn war, verseucht.

»Warum setzt du dich vor dem Essen nicht an deine Schularbeiten?«, schlug sie vor. *Mach, dass du rauskommst,* war eigentlich das, was sie meinte. Mir war nichts lieber. Das Sandpapiergeräusch ihrer Schenkel, wenn sie in diesen Radlerhosen aneinander rieben, machte mich krank.

Als ich meine Tasche aufhob, wo ich sie im Flur fallen gelassen hatte, hörte ich, wie ABBA und meine Mutter wieder ein Lied schmetterten. Es ging darum, dass man nicht entfliehen kann, selbst wenn man will. Hah! Das dachten *sie!*

OHNE BEDAUERN

Mir ist eingefallen, dass ich in meinen ersten drei Ausgaben den Namen meines Zine nicht erklärt habe. Ein paar Leute haben mir geschrieben, dass wohl niemand »ohne Bedauern« leben kann, daher sei es eigentlich ein blöder Name. Sie sagen mir, alle Menschen bedauern irgendetwas, falls sie nicht totale Sonnenscheinchen sind; falls ihr Leben nicht ohne irgendwelche Komplikationen, also total langweilig verlaufen ist; falls sie nicht einfach ziemlich dumm sind.

Erstens: Ich bin nicht dumm. Allerdings habe ich nicht vor, mein Zeugnis oder irgendeine Auszeichnung aus der Schule zu veröffentlichen, also müsst ihr es mir einfach glauben. Ob ich ein Sonnenscheinchen bin oder nicht, kann ich nicht beurteilen. Ich weiß auch gar nicht genau, was das ist – jemand, der ständig glücklich ist oder unermüdlich hilfreich zu jedermann? Falls ja, dann bin ich das nicht. Ich bin oft müde und deprimiert wie alle anderen auch. Aber wenn es bedeutet, dass jemand sich lieber auf die guten Dinge konzentriert, statt über die schlechten zu jammern, dann muss ich die bescheuerte Bezeichnung wohl akzeptieren.

Und was ein Leben ohne Komplikationen betrifft, das hab ich nicht. Ich erzähle das nicht gern, weil die Leute dann immer so schockiert sind und nicht wissen, was sie sagen sollen, aber in einem Zine ist es wahrscheinlich okay, weil ihr ja nichts erwidern müsst, außer ihr wollt es. Meine Mutter starb, als ich zehn war. Das war das Allerheftigste, Allerschlimmste. Da waren noch andere Sachen - mein Vater war eine Zeit lang völlig auf Alk und meine ältere Schwester wurde total verrückt und drehte durch. Aber diese Dinge sind jetzt wieder ins richtige Gleis gekommen und uns geht es inzwischen ganz gut. Das Einzige, das sich niemals verändern kann, ist der Tod - damit muss man einfach leben.

Wenn ihr noch beide Eltern habt, dann könnt ihr euch nicht vorstellen, wie weh es tut, wenn einer von ihnen stirbt, oder was für eine Angst man dann hat. Ich war noch zu klein, um den Tod richtig zu begreifen (ich glaube, ich tu es jetzt noch nicht), und ich glaubte dauernd, meine Mutter würde irgendwie zurückkommen, obwohl ich wusste, dass sie das nicht konnte. Vielleicht ist der Tod für alle zu übermächtig, um ihn gefühlsmäßig in den Griff zu bekommen, aber wenn du zehn bist und der Mensch, der stirbt, ist deine Mutter, die du so sehr liebst, dann ist es, als befändest du dich mitten in einem Tornado, der einfach nicht aufhören will, dich in Stücke zu reißen. Nur dass er schließlich doch aufhört. Endlich legt sich der Wind und du stehst immer noch da.

Nun sagt ihr wahrscheinlich: Bedauert sie nicht, dass ihre Mutter gestorben ist? Hätte sie sie nicht gern zurück? Natürlich hätte ich das gern, aber durch mein Bedauern würde das nicht geschehen, stimmt's? Ich bedauere auch nicht meine Zeit im Tornado, weil sie mich zu der Person gemacht hat, die ich jetzt bin: eine, die weiß, dass sie alles durchstehen wird. Wenn ich also »ohne Bedauern« sage, dann meine ich damit, dass es nichts bringt, zurückzuschauen und sich zu wünschen, dass man die Dinge ändern könnte. Manchmal schaue ich mit Traurigkeit zurück, aber genauso oft erinnere ich mich an die schönen Zeiten, die ich mit meiner Mutter verbracht habe. Und ich schaue immer mit Hoffnung in die Zukunft. Wenn man kein Bedauern verspürt, dann hört man auf, sich zu wünschen, man könnte seine Vergangenheit neu gestalten, und dann fängt man an, sich auf das Kommende zu freuen, was immer es ist.

Diana Baum

Das war die erste Seite der neuen Ausgabe von *Ohne Bedauern*, die ich am Wochenende mitgenommen hatte. Nicht mehr diese ineinander laufende Alles-was-mir-in-den-Sinn-kommt-Geschichte, die sie vorher geschrieben hatte. Aber beim Lesen hatte ich noch stärker als bei ihren anderen Sachen das Gefühl, dass ich diese Diana gut kannte. Als würde sie das alles in einer Unterhaltung nur mir erzählen und nicht in einem Zine hunderten von anderen Leuten. Nicht dass ich wirklich glaubte, was sie da sagte. Aber ich glaube, *sie* glaubte, was sie sagte.

Ohne groß drüber nachzudenken, setzte ich mich an den Computer und begann zu schreiben:

Liebe Diana,

wie kommt es, dass Leute nie wissen, was sie sagen sollen, wenn jemandem, den sie kennen, etwas Schlimmes zugestoßen ist? Vielleicht weil sie denken, dass es irgendwelche Zauberworte gibt, die alles wieder in Ordnung bringen können. Nur kennen sie die Worte nicht. Sie sollten wissen, dass es nichts gibt, was richtig wäre. Meistens müssten sie nur dasitzen und zuhören.

Als mein Vater meine Mutter verließ, wollte ihre beste Freundin nicht darüber reden. Ich erinnere mich, dass sie sagte (ich war immer im Nebenzimmer und belauschte alles, was die Erwachsenen sagten, um das Ganze dann vielleicht zu verstehen): »Lass uns nicht länger darüber reden, Anne. Das deprimiert dich nur.« Das waren nicht die Zauberworte. Meine Mutter verbrachte dann mehr Zeit mit einer anderen Frau, von der sie wusste, dass sie ihrer traurigen Geschichte immer noch einmal zuhören würde: wie sie es nie hatte kommen sehen – wie sie nicht wusste, ob sie das überleben könnte. (Ich nehme an, meine Mutter war auch in einer Art Tornado gefangen.)

Sie hat es überlebt, aber ich glaube, sie würde sagen, dass sie einiges bedauert, sogar jetzt, wo sie plant, noch einmal zu heiraten. Ich bedauere auch Dinge. Ich kann nicht anders. Als Erstes wünschte ich, sie hätte jemand anderen geheiratet. Natürlich wäre ich dann nicht dieselbe Person, aber wäre das schlimm? Ohne den Teil, den mein Vater beigesteuert hat, wäre ich vielleicht kein so großer Idiot. Ich bin ziemlich sicher, dass ein Idiot zu sein genetisch bedingt ist. So gesehen ist es wahrscheinlich ganz gut, dass ich keine Geschwister habe.

Ich glaube nicht, dass du dumm bist oder ein Sonnenscheinchen. Ich finde es aber ziemlich erstaunlich, dass du das Leben so optimistisch betrachtest, wenn man bedenkt, was du durchgemacht hast. Von außen sieht mein Leben wahrscheinlich viel leichter aus als deines, aber mir erscheint es trotzdem ziemlich beschissen. Was, meinst du, hat dich davor bewahrt, runtergezogen zu werden? Das würde ich gern wissen. Wie du wohl erraten hast, suche ich auch nach Zauberworten.

Mir gefällt *Ohne Bedauern* sehr gut. Ein anderes gutes Zine ist *Fluchtgeschwindigkeit* – kennst du das? Meine Freundin Marisol Guzman schreibt das. Ich lege dir ein Exemplar von meinem Zine bei, falls es dich interessiert. Es heißt *Bananenfisch*.

Ich brauchte lange, bis ich mich entscheiden konnte, wie ich das Ding unterschreiben oder ob ich es überhaupt wegschicken sollte, und dann unterschrieb ich es einfach mit: John Galardi, alias Giovanni. Ich musste endlich aufhören zu lügen, nur weil ich meinen Namen blöd fand. Ich meine, ab und zu gibt es vielleicht einen guten Grund, um zu lügen, aber doch nicht wegen so was. Und überhaupt – ich würde sie sowieso niemals treffen.

KAPITEL ACHT

Ich hörte mir die Nonnen an beiden Abenden an. Was hätte ich auch sonst tun sollen? Da mein Zimmer in Darlington nicht so gut ausgestattet war wie das in der Marlborough Street, musste ich es hin und wieder verlassen. Dadurch bestand die Möglichkeit, Al zu begegnen, was ziemlich unangenehm sein würde, selbst wenn er nicht in Unterhosen rumrannte. Um mich nicht wie ein Gefangener in meinem eigenen Haus zu fühlen, floh ich lieber.

Das Musical war natürlich entsetzlich schmalzig, aber mir gefiel es trotzdem irgendwie. Es war zum Totlachen, wie Brian dort oben sich so ernsthaft verbeugte und ständig »jawohl, mein Herr« sagte. Vincent Brazwell hatte eine kratzige Stimme, aber Violet war passabel und diese verdammten Nonnen waren richtig gut. Beim letzten Lied musste ich jedes Mal wegschauen und an etwas anderes denken. Obwohl ich *wusste*, dass da oben nur ein paar Schulkinder standen, deren ganzer Mut darin bestand, sich in fortgeschrittener angewandter Physik einzuschreiben, musste ich dabei doch an die wirklichen Menschen damals denken, die alles hinter sich lassen und bei Nacht und Nebel, nur mit dem wenigen Gepäck, das sie tragen konnten, ihr Land verlassen mussten. Ich weiß nicht, was mit mir los ist in letzter Zeit. Irgendwie scheint mich alles, was zugleich traurig und hoffnungsvoll ist, ein bisschen anzukratzen.

Also saß ich am Freitag um Mitternacht mit dem Butler und der Nonne in einer Nische im Café und war ihnen durchaus wohlgesinnt. Natürlich fing Emily wieder vom Schulball an und wie sie mir zu einer Verabredung verhelfen könnte. Wahrscheinlich passierte das Folgende dann deshalb, weil ich mir im Angesicht von Romeo und Julia wie ein richtiger Versager vorkam. Um ehrlich zu sein, ich hab mich dem guten Brian gegenüber immer ein bisschen überlegen gefühlt. Als könnte ich jederzeit eine Verabredung haben, wenn ich es nur darauf anlegte, aber er, der nichts lieber wollte, als mit einem Mädchen auszugehen, schaffte es nicht einmal, dass sich ein Mädchen mit ihm unterhielt. Und jetzt redete Emily mit ihm und wahrscheinlich taten sie sogar noch eine ganze Menge mehr.

Ich sitze also da und überlege mir, wie ich aus dieser Schulball-Geschichte rauskomme, und gleichzeitig höre ich, wie eine vollständig ausgearbeitete Geschichte aus meinem Mund fließt, von der ich vorher keine Ahnung gehabt hatte. Ganz offensichtlich hatte ich mich inzwischen zu einem unverbesserlichen Lügner entwickelt.

»Also, ich habe eine Freundin«, sagte ich. »In Boston. Ich hab sie immer am Wochenende getroffen, wenn ich bei meinem Vater war. Bri, deshalb wollte ich in letzter Zeit nicht, dass du mitkommst.« Klang das nicht total plausibel?

»Echt?« Brians Augen waren rund wie zwei Tischtennisbälle. »Warum hast du mir nie was davon erzählt?«

»Na ja, ich wollte dich nicht runterziehen. Ich meine, das hat schon angefangen, bevor du Emily getroffen hast, deshalb –« Was für ein Freund!

»Aber ich geh mit Emily doch schon ein paar Wochen. Du hättest mir längst was sagen können. Wie hast du sie denn getroffen?« Brian sah ein bisschen beleidigt aus, aber Emily war nur neugierig.

»Wie heißt sie? Und wie ist sie? Kommt sie zum Schulball?«

Plötzlich ergriff mich die Panik. Wo führte diese Lüge nur hin? »Sie heißt – Marisol. Ich hab sie bei Tower Records getroffen; sie schreibt Zines, wie ich auch.« Diesmal keine Lüge.

»Sie schreibt was?« Emily legte ihr Gesicht in Falten.

»Zines. Das ist so was wie selbst gemachte Zeitungen«, erklärte Brian. »Darin veröffentlicht man Sachen, die man selber geschrieben hat.« Ich hatte Brian ein Exemplar meiner ersten Ausgabe gegeben, also war er jetzt ein Quell des Wissens, obwohl er das Ding wahrscheinlich nicht einmal gelesen hatte.

»Wow! Und ihr beide tut das? Cool!« Emily konnte man mit allem beeindrucken. Sie schüttete ein viertes Päckchen Zucker in ihren Kaffee, was sie mir gleich ein wenig sympathischer machte.

»Jedenfalls hab ich sie so kennen gelernt und jetzt gehen wir fast jedes Wochenende zusammen aus. Nicht an diesem Wochenende, weil ich ja wegen dem Musical hier geblieben bin.«

»Sie ist bestimmt wütend«, sagte Emily.

Ich zuckte mit den Schultern. »Wir *besitzen* uns ja schließlich nicht.« Offensichtlich bemerkte Emily nicht, wie sich meine Nase pinocchiomäßig wie eine Zucchini im August verlängerte, aber Marisol hätte das auf einen Blick festgestellt.

»Und, hast du sie nun zum Schulball eingeladen?« Brian betrachtete mich misstrauisch.

Jetzt war eine schnelle Ausrede angesagt. »Na ja, das ist es eben. Ich meine, Marisol ist ziemlich cool, versteht ihr? Sie ist ein Großstadtmensch. Wir hängen halt gern in Boston rum, in der Szene. Sie ist eigentlich kein Schulball-Typ, wenn ihr versteht, was ich meine.«

»Vielen Dank, John!« Emily ließ ihren Mund in gespielter Empörung offen stehen. »Wir sind also offensichtlich nicht cool genug für Marisol. Wir sind *Schulball-Typen*.«

»Das habe ich nicht gemeint –«

»Ich hab dieses Mr.-Cool-Gehabe so total satt, weißt du das?«, sagte Brian und stieß seine leere Tasse über den Tisch. »Jahrelang habe ich mir von dir anhören müssen, wie du alles und jeden runtermachst, weil du meinst, du seist so viel besser als der Rest der Welt. Ich sag dir was, John, du bist kein bisschen besser als wir anderen Trottel. Du nicht!«

In dem Augenblick kam noch eine Gruppe von Schauspielern aus dem Musical herein (Nonnen und Nazis, keine Stars) und rannte zu uns herüber, um Umarmungen und Küsschen mit Brian und Emily auszutauschen, als wären wir auf dem Broadway oder so. Keiner von ihnen hatte es geschafft, alles Make-up zu entfernen, aber wahrscheinlich fanden sie das ganz gut so, damit die Leute sehen konnten, was für professionelle Bühnenexperten sie waren. Für mich war es seltsam, wie Brian so locker mit allen möglichen Leuten umging, die ich nicht einmal kannte. Er war nicht mehr allein; er hatte Freunde, Interessen, Emily.

Die Schauspieler setzten sich an ihren eigenen Tisch und mir war nach einer Entschuldigung zu Mute. »Ich wollte nur sagen, dass ich mir komisch vorkomme, wenn ich sie zu einem Schulball einlade. Ich weiß auch nicht. Vielleicht kommt sie ja, aber wenn sie nicht will, dann möchte ich auch nicht mit jemand anderem gehen.« Das klang gut so.

»Aber du fragst sie doch?«, bohrte Brian weiter. »Es bringt dich schon nicht um, wenn du sie wenigstens fragst.«

»Okay, okay, ich frag sie«, sagte ich und gab mir gleichzeitig das Versprechen, dass dies meine letzte größere Lüge sein würde. Wenn ich ihnen dann später erzählte, dass sie nicht kommen wollte, dann wäre das nichts als die reine Wahrheit.

»Was ist denn Marisol für ein Name?«, fragte Emily, wieder strahlend glücklich.

»Spanisch. Sie kommt ursprünglich aus Puerto Rico.«

»Oh, mein Gott, das klingt so aufregend! Ich kann es kaum erwarten, bis ich sie kennen lerne!«

Ein Ereignis, beschloss ich, das niemals stattfinden durfte.

Natürlich gab es keinen Grund, diese blöde Schulball-Geschichte Marisol gegenüber zu erwähnen. Aber dann entwickelte sich der Samstag zu so einem super Tag. Marisol kam mir, als ich die Newbury Street hinaufging, schon von weitem entgegengeflogen. In den zwei Wochen hatte ich irgendwie vergessen, wie umwerfend sie aussah. Und da war sie nun und rannte *mir* entgegen.

»He, was meinst du? Hast du heute Abend Zeit? Willst

du mit mir zu einem Konzert?« Sie wedelte mir mit Karten vor dem Gesicht herum. »Ich kann's einfach nicht fassen, dass ich zwei Tickets habe. Meine Mutter hat sie mir von einer Bekannten, die im Musikgeschäft ist, besorgen lassen. Sie versucht, sich bei mir einzuschmeicheln. Auf diese Weise schafft sie's womöglich noch. Kannst du's fassen?«

Ich versuchte, einen Blick auf die Karten zu erhaschen, aber sie wedelte weiter damit herum, und ich konnte nicht sehen, welche Band aufgedruckt war. »Hör doch mal auf!«, sagte ich und packte sie am Handgelenk. »Welches Konzert?«

»Ani. Ani DiFranco. Im Orpheum. Die kennst du doch, oder?«

Ich las den Namen auf der Eintrittskarte. »Sagt mir nichts. Wer ist das?«

Marisol legte den Kopf in den Nacken und wartete auf eine himmlische Eingebung, um mir ihr Idol zu beschreiben. »O Gott, sie ist einfach unglaublich. Ihre Stimme ist wie eine Rasierklinge. Sie ist eine Dichterin. Sie schreibt so wunderschöne Dinge, die mich einfach umhauen.«

Ich wirkte wohl nicht begeistert genug.

»Du willst nicht mit? Ich biete dir ein kostenloses Ticket für das beste Konzert des Jahres an und du hast keine Lust? Na gut!« Damit riss sie mir die Karten aus der Hand. »Ich rufe Birdie an. Ich dachte, ich tu dir einen Gefallen, aber –«

»Warte doch mal! Ich hab doch nicht gesagt, dass ich nicht mitkommen will. Ich hab nur noch nie was von ihr gehört.«

»Sie gehört zu den Independents, die sich an niemanden anpassen. Und die spielen ihre Sachen nicht auf diesen blöden Rock-Sendern, die du dir wahrscheinlich anhörst.« Sie blitzte mich unter ihrem fransigen Pony hervor an.

»Marisol, wenn du sagst, dass sie gut ist, dann glaub ich dir das. Und übrigens würde ich auch mitgehen, wenn sie schrecklich wäre. Je mehr Zeit ich mit dir verbringe, umso weniger Zeit verbringe ich bei meinem Dad.«

»Oh, vielen Dank für das Kompliment. Du magst mich also mehr als deinen Vater, den Lustmolch, aber weniger als – wen? Deine Großmutter, die Juwelendiebin?« Sie regte sich schon wieder auf.

»Nein. Du schlägst sogar Großmama. Übrigens ist sie keine Juwelendiebin; sie bringt Menschen um, mit der Axt.«

Wow! Ein richtiges Lächeln. An einem Mundwinkel natürlich noch festgehalten und zur Nase hochgezogen, damit ich ja nicht dachte, sie wäre mir wieder wohlgesinnt, aber trotzdem ein Lächeln.

Und plötzlich strahlte sie mich an. »Oh! Fast hätte ich die *andere* gute Nachricht vergessen: Stanford hat mich angenommen!«

»Wirklich? Das ist super. Also nach Kalifornien?«, sagte ich und war plötzlich bedeutend weniger glücklich als noch vor ein paar Sekunden.

»Kalifornien!«, sagte sie verträumt. »Land der Freiheit!«

»Warst du eigentlich schon mal dort? Ich meine, woher weißt du, dass es dir dort gefällt?«

»Gio, mir würde jeder Ort gefallen, der dreitausend Meilen von hier entfernt ist.«

Ich versuchte, es nicht persönlich zu nehmen. »Du meinst, wegen deiner Eltern? Damit sie dir nicht mehr ständig über die Schulter schauen können.«

»Ja, natürlich. Aber ich habe auch genug von der Ostküste. Ich möchte eine Veränderung. Durch Veränderungen geschehen neue Dinge, verstehst du?« Ihre Schultern zitterten vor Aufregung, während sie einen Blick in die Zukunft warf.

»Weiß nicht«, sagte ich mürrisch. »Ich lebe in Darlington, wie du weißt. Wir sind Veränderungen gegenüber allergisch.«

»Du kommst da auch raus. Du schreibst viel zu gut, um in einem Vorort hängen zu bleiben. Denke groß, Gio! Stell dir vor, was als Nächstes kommt, und lass es geschehen!«

Dass Marisol sagte, ich würde gut schreiben, richtete mich wieder auf. Wenn man Marisol zuhörte, glaubte man beinahe, dass mir eine großartige Zukunft wirklich bevorstand und nicht nur ein kindischer Wunschgedanke war.

Nach unserem üblichen Kaffee gingen wir zum Institute of Contemporary Art (Marisols Idee), wo Werke einiger Bostoner Künstler ausgestellt wurden. Ich gehe normalerweise nicht in Museen; ehrlich gesagt war ich freiwillig noch nie in einem gewesen. Dad hatte mich als Kind ein paarmal ins Museum of Fine Art mitgeschleppt, doch schon vor Jahren hatte er damit aufgehört, mich irgendwohin mitzunehmen. Als ich nun aber im ICA herumlief, fühlte ich mich auf eine komische Art erwachsen. Ich meine, ich weiß nicht so richtig, warum Leute ins Museum gehen – wie soll man die Bilder denn betrachten und was sagt man dann darüber? –, aber mit Marisol hier zu sein, war so cool. Sie *gehörte* an so einen Ort.

»Schau dir diese Farben an! Ist das nicht wunderbar – wie sie diese Form um die anderen herumlegt? Mit diesem Gelb! Ich wollte schon immer malen! Du nicht?«

»Nein. Ich war nie gut in Kunst.«

»Ich auch nicht; ich möchte nur einfach alles machen. Warum können wir nicht alles tun, was wir wollen? Ich wäre dann eine Schriftstellerin und eine Sängerin und eine Malerin und eine Politikerin und – vielleicht eine Leichtathletin bei den Olympischen Spielen.«

»Alles in einem Leben?«

»Warum nicht? Einfach weniger schlafen.«

Am Nachmittag waren wir dann wieder bei Tower Records und blätterten durch die Zines. Marisol ging hinein zu den Regalen mit den Zeitungen, die man kaufen konnte, und ich folgte ihr nach ein paar Minuten. Sie hatte schon gefunden, wonach sie gesucht hatte.

»Du bist in *Factsheet 5!*« Sie hielt mir die Zeitschrift entgegen.

»Eine Kritik?«

»Ja, eine gute! Hier, lies!«

Ich war so aufgeregt, dass ich das Heft kaum ruhig halten und die kleine Schrift fast nicht entziffern konnte. Und da stand:

Bananenfisch Nr. 1
Ich war beeindruckt von dem komischen, respektlosen Einblick in Giovannis Psyche. Der Stil war manchmal ein wenig unklar, aber das Rezept für »Muttersuppe« (»1/2 Teelöffel Zufälliger-Akt-der-Freundlichkeit auf jeweils zwei Tassen Selbstaufopferung. Zu servieren in unbenützten Laufschuhen.«) war urkomisch. Mein Lieblingstext »Interview mit dem Stiefvater« war klug und witzig und sogar ein wenig aufwühlend, als der Junge die Unfähigkeit seines richtigen Vaters beschreibt. Ein schmales erstes Heft, aber haltet die Augen offen nach mehr von diesem Typen. Käuflich zu erwerben. Preis: $ 1 und zwei Briefmarken. Giovanni. P. O. Box 98, Darlington, MA.

»Nicht schlecht, was? Fast so gut wie meine erste Kritik«, sagte Marisol.

»Was meint er mit ›aufwühlend‹?«, fragte ich.

»Er meint, dass es tief geht. Dass es berührend ist. Das ist nichts Negatives, Gio.«

»Ich wollte nicht, dass es *berührend* ist.«

Marisol verdrehte die Augen. »O Mann, erzähl mir nicht, dass du deinen Schrank einen Spalt offen gelassen hast und jemand hat tatsächlich reingeschaut! Was hast du denn gedacht!«

»Haha!«

»Gio, das ist eine phantastische Kritik. Die Leute werden jetzt deinen *Bananenfisch* lesen. Und du beklagst dich!«

»Nein, tu ich nicht. Ich bin nur – überrascht. Es *ist* gut, oder?«

Sie schüttelte den Kopf und stieß mir den Ellbogen in die Rippen. »Kauf es und dann feiern wir vor dem Konzert mit einem guten Essen. Weil wir die absoluten Gewinner sind und weil ich sonst verhungere.« Für so eine kleine Person aß sie ganz schön viel.

Ich rief an und hinterließ auf Dads Anrufbeantworter eine Nachricht, dass ich zu einem Konzert gehen und erst spät kommen würde (als ob ihn das im Geringsten interessierte), und dann machten wir uns auf die Suche nach einem Thai-Restaurant, an das Marisol sich erinnerte. Es war klein und dunkel und lag halb im Keller.

Ein Kellner wies uns einen Platz in der Ecke zu, zündete mit einem freundlichen Lächeln die Kerze an. Ich ließ Marisol bestellen, weil ich mich mit Thai-Essen nicht besonders auskannte.

»Wie kommt's, dass du so viel weißt? Ich meine, wie man sich über Kunst unterhält und was man in einem Thai-Restaurant bestellt und den Unterschied zwischen *caffe latte* und *café con leche*. Ich meine, du bist nicht mal ein Jahr älter als ich, und ich weiß solche Sachen überhaupt nicht.«

Sie zuckte die Schultern. »Ich weiß nicht. Vielleicht weil ich in Cambridge aufgewachsen bin. Meine Mutter stammt aus einer dieser kosmopolitischen Familien, in der jeder schon mit drei Jahren instinktiv weiß, wie man jede Situation lässig meistert. Du kannst die nicht mehr schockieren oder überraschen. Sie wissen *zu viel*. Ich hoffe, dass ich nicht so bin. Ich hoffe, man kann mich noch immer überraschen.«

»Ich muss dran denken, wie deine Mutter reagiert hat, als du dich geoutet hast –«

»Genau das meine ich. Sie hat ein paar Bücher gelesen und einige Telefonanrufe gemacht und innerhalb von vierundzwanzig Stunden wusste sie mehr über Homosexualität als ich. Moment mal – woher weißt du das überhaupt?«

»Es stand in *Fluchtgeschwindigkeit*.«

Sie lachte. »Oje, ich hab mein ganzes Leben veröffentlicht und dann vergessen, dass die Leute das ja tatsächlich *lesen*. Das ist ein bisschen beängstigend. Du weißt jetzt Dinge von mir, die ich normalerweise niemandem erzählen würde, den ich nicht ganz genau kenne.«

Ich hatte wahrscheinlich einen seltsamen Ausdruck im Gesicht. Was sie gesagt hatte, hatte mich ein bisschen verletzt, weil ich dachte, dass wir uns inzwischen doch ziemlich gut kannten.

»Sei nicht beleidigt«, sagte Marisol. »Du bist schließlich der einzige nicht schwule Typ, den ich jemals zu einem Ani-DiFranco-Konzert mitnehmen würde. Und wenn wir gerade bei Geständnissen sind: Ich habe nur ein einziges Mal vorher in diesem Restaurant gegessen und das war mit Kelly.« Sie zog die Stirn zusammen und schaute in die Flamme. »Also lass uns das jetzt zu was Besonderem machen. Ich möchte den anderen Abend aus meinem Gedächtnis löschen.«

Der Abend war etwas Besonderes, wenigstens für mich. Wir unterhielten uns über alle möglichen Dinge. Ich erzählte ihr von meinem Streit mit Dad vor zwei Wochen, von Mom auf ihrem Fitnessrad zu ABBA-Musik, von den singenden Nonnen und Brians neuem Selbstbewusstsein. Sie erzählte mir, wie sie mit ihrem Vater immer zum Fischen gegangen war und mit ihrer Mutter in die Oper und wie sie drei Jahre lang Kakadus in ihrem Wintergarten gezüchtet hatte. Und dann, als wir den Rest des *Pad Thai* verputzten, kamen wir irgendwie auf die Schule zu sprechen, was mich an den bescheuerten Schulball erinnerte. Und plötzlich, bevor es mir richtig klar wurde, war mir die unvorstellbare Frage aus dem Mund geschlüpft.

»Wenn wir gerade von der Schule sprechen – du würdest nicht zufällig mit mir in zwei Wochen zum Schulball gehen wollen, oder?«

Allein ihr Blick ließ kleine Schweißperlen auf meiner Stirn hervortreten. Nun hatte ich alles zerstört.

»Was?«, flüsterte sie und beugte sich über den Tisch, als könnte sie mich unmöglich richtig verstanden haben.

»Ich hab auch nicht unbedingt Lust dazu, aber mein Freund, Brian –«

»Na so was, man kann mich also doch noch überraschen! Gio, sehe ich aus wie eine, die auf den *Schulball* geht?« Sie zupfte an ihren fransigen Haaren herum. »Nichts gegen dein Darlington, aber mein Gott, Gio! Wieso sollte *irgendjemand* zu einem idiotischen Vorstadt-Schulball gehen wollen? Ich hätte nie gedacht, dass *du* zu so was gehst.«

Das hatte ich auch nicht gedacht, aber wie Marisol nun meinen Heimatort so niedermachte, musste ich ihn ein wenig verteidigen. »Marisol, Darlington ist nicht die Vorhölle. Es liegt fünfundzwanzig Minuten von Boston entfernt und nicht irgendwo tief in den Wäldern.«

»Na und?«

»Und deshalb dachte ich, es könnte mal lustig sein, etwas – Normales zu unternehmen. Zur Abwechslung. Einfach mal so.«

»Und du denkst, es ist normal, sich mit einer Lesbe zum Ball zu verabreden?«

»Das wäre doch keine übliche *Verabredung*. Eine Menge Leute gehen mit ihren Freunden hin. Man muss sich ja nicht gleich verloben.«

»Ein Schulball ist etwas – Romantisches. Man muss tanzen. Ich müsste ein Kleid anziehen. Ein *hübsches* Kleid. Ich müsste so eine Art Barbie-Rolle spielen, mit frisierten Haaren und Make-up. Eine lesbische Barbie – das wäre doch nett. Gio, wie kannst du mich so was nur fragen?«

Genau, wie hatte ich mir das nur vorstellen können? »Okay. War wohl keine so gute Idee.«

Marisol schüttelte sich. »Stell dir mal vor, Spagettiträger!«

»Vergiss es. Ich hatte wohl einen Anfall momentaner Geisteskrankheit. Du gehst nicht. Ich gehe nicht. Wir beide gehen nicht.«

»Gio, wenn du hingehen willst, dann solltest du jemand mitnehmen, dem es Spaß macht. Es gibt genug Mädchen, die *alles* tun würden, damit sie zum Schulball eingeladen werden. Sie reden über nichts anderes.«

»Aber sie tun nicht alles, um von *mir* eingeladen zu werden.«

Sie haute mit der Hand auf den Tisch. »Jetzt hör auf! Bist du denn so ein Monster? Sie sollten froh sein, wenn jemand mit ein bisschen Verstand mit ihnen ausgehen will und nicht nur diese üblichen hirntoten Exemplare von Männlichkeit.«

Ich zuckte die Schultern. »Da ist sowieso keine, mit der ich überhaupt hingehen wollte. Die meisten Mädchen in meiner Schule sind solche – Barbies.«

»Gio, du bist voll und ganz verwirrt.«

»Ich weiß.«

Um mich aufzuheitern, bestellte sie uns einen süßen Reispudding, was nett von ihr war. Wahrscheinlich hatte sie gemerkt, dass ich irgendwie verletzt war, aber sie machte keine große Sache daraus. Später, auf dem Weg zum Orpheum, fing es an, ein bisschen zu regnen. Es war ein warmer Abend für April und die Straßen waren voller Menschen. Und ich hatte plötzlich das Gefühl, als wäre nicht alles so hoffnungslos, als wäre ich nicht der größte Idiot auf Erden, als wäre der Sommer im Anmarsch und Schulbälle wären nicht wichtig, und mit Marisol befreundet zu sein, wäre mehr als genug. Sie sang mir ein paar Zeilen aus Ani DiFrancos Liedern vor:

»The more you talk
the more I get
the sense of something
that hasn't happened yet –

Das ist aus einem meiner Lieblingslieder. Ist es nicht wunderbar? Manchmal hab ich das Gefühl, als würde demnächst etwas Wichtiges geschehen, als würde sich etwas für eine Veränderung bereitmachen. Hast du das Gefühl auch manchmal?«

»Ja, jetzt zum Beispiel.« Und das war nicht gelogen.

»Wirklich? Da ist noch ein Teil in dem Lied, der mich an dich erinnert«, sagte sie zögernd:

»I am so many white people
I mean where do I start
I got lots of personalities
I just can't tell them apart.«

»Das bin ich? Einer von diesen typischen Weißen mit vielen verschiedenen Persönlichkeiten?«

»Mhm. Der immer fragt: ›Und welchen Weg soll ich gehen?‹«

»Na gut, und *welchen* soll ich nun gehen?«

Marisol packte mich fast grob am Arm und legte dann ihre schwarz behandschuhte Hand um meinen Ellbogen. »Du bist schon unterwegs, weißer Junge. Du weißt es nur noch nicht.«

KAPITEL NEUN

Eine Rauchwolke stieg von der Menge auf, als wir uns einen Weg nach draußen bahnten, weil alle, sobald sie das Foyer erreichten, ihre Zigaretten anzündeten. Überall um uns herum riefen sich die Leute etwas zu, schoben sich aneinander vorbei, trafen alte Freunde. Vielleicht waren es auch Leute, die sich kaum kannten, die aber nun, weil sie sich bei einem Ani-Konzert begegneten, ihre Seelenfreundschaft entdeckten.

Es war ein sehr gutes Konzert und ich hatte dieses Nach-einem-guten-Konzert-Gefühl: dass die Welt doch kein *so* schrecklicher Ort sein kann, wenn ich von so vielen Menschen umgeben bin, die dieselbe Künstlerin mögen wie ich. Die Musik war laut und berauschend gewesen und ich war inzwischen eindeutig zum Ani-Fan geworden. Ich hatte das Gefühl, als hätte ich so eine Art elektrische Verbindung mit ihr aufgenommen, aber all den anderen war es wohl auch so gegangen. Die ganzen Leute um uns herum, die hinunter ins Foyer strömten, schienen total aufgeladen zu sein.

Es regnete nun etwas stärker als bei unserer Ankunft, aber es war noch immer angenehm warm. Die Stimmung vor dem Theater war sehr heiter, alle schwärmten herum, als wollten sie nicht weggehen, wollten noch nicht zugeben, dass es vorbei war. Marisol trat ins Freie und streckte sofort die Arme in die Luft und schmetterte die ersten

Zeilen eines Ani-Lieds heraus, das vom Herumlaufen im Regen handelte.

Mehrere Leute stimmten ein oder schrien oder feuerten sie an und riefen: »Ja, Mädchen, ja!« Es waren mehr Frauen als Männer da und wahrscheinlich mehr schwule Leute als sonst in irgendeiner Menschenmenge.

»O Scheiße! Schau mal, wie spät es schon ist!«, sagte Marisol plötzlich.

»Zwölf Uhr dreißig. Was ist los? Hast du deinen Glaspantoffel verloren?«

»Ich habe die letzte Bahn nach Cambridge verpasst. Verdammt! Ich hab meinen Eltern versprochen, dass ich diesen Zug nehme. Die werden ganz schön sauer sein, wenn ich sie jetzt aus dem Bett werfe, damit sie herkommen und mich abholen. Vielleicht sollte ich nach Hause laufen.«

»Du allein? Mitten in der Nacht?« Sie wog höchstens vierzig Kilo; sämtliche perverse Idioten würden sich aus allen Ecken auf sie stürzen.

»Begleitest du mich?«

»Nein.«

»Mein Held!«

»Es ist zu weit.« In meinem Gehirn stieg ein Gedanke auf, der schon die ganze Zeit dort gelauert haben musste. »Warum übernachtest du nicht einfach in der Wohnung von meinem Dad? Der würde das nicht mal merken. Und es wäre ihm auch egal.«

Marisol biss auf ihrer Lippe herum und überlegte. Offensichtlich dachten wir über dieselbe Frage nach. »Wo würde ich schlafen?«

Darauf war ich vorbereitet. »Kein Problem, du kannst

mein Bett haben. Und ich schlafe im Schlafsack auf dem Boden.«

»Ich nehme den Schlafsack.«

»Mir macht der Schlafsack nichts aus.«

»Mir auch nicht.«

Ich hob die Schultern. »Wie du willst.« Ich meinte das ganz ernsthaft so. Sie konnte entscheiden. Denn von dem Moment an, in dem mir die Idee gekommen war, gefiel sie mir auch schon äußerst gut. Nicht dass ich dachte, dass sich was Sexuelles ergeben würde (zwischen einer Lesbe und einem Neutrum); ich hatte nur noch keine Lust, ihr jetzt schon gute Nacht zu sagen. Ich wollte ihr bester Freund sein, ein besserer Freund noch als Birdie, jemand, mit dem sie ruhig im selben Zimmer schlafen konnte.

Marisol schob eine Haarsträhne in den Mundwinkel und kaute eine Weile darauf herum. »Okay. Ich nehme das Bett. Aber nur dass du's von vornherein weißt: Ich werde dich auf keinen Fall einladen, es mit mir zu teilen. Es ist mir egal, wie unbequem der Fußboden ist. Ist das klar?«

»Jetzt hör auf! Du könntest mir ruhig ein bisschen vertrauen. Ich hab doch selbst das Angebot gemacht, auf dem Boden zu schlafen. Ich *weiß*, dass du lesbisch bist, okay? Du lässt es mich ja keinen Augenblick vergessen.«

»Nein? Manchmal befürchte ich, dass ich es tue.«

Wir gingen wieder hinein und sie rief ihre Eltern vom Telefon im Foyer aus an. Ich wollte sie nicht belauschen, aber es schien alles bestens zu laufen.

»Es ist ihnen also recht?«

»Ich glaube, sie sind total begeistert«, knurrte sie.

»Dass du den Zug verpasst hast?«

»Das ich bei einem *Jungen* übernachte.« Sie schüttelte den Kopf.

»Tut mir Leid.«

»Solange *du* nicht total begeistert bist.«

Das kam der Sache bedenklich nahe, aber ich reagierte ziemlich schlagfertig. »Hey«, sagte ich, »ich finde die ganze Geschichte entsetzlich. Versiffter Schlafsack. Fußboden hart wie ein Fels. Diese misstrauische Filzlaus in meinem Bett.«

Sie rammte mir einen ihrer mageren, harten Ellbogen in die Seite und sang laut ein anderes Ani-Lied, während wir uns zur Marlborough Street aufmachten. Als wir dort endlich ankamen, waren wir ziemlich nass. Dad war natürlich nicht da, also duschten wir gemütlich nacheinander. Ich gab ihr einen von Dads Schlafanzügen, aber der war so groß, dass allein das Oberteil länger war als die meisten Frauenkleider. Sie musste die Ärmel ungefähr elfmal hochkrempeln.

»Und dein Dad trägt tatsächlich Seidenpyjamas?«

»Über so was unterhalten wir uns nicht, Marisol. Ich habe nicht das geringste Interesse an seinen Schlafgewohnheiten.«

Während Marisol im Bad war, hatte ich das Bett neu bezogen, und so schlüpfte sie nach dem Duschen gleich zwischen Dads Ralph-Lauren-Bettwäsche. Aber ich konnte trotzdem ganz kurz einen Blick auf ihre Beine werfen. Ich war nun mal neugierig – sie trägt ja immer nur Hosen. Ihre Beine waren muskulös und an den Unterschenkeln mit einer dünnen Schicht feiner, schwarzer Haare bedeckt.

»Bringt er irgendwelche Freundinnen mit, wenn du hier bist?«, fragte sie.

»Passiert schon mal, aber meistens bleibt er über Nacht bei ihnen.«

»Super!«

»Was soll daran super sein? Er ist nur ein alter Arsch, der versucht, noch mal zwanzig zu sein. Ich finde es widerwärtig.« Ich konnte mir genau vorstellen, wie es wäre, wenn er jetzt hier hereinplatzen würde: das Mädchen schön ordentlich im Bett und ich auf dem Fußboden in Jogginghosen und T-Shirt mit meinem Kopfkissen im Arm. Er würde sich totlachen.

»Redest du nie mit ihm über so was?«

»Meinst du das im Ernst?«

»Weißt du, was du tun solltest? Du solltest ihm Briefe schreiben. Ich meine nicht abschicken, nur schreiben. Und schreib alles rein, was du ihm jemals sagen wolltest, Gutes und Schlechtes.«

»Und zu was soll das gut sein?«

Sie zuckte mit den Schultern. »Meine Therapeutin hat das vorgeschlagen. Und da ich sowieso immer schreibe, sagte sie, sollte ich doch mal versuchen, meiner Mutter Briefe zu schreiben. Meiner richtigen Mutter.«

»Ich wusste nicht, dass du zu einer Therapeutin gehst.«

»Meine Mutter ist Therapeutin und deshalb glaubt sie an so was. Sie hat mich zu Claire geschickt, das war zu der Zeit, als ich mich geoutet hatte, allerdings enden wir eigentlich immer beim Thema Adoption. Jedenfalls hat mir das Briefeschreiben geholfen, und ich hab herausgefunden, wer meine richtige Mutter ist, oder vielmehr, wer sie nicht ist.«

»Und wer ist sie nicht?«

»Sie ist nicht ich. Du denkst vielleicht, das sei klar, aber das ist es nicht. Wenn ich mit ihr so rede, in einem Brief, dann wird sie Wirklichkeit, und ich kann wütend auf sie werden, und dann, weißt du –«, sie blickte hinunter auf ihre schwarz lackierten Fingernägel und senkte die Stimme, »– dann kann ich ihr vergeben. Ich schreibe ihr oft. Heute Morgen habe ich einen Brief im Trident geschrieben, bevor du gekommen bist.«

»Wirklich? Kann ich ihn lesen?«

Sie verzog das Gesicht. »Nein! Er ist zu persönlich!«

»Wem zeigst du ihn dann? Deiner Therapeutin?«

Sie schüttelte den Kopf. »Normalerweise nicht. Nur wenn ich das will.«

Ich schielte zu ihrem Rucksack in der Ecke hinüber. »Ist der Brief da drin?«, sagte ich grinsend. Ich wollte nur die Stimmung ein bisschen auflockern.

»Gio! Wage es ja nicht!« Sie sprang auf und kletterte über das Bett.

Ich dachte, sie wüsste, dass ich nur Spaß machte. Ich kam auf meine Knie und streckte meine Hand nach dem Rucksack aus; wenn ich gewollt hätte, dann hätte ich ihn packen können. Aber Marisol lachte nicht. Sie schlug mir mit dem Handrücken gegen die Stirn, was ich nicht erwartet hatte, und ich flog rückwärts auf den Schlafsack. Dann sprang sie vom Bett herunter, schnappte sich den Rucksack und presste ihn wie ein verletztes Kind an ihre Brust.

»Ich kann's nicht glauben, dass du so bist, Gio. Ich hab dir vertraut!« Ihre Stimme war heiser und zitterte, als hätte ich den schlimmsten Verrat begangen.

»Was denn? Mann, ich hab doch nur Spaß gemacht! Scheiße, du hast mir wirklich eine reingehauen.« Da waren zwei kleine Blutspuren, wo ihre schwarzen Nägel die Haut aufgerissen hatten. »Ich will deinen blöden Brief überhaupt nicht lesen.«

Sie stand in der Ecke und blitzte mich noch eine ganze Weile lang an, während ich mir die Stirn mit einem Papiertaschentuch abtupfte.

»Ich hätte nie gedacht, dass du dich genauso bescheuert benimmst wie diese Schuljungen, die einen die ganze Zeit aufziehen. Das habe ich nicht erwartet.«

»Ja, ja, jedenfalls freue ich mich, dass wir so eine vertrauensvolle Beziehung aufgebaut haben.« Ich schmiss das blutverschmierte Taschentuch in Richtung Papierkorb.

»Immerhin bin ich hier oder etwa nicht?« Sie stellte den Rucksack auf die andere Seite des Bettes und kroch dann zurück unter die Decke. »Hab ich dich verletzt?«

»Ich werd's überleben.«

Sie seufzte. »Lass uns jetzt schlafen. Es ist spät.«

»Okay.« Ich stand auf und schaltete die Deckenlampe aus, dann fädelte ich mich in den grünen Nylon-Schlafsack hinein.

»Gute Nacht«, sagte Marisol.

»Nacht.«

Ich hörte, wie sie sich auf die Seite drehte, weg von mir, und ich tat dasselbe. Die Kratzer auf meiner Stirn brannten, aber ich wusste genau, dass der Schmerz eher vom Ärger und weniger von diesen kleinen Verletzungen kam. Ich war hellwach und so aufgewühlt, dass ich sie am liebsten angeschrien hätte.

»Ich hoffe, du hast nicht vor, mich mitten in der Nacht umzubringen«, fauchte ich sie an. »Du hast nicht zufällig ein Messer in deinem streng geheimen Rucksack?«

Sie antwortete nicht, nicht einmal die Bettdecke raschelte. Ich drehte mich auf den Rücken und starrte zur Decke hinauf, auf die das Licht einer Straßenlampe ein helles Dreieck warf. Ich würde niemals einschlafen können, während sie drei Fuß von mir entfernt lag und dachte, ich wäre so ein Trottel von Schuljunge. Vielleicht war es einfach zu viel verlangt, dass ein normaler Junge und ein lesbisches Mädchen beste Freunde sein sollten.

Zehn Minuten verstrichen. Ich wusste, dass auch Marisol noch nicht schlief; sie lag so bewegungslos da, dass ich mir nicht mal sicher war, ob sie überhaupt noch atmete. Schließlich konnte ich es nicht mehr aushalten.

»Hör mal, es tut mir Leid«, sagte ich. »Sei nicht wütend auf mich wegen so einer blöden Sache.«

Sie schnaubte. »Und weswegen sollte ich *dann* wütend auf dich sein?«

»Solltest du überhaupt nicht. Ich bin harmlos.«

»Das bezweifle ich. Aber ich verzeihe dir trotzdem.«

»Danke. Und nun entschuldige dich.«

Sie drehte sich um und schaute mich an. »Wofür?«

»Dass du mich verletzt hast.«

»Was für ein Baby«, sagte sie, aber ihre Stimme klang nun entspannt; sie war nicht mehr böse. »Also gut. Es tut mir Leid, dass ich dein hinreißendes Gesicht verschandelt habe.«

»Ich verzeihe dir. Jetzt können wir schlafen.«

»Danke. Gute Nacht.«

Ich glaube, ich war wirklich erleichtert, denn ich dämmerte sofort weg, nachdem wir den Friedenspakt geschlossen hatten. Ich befand mich an diesem glücklichen Ort zwischen Wachsein und Traum, als Marisols Stimme mich zurück in den Wachzustand holte.

»Wenn du es wirklich hören willst, dann lese ich ihn dir vor.« Sie knipste das kleine Licht neben dem Bett an.

Ich musste einen Moment lang meine Augen vor dem Licht schützen. Eigentlich war ich inzwischen viel zu müde, um mich auch nur im Geringsten für den Brief zu interessieren, war aber nicht so dumm, dies zuzugeben. »Klar, ich würde ihn gern hören.«

Sie kramte in ihrem Rucksack herum und zog ein dickes, rotes Notizbuch hervor, auf dessen Einband mit Tinte »Briefe an meine Mutter« geschrieben war. Sie öffnete es beim letzten Eintrag.

»Ich schreibe die Briefe nicht, damit jemand sie liest, also steht nur drin, was ich so denke. Vielleicht macht das alles wenig Sinn, also erwarte nicht –«

»Ich erwarte nichts. Lies einfach!« Ich stopfte zwei Kissen zwischen Rücken und Wand, sodass ich bequem aufsitzen und zuhören konnte (und weniger Gefahr lief, einzuschlafen).

Aber sobald sie zu lesen begonnen hatte, war ich hellwach.

»›An meine Mutter, wer immer und wo immer sie ist‹«, begann sie, hielt dann inne und erklärte: »So fange ich immer an.« Ich nickte und sie fuhr fort:

Vielleicht denkst du, es ist nicht fair, dass ich dir schreibe und mich bei dir über mein Leben als Adoptivkind beklage (von dem du sicherlich meinst, dass es sich doch großartig anhört und wieso ich mich überhaupt beklage) und niemals Briefe an meinen natürlichen Vater schreibe und mich bei ihm beklage wie bei dir. Es stimmt, ich denke nicht so oft an ihn. Vielleicht hat er nicht mal gewusst, dass du schwanger warst. Ich weiß, dass die Gesellschaft in so einem Fall immer den Mann laufen lässt und die Mutter anklagt. Und das ist nicht richtig. Aber von ihm kann ich mir einfach kein Bild machen. Während ich dich deutlich vor mir sehe, eine junge, braune Frau, die ihr Kind Fremden übergibt.
Wahrscheinlich ist das auch nicht fair - wie soll ich nur wissen, wie die Umstände waren, als du mit einem ungewünschten Kind schwanger warst? Ich nehme an, ich sollte dir dankbar sein, dass du mich nicht abgetrieben hast. Also gut. Danke. Aber für eines danke ich dir nicht: dass es für mich fast unmöglich ist, jemandem zu vertrauen.
Das kommt daher, dass ich weggegeben und adoptiert worden bin; ich weiß das. Ich bin ein selbstbewusster Mensch, ich habe liebevolle Eltern, ich bin, ja wirklich,

»begabt und talentiert«. Und an manchen Tagen finde ich mich total gut. Aber irgendwo tief drinnen in mir glaube ich, dass die Menschen nicht wirklich gern mit mir zusammen sind. Und wenn ich ihnen zeige, dass ich sie mag (wie bei Kelly), dann laufen sie davon (so wie sie, so wie du). Ich habe Angst vor einer neuen Freundin – ich suche nicht mal eine, weil ich ihr sowieso nicht vertrauen würde.
Ich verbringe jetzt meine Zeit mit Birdie und Gio, aber manchmal habe ich sogar mit ihnen Angst. Mom hat mir zwei Tickets für ein Konzert heute Abend gegeben, und ich werde Gio fragen, ob er mitkommen will. Wir haben Spaß zusammen und manchmal vertraue ich ihm fast. Da die Tickets nichts kosten, kommt er wahrscheinlich mit, vielleicht auch nicht. Es würde bedeuten, dass er einen ganzen Tag mit mir verbringen müsste, was er wahrscheinlich nicht unbedingt vorgehabt hatte. Er redet mit mir gern übers Schreiben, aber er hat sich nicht darum beworben, mein bester Freund zu sein. Niemand will das, was wahrscheinlich mein eigener verdammter Fehler ist, und dafür, liebe Mutter, möchte ich dir heute die Schuld geben.

Deine Tochter
Marisol Guzman

Ich kann nicht alle die Gedanken und Gefühle schildern, die durch meinen Körper surrten. Es war fast zu viel Information, die ich auf einmal aufnehmen sollte, aber ich wollte sie aufnehmen. Und ich fand es wunderbar, dass Marisol mir das alles anvertraute.

Ich zwang mich, hier unten auf dem Fußboden zu bleiben, obwohl ich sie berühren, sie trösten wollte. Aber was würde geschehen, wenn ich mich auf die Bettkante setzte und sie berührte? Ich stellte mir vor, dass meine Hand auf der ihren so etwas wie einen elektrischen Schock durch uns jagen würde und uns in entgegengesetzten Richtungen davonlaufen ließe. Eine Weile lang saßen wir beide schweigend da, obwohl ich in meinem Inneren alles andere als ruhig war.

»Jetzt weißt du, warum ich nicht wollte, dass du es liest«, sagte sie dann, ohne mich anzusehen. »Okay. Zeit fürs Bett.« Sie streckte die Hand aus, löschte das Licht und glitt wieder unter die Decke.

Ich war froh, dass das Licht aus war. So konnte ich besser überlegen, was ich sagen wollte.

»Danke, dass du es mir vorgelesen hast. Ehrlich.«

»Ja, ja.«

»Ich habe nur eine Frage. Wo sind die Bewerbungsformulare?«

»Welche Bewerbungsformulare?«

»Wo ich mich um die Stelle als bester Freund bewerben kann.«

Ein paar Sekunden lang sagte sie nichts, aber ich meinte zu hören, dass ihr Atem etwas unregelmäßig ging. »Schlaf jetzt, Blödmann«, sagte sie schließlich.

»Also bis morgen«, versprach ich.

»Wenn es unbedingt sein muss«, sagte sie und tat so, als sei sie das unfreundlichste Mädchen der Welt.

»Aufwachen da drinnen! Heißer Kaffee und frische Croissants vom Bäcker!«, rief mein Vater und riss mich aus dem Schlaf. Er musste direkt vor der Tür meines Zimmers stehen.

Was zum Teufel war denn los? Normalerweise sah ich Dad sonntags nie vor dem Nachmittag, wenn er mich zurück nach Darlington fahren wollte. Ich tastete nach dem Wecker auf meinem Nachttisch: 10.08 Uhr.

Dann hörte ich Marisol stöhnen und sich umdrehen, und plötzlich fiel mir wieder ein, warum ich auf dem Boden schlief. Jesus! Wie bekam ich sie hier nur raus, ohne dass sie Dad in die Arme lief?

»Marisol!«, flüsterte ich hinauf zu dem Knäuel im Bett. »Mein Vater ist schon auf! Er möchte, dass ich mit ihm frühstücke!«

»Dann tu's doch«, murmelte sie.

Wenn ich hinausgehen und eine Tasse Kaffee mit ihm trinken würde, dann würde er mich vielleicht in Ruhe lassen und Marisol könnte sich später rausschleichen. »Ich komme gleich wieder«, sagte ich, zog ein Flanellhemd über das T-Shirt, in dem ich geschlafen hatte, schlängelte mich durch die Tür und schloss sie hinter mir.

Dad war in der Küche und legte Frühstücksgebäck auf einen großen Teller, so viel, dass es für ein halbes Dutzend Leute gereicht hätte.

»Du bist ziemlich früh auf«, sagte ich.

»John!«, brüllte er.

Mein Gott, warum hatte ich dieses Problem nicht bedacht? Ich war doch Gio, wenn Marisol in der Nähe war.

»Wo ist deine Freundin?«, fragte er.

»Welche Freundin?« Er hatte mich kalt erwischt.

Der alte Trottel setzte sein wissendes Grinsen auf. »Du dachtest, ich würde die Jeans Größe achtunddreißig nicht sehen, die über der Duschstange hängt?«

Verdammt! Warum hatte ich daran nicht gedacht? »Ach so, ja. Sie schläft noch.«

Seine Augen streiften über meine Stirn und er lächelte. Bevor ich mich zurückhalten konnte, fuhren meine Hände schuldbewusst nach oben und befühlten die beiden Kratzer, winzig, aber geschwollen.

»Wie heißt sie?«

»Ehm, Marisol. Hör mal, Dad, das klingt jetzt vielleicht verrückt, aber könntest du Gio zu mir sagen, solange sie hier ist? Es ist nämlich so, dass sie meint –« Das war zu demütigend; er lachte sich einen ab.

»Gio? Wie Giovanni?«

»So wichtig ist es auch wieder nicht.« Es war doch egal. Sie würde es sowieso irgendwann erfahren.

»Nein, nein, mein Sohn. Was immer du willst. Ich möchte dir nichts vermasseln.«

Mir nichts vermasseln? Das wurde allmählich lächerlich. Ich hatte den Alten seit Jahren nicht mehr so glücklich gesehen. Wahrscheinlich dachte er: »Wie der Vater, so der Sohn«, oder so einen Scheiß.

»Rieche ich irgendwo Kaffee?« Dad und ich drehten uns so schnell um, dass wir zusammenstießen. Da stand Marisol mit verschlafenen Augen und in der Pyjamajacke meines Vaters. Dad hatte dieses bescheuerte Lächeln auf seinem Gesicht, und mir kam der Gedanke, dass er es wahrscheinlich aufregend fand, eine junge Frau in seinem eigenen Pyjama zu sehen.

»Guten Morgen!«, sagte er mit entsetzlich fröhlicher Stimme. »Heißer Kaffee für das kleine Fräulein ist schon auf dem Weg!«

Oje! Ich erwartete, dass Marisol sich über den Spruch vom »kleinen Fräulein« aufregen würde, aber sie lächelte nur unsicher.

»Gio, hast du einen Morgenmantel oder so was? Es ist ein bisschen kalt.«

»Klar!« Ich raste zurück in mein Zimmer und holte den schäbigen grauen Bademantel, den ich schon seit Jahren besaß, eigentlich seit der Zeit, als er mir noch viel zu groß war, und den ich jetzt vor dem Bauch kaum mehr schließen konnte. Für Marisol war er aber groß genug, und mir gefiel es, wie sie sich hineinkuschelte.

»Setzt euch, Kinder.« Dad stellte die Tassen und den Gebäckteller auf die Theke zwischen Küche und Esszimmer und zeigte auf die Hocker. Marisol nahm ihren Kaffee und kippte die heiße Flüssigkeit hinunter, kaum dass sie sich gesetzt hatte.

Dad füllte die Tasse sofort wieder auf. »Also, Marisol, warum habe ich dich bis jetzt noch nie getroffen?« Er grinste sie auf diese schmierige Art an. Mir erschien es ziemlich widerwärtig, dass mein Vater vor Freude fast ausflippte, weil ich die Nacht mit einem Mädchen verbracht hatte.

»Ich bin zum ersten Mal hier.« Von ihr würde er nichts erfahren. Vielleicht dachte sie, ich wollte, dass er dachte, was er offensichtlich dachte.

»Du bist hier jederzeit willkommen«, sülzte er.

»Danke.« Sie lächelte höflich, die perfekte Freundin.

»Ich wusste nicht, dass *Gio* mit jemand ausgeht.«

»Wir kennen uns seit ein paar Monaten«, sagte Marisol und passte auf, dass sie ihn nicht anlog, sondern nur nicht die völlige Wahrheit sagte.

Ich fand diese ganze schwachsinnige Unterhaltung zum Kotzen. Ich schüttete meinen Kaffee rapidomäßig hinunter. »Marisol, du musst doch heute Morgen noch wohin, oder?«

Sie schaute mich prüfend an und versuchte rauszufinden, was wohl die richtige Antwort war. »Stimmt. Danke, dass du mich daran erinnert hast. Ich trinke den Kaffee weiter beim Anziehen.« Und damit huschte sie ins Badezimmer.

»Zierliches kleines Ding«, sagte Dad und glotzte die Tür an.

»Dad –«

»Die mochte ich auch immer. Ich geb's zu. Kleine Frauen wirken immer so hilflos.«

Ich musste lachen. »Marisol ist nicht hilflos, das kannst du mir glauben.«

»Du musst es ja wissen.«

Ach, du lieber Gott! »Hör zu, es ist nicht so, wie du denkst. Wir sind zusammen in ein Konzert gegangen – wir sind nur befreundet. Es hat länger gedauert und dann hat sie den letzten Zug nach Cambridge verpasst. Also hab ich gesagt, sie kann hier schlafen.«

»Irgendwie fängt es immer an, mein Junge.« Noch herablassender hätte er nicht mehr sein können.

»Das meine ich doch nicht.« Marisol tauchte gerade in

diesem Augenblick aus dem Bad auf. Sie war bereit zum Gehen. »Wir haben nicht zusammen geschlafen. Marisol ist lesbisch. Sie ist eine Lesbe.«

Also, das hatte sich wenigstens gelohnt. Der Alte fuhr einen Schritt zurück, wusste nicht, wie er reagieren sollte, fand keine Worte.

»Nun – also, ich nahm an –«

»Du solltest nicht einfach etwas annehmen«, sagte ich.

»– als ich die Jeans sah –« Dann gingen ihm die Worte endgültig aus.

Marisol lächelte erst mich an, dann Dad. »Es war schön, Sie kennen zu lernen.« Sie streckte ihm ihre winzige Hand hin.

»Ja, natürlich.« Er schüttelte die Hand. »Du bist hier jederzeit willkommen«, murmelte er.

»Ich bring dich runter«, sagte ich und wollte so schnell wie möglich weg von ihm und den bescheuerten Fragen, die er sich ausdenken könnte, wie zum Beispiel: *Wieso möchte ein so hübsches Mädchen unbedingt lesbisch sein?* Ich wollte ihm ungern eine reinhauen müssen.

Wir sagten nichts, bis wir unten bei den Treppen ankamen. Dann sagte Marisol: »Jetzt haben wir ihn total geschockt, oder?«

Ich zuckte die Schultern. »Er wird's überstehen.«

Sie stieß mir wieder den Ellbogen in die Rippen, aber diesmal sanft. »Gut, dass du ihm die Wahrheit gesagt hast.«

»Ich kann nicht lügen«, log ich.

»Gio, ich hab nachgedacht. Vielleicht könnten wir jetzt gleich zu ein paar Secondhand-Läden gehen, die ich kenne. Manchmal findet man dort richtig ausgeflippte und trotzdem edle Kleider. Solche, die irgendwie anziehbar sind.«

Was meinte sie damit? Was interessierten mich Klamotten aus irgendwelchen Secondhand-Läden?

»Ich meine, du weißt schon, irgendwas für einen – Schulball.«

Ich konnte fast nicht glauben, dass ich sie richtig verstanden hatte. »Meinst du das wirklich? Du würdest mitkommen?« Nur langsam! Verjag sie nicht, predigte ich mir.

»Du bist schließlich mit zu Ani gegangen und wusstest auch nicht, was dich da erwartet. Wie schlimm kann ein einziger Abend in Darlington schon sein?«

Ich war völlig aus dem Häuschen. Wie *schlimm?* Wunderbar würde es sein! Eine Nacht, die ich nie vergessen würde.

»Immerhin schulde ich dir was«, sagte sie und fuhr mit zwei Fingern über die beiden Kratzer und löschte so ihre Schuld aus.

KAPITEL ZEHN

»Brian!«, rief ich hinter ihm und Emily her, als sie den Weg hinunter zum Parkplatz spazierten. »Es ist alles klar. Wir gehen mit.«

»Zum Schulball?«, quietschte Emily.

»Ja! Marisol kommt mit!«

Emily hüpfte auf und ab, während sie auf mich warteten.

Ich gebe zu, dass ich diese kleine Phantasiegeschichte von Meiner-Freundin-Marisol genoss, obwohl ich wusste, dass sie vor Wut ausrasten würde.

Brian haute mir auf den Rücken. »Mann, wer hätte vor drei Monaten gedacht, dass wir auf den Schulball gehen!«

»Ich ganz bestimmt nicht«, sagte ich.

»Ich auch nicht«, sagte Emily. »Ich hätte das *niemals* gedacht.«

»Jetzt müssen wir überlegen, wie wir's mit der Limousine machen«, sagte Brian, »bevor sie alle verliehen sind.«

»Wieso Limousine? Also so weit müssen wir's doch nicht treiben, oder?« Ich konnte mir Marisols verächtlichen Blick genau vorstellen, wenn sie in einen dieser riesigen weißen Leichenwagen steigen sollte. »Die sind so teuer. Können wir nicht einfach dein Auto nehmen?«

»O bitte!«, flehte Emily.

»*Mein* Auto? Diesen Schrotthaufen? Also ehrlich.«

»Dann besorge ich eben das Auto von meiner Mutter.«

»Du lieber Himmel, das ist doch ein Kombi. Man fährt doch nicht in einem Kombi zum Schulball!«

»Wir Mädchen könnten auch was beisteuern«, sagte Emily. »Marisol hätte doch bestimmt nichts dagegen, oder?«

Inzwischen befürchtete ich, dass Marisol ihre Zustimmung zu diesem pubertären Ritual sowieso schon bereute; ich jedenfalls würde sie ganz sicher nicht bitten, etwas für die Fahrt in einer weißen Limousine »beizusteuern«. Sie war bestimmt der Meinung, dass sie allein durch ihr Erscheinen genug beisteuerte.

»Kannst du nicht deinen alten Herrn wegen Geld anhauen? Der hat doch Kohle«, bemerkte Brian.

»Den bitte ich nicht um Geld. Er gibt mir hin und wieder was, aber fragen, das tu ich nie. Auf keinen Fall.« Vor allem nicht nach dem letzten Wochenende. Auf der Rückfahrt im Auto hatte er kaum mit mir gesprochen. Er war bestimmt sauer, weil er sich vor Marisol blamiert hatte. Was aber nicht *meine* Schuld war. Ich finde nicht, dass nasse Jeans im Badezimmer automatisch bedeuten, dass sein Sohn endlich das Ziel erreicht hat.

»Komm schon, John! Emily wünscht sich so sehr eine Limousine.«

Und wir können Emily ja schließlich nicht enttäuschen! »Ich könnte vielleicht mal beim Harborside anrufen und Jake fragen, ob er am Wochenende nicht irgendwelche Hochzeiten hat. Wenn er mich an beiden Tagen braucht, kann ich wahrscheinlich ein paar Hunderter machen.«

Im letzten Sommer hatte ich manchmal bei Jake gekellnert; es war eine aufreibende Arbeit – reiche Leute lassen alles zweimal zurückgehen –, aber die Trinkgelder waren super. Und es wäre die perfekte Ausrede, um an diesem Wochenende nicht zu Dad zu müssen. Marisol verbrachte den Samstag sowieso mit Birdie.

»Das ist die richtige Einstellung«, sagte Brian und verpasste mir wieder einen Schlag auf die Schulter. »Ich reserviere schon mal alles.«

Emily konnte nicht still stehen. »Was für eine Farbe Marisol wohl trägt?«

»Schwarz«, sagte ich.

»Heißt das, sie hat ihr Kleid schon gekauft?«

»Ich will damit sagen, dass sie nie etwas anderes als Schwarz trägt.«

Emilys Gesicht fiel zusammen. *»Nie?«*

»Nein.«

»Dann hast du aber ein Problem, wenn du schwarze Blumen zum Anstecken finden willst!«, sagte Brian und brachte sich fast um vor Lachen. Emily lachte auch, blickte aber ein bisschen besorgt drein. Du solltest dir auch Sorgen machen, dachte ich. Marisol zieht dir vielleicht deine Schnittlauchlocken gerade, und wenn du nicht aufpasst, beißt sie dir auch noch ein Büschel davon ab.

Lieber John (Giovanni),

ich habe mich sehr über deinen Brief gefreut und über das Exemplar von deinem Zine, »Bananenfisch«. Mein Lieblingstext ist der Dialog zwischen dem Jungen und dem Stiefvater; es ist gleichzeitig berührend und komisch. Basiert es auf der Realität? (Nicht dass ich meine, dass es das unbedingt muss, aber du hast etwas geschrieben von deinem Dad und dass er weggegangen ist, deshalb dachte ich, dass es stimmen könnte.)

Ich bin auch ein großer J. D. Salinger-Fan. Wünschst du dir nicht auch, er hätte nicht aufgehört, Bücher zu veröffentlichen? Überleg dir mal, wie viele wunderbare Charaktere wir die ganzen Jahre über in seinen Büchern noch kennen gelernt hätten! Ich kann ihn richtig vor mir sehen, wie er in einer Hütte in New Hampshire lebt – umgeben von Seymor und Boo Boo und Zooey und all den anderen –, das ist vielleicht alles, was er von der Menschheit braucht.

Ja, ich habe mir »Fluchtgeschwindigkeit« angeschaut und ich bewundere Marisols Artikel auch sehr. Ich würde euch beide gern mal treffen. Was auch der Hauptgrund ist, warum ich dir jetzt schreibe. Weißt du, dass am Wochenende vom 23. auf den 25. Mai hier unten in Provincetown auf dem Cape ein Treffen von Zine-Schreibern stattfindet? Einige von den älteren Zine-Leuten organisieren das, aber ich weiß nicht, ob man außerhalb von Cape Cod auch davon gehört hat. Ich habe dein Zine Bill Murdock gezeigt, der einer der Organisatoren ist, und er sagte, ich sollte dich und Marisol unbedingt zum Treffen einladen.

Wir wohnen in Bluefish Wharf, einer Feriensiedlung von Bills Eltern, die erst am darauf folgenden Wochenende wieder eröffnet wird. Bring also, wenn du kommst, einen Schlafsack mit. (Wir haben versprochen, nicht die Bettwäsche zu benutzen, aber wir können mit unseren Schlafsäcken auf den Betten in den Hütten schlafen oder, falls es warm genug ist, direkt unten am Strand.) Bill hat ein paar Leute eingeladen, die über ihre Sachen reden werden und wie sie angefangen haben, Zines zu schreiben. Aber hauptsächlich soll es etwas sein, wo man die Leute, deren Zines man gelesen hat, treffen kann. Bis jetzt wollen ungefähr vierzig Leute mitmachen. Meinst du, du kannst kommen? Bring mehr Exemplare von »Bananenfisch« mit!

Dein Brief hat mir wirklich gut gefallen, und ich bezweifle sehr, dass du ein genetischer Trottel bist. Mir hat deine Idee gefallen, nach Zauberworten zu suchen, auch wenn du meinst, dass es die nicht gibt. Du hast mich gefragt, warum ich mich von Sachen nicht runterziehen lasse. Vielleicht weil ich schon immer, schon als Kind, versucht habe, meine eigenen Zauberworte zu finden. Darum geht's doch beim Schreiben, findest du nicht auch? Um die Suche nach Zauberworten. Ich glaube, dass es das ist, was mich aufrecht hält – rauszufinden, was ich zu sagen habe, und es dann auf Papier zu bringen, Wort für Wort.

Ich hoffe, dich am 23. zu treffen.

Deine Freundin
Diana Baum

Ich war total high, als ich den Brief von Diana bekommen hatte. Sogar sie dachte, dass mein Artikel »berührend« sei. Falls das eine Verschwörung war, dann fand ich allmählich Gefallen daran.

Das mit dem Treffen klang total gut, und wenn Marisol mitkäme, dann würde es den spießigen Schulball am Wochenende davor auswischen. Wenn ich mir vorstellte, wie ich neben dem entsetzlich beflissenen Brian mit Emily an seiner Seite und Marisol lustlos auf der anderen Seite den Jacht-Klub betreten würde, wurde mir wegen der Absurdität dieser Situation jedes Mal leicht übel. Aber dann erinnerte ich mich daran, wie Marisols Finger sich auf meiner Stirn angefühlt hatten, und ich vergaß alles andere, sogar meine Fähigkeit, wie ein normaler Mensch ein und aus zu atmen. Es war höchst merkwürdig.

Die Einladung von Diana lieferte mir einen guten Vorwand, Marisol anzurufen, wovor ich seit unserem Abschied vor Dads Wohnungstür vor drei Tagen etwas Angst gehabt hatte. Ich befürchtete, dass ich mir alles nur ausgedacht hätte und sie bei meinem Anruf sagen würde: »Zum Schulball? Spinnst du? Gio, du scheinst mich mit jemand zu verwechseln, der dich *mag*.« Oder so etwas.

Als ich dann schließlich anrief, war ihre Mutter dran.

»Oh, hallo, Gio! Hier ist Helen. Wie geht's denn?«

»Gut, danke.«

»Wir haben uns so gefreut, dass Marisol mit dir zum Schulball geht. Ihr werdet bestimmt viel Spaß haben!« Sie klang, als wäre sie Emilys Mutter und nicht die von Marisol.

»Ich glaube schon.« Wenn Marisol ihnen davon erzählt hatte, dann bedeutete das, dass sie mich nicht sitzen ließ. Ganz sicher hatte sie ihnen auch klar zu machen versucht, dass es sich hier um keine der üblichen *Verabredungen* handelte, aber es klang so, als wäre die gute Helen nicht sonderlich an den Feinheiten des Arrangements interessiert.

»Ich schau mal, wo Marisol ist. Sie wird sich so freuen, dass du anrufst.« Es machte mich richtig traurig, wie Marisols Mutter sich an mich klammerte, wie an ein Rettungsboot. Da rannte sie bei der Christopher-Street-Day-Parade mit und schwenkte Pro-Lesben-Fähnchen – und hoffte doch immer noch, dass Marisol bei ihrem Coming-out ein kleiner Fehler unterlaufen war.

»Hi«, sagte Marisol. »Ich kann mich nicht lang unterhalten. Ich muss noch eine Menge Hausaufgaben machen.« Ihre Stimme klang so flach, dass ich sie kaum erkannte. »Falls es um dieses Schulball-Dings geht, dann mach dir keine Sorgen, ich hab das Kleid.« Sie kicherte ein bisschen. »Ich seh darin aus wie Spider-Woman.«

»Klingt perfekt«, sagte ich und sah vor mir durchsichtige Spinnweben, die von ihren Ellbogen herunterhingen.

»Um alles andere musst du dich kümmern.«

»Okay.« Auf keinen Fall würde ich jetzt die Limousine erwähnen. »Aber ich rufe eigentlich wegen etwas anderem an, wegen dem Wochenende *danach*.«

»Und was ist da los? Das Unterstufen-Wiener-Würstchen-Grillfest?«

Diese Unterhaltung war fast so schlimm wie meine Albtraum-Version.

»Ich hab heute einen Brief von Diana Baum bekommen. Du weißt schon, die das Zine *Ohne Bedauern* schreibt.«

»Ach ja, das ist die, die immer so furchtbar dei-dei-dei-glücklich ist. Das Naturkind. Warum hat sie dir geschrieben?«

»Ich hab ihr geschrieben. Ich mag ihr Zine.«

»Ehrlich? Es ist so tugendhaft! Sie ist bestimmt so eine Ökotante.«

»Ich glaube nicht – ach, ist ja auch egal. Jedenfalls schreibt sie, dass am Wochenende vom 23. auf Cape Cod ein Zine-Treffen stattfindet. In Provincetown. Das ist nicht so weit«, sagte er, der in den letzten sechs Jahren kaum je weiter als von Darlington nach Boston gereist war und keine Ahnung hatte, wo was lag. »Vielleicht könnten wir hingehen. Sie wohnen alle in einer Feriensiedlung von irgendeinem Typen am Meer. Wäre das nicht was?«

Es kam keine Reaktion.

»Hallo?«

»Ich hab dich schon gehört. Ich weiß nicht, Gio. Eigentlich bin ich kein Gruppenmensch. Ich meine, Zines sind super, was aber nicht heißt, dass alle Leute, die Zines schreiben, auch unbedingt super sind. Und wenn es irgend so eine Love-Fete ist? Und was, wenn wir da runterfahren und feststellen, dass wir mit einem Haufen Arschlöcher oder Schleimern rumhocken müssen oder so?«

»Warum sollen das Arschlöcher sein? Und überhaupt können wir ja wieder gehen, wenn es uns nicht gefällt.«

Sie seufzte tief auf. »Gio, was ich eigentlich meine, ist, dass wir in letzter Zeit ziemlich viel zusammen unternehmen. Letztes Wochenende, und dann dieser Schulball – Verstehst du?«

Natürlich verstand ich. Das war ja genau der Grund, warum ich nach einem langen Schlafwandler-Leben nicht mehr im Koma lag. Ganz plötzlich schien es so, als wäre Marisol für meine Existenz lebensnotwendig, aber das sagte ich ihr natürlich nicht. »Wir würden nur zusammen runterfahren. Du musst dort ja nicht ständig mit mir rumhängen, falls das so schrecklich wäre.«

»Darum geht's nicht.«

»Denk einfach mal darüber nach, okay? Du musst es ja nicht jetzt gleich entscheiden.«

»Gut. Ich denke darüber nach. Aber, Gio, ich muss jetzt wirklich aufhören. Meine B&T-Gehirn muss jetzt einen Angriff auf Physik starten. Du verstehst schon.«

Ich fürchtete, dass ich genau verstand.

»Ich hab dir doch schon Anfang der Woche erzählt, dass ich heute Abend zum Essen bei Als Mutter eingeladen bin«, sagte Mom. Der Ärger in ihrer Stimme stammte sicherlich nicht nur daher, dass ich gefragt hatte, was es zum Abendessen gab.

»Hab ich vergessen. Kein Problem. Ich hol mir eine Pizza oder so.« Sie folgte mir in mein Zimmer, wo ich mich wie ein normaler Teenager, der versucht, sich unsichtbar zu machen, auf die Couch schmiss.

»Al sagte, dass seine Mutter dich auch einladen wollte, aber ich hab ihm gesagt, dass du sowieso nicht mitkommst. Dass wir dich in Ruhe lassen sollen.«

»Mich in Ruhe lassen – genau so müsst ihr mit mir umgehen.«

»Ich gehe überhaupt nicht mit dir um!« Falls sie damit Berührungen und so was meinte, dann wusste ich das auch vorher schon.

Sie regte sich ein bisschen auf und machte sich dann auf die Suche nach ihren Autoschlüsseln. Ich schaltete MTV ein, damit es so aussah, als wäre ich mit etwas beschäftigt, bei dem ich nicht gestört werden wollte.

»Du kannst ja Brian fragen, ob er nicht rüberkommen will. Er war schon seit Wochen nicht mehr hier.«

»Er hat eine Freundin. Hab ich dir doch erzählt.«

»Und jetzt hat er keine Zeit mehr für seine alten Freunde?«

»Mutter! Wir gehen nächstes Wochenende zusammen zu diesem bescheuerten Schulball. Reicht das nicht? Und überhaupt will ich früh ins Bett. Ich arbeite dieses ganze Wochenende im Harborside, also kann ich eine kleine Verschnaufpause gut aushalten.«

Sie wirbelte die Schlüssel um ihren Finger. Irgendetwas beschäftigte sie noch. »Ich mache mir so meine Gedanken, wer diese Marisol eigentlich ist. Sie taucht einfach so aus dem Nichts aus. Du sagst, du hast sie in Boston getroffen, aber wie? Auf der Straße? Was weißt du denn überhaupt über sie?«

Warum tat ich mir das nur an? Und auch Marisol? Im einen Augenblick konnte ich es kaum erwarten, sie in ihrem Spider-Woman-Kleid zu sehen, und im nächsten Augenblick dachte ich, ich müsste der größte Idiot auf Gottes Erdboden sein. Es war verrückt. In sämtlichen Kursen redeten die Schüler über nichts anderes mehr als über den Schulball; die Mädchen dachten offensichtlich, ihre Flitterwochen stünden bevor, und die Jungen phantasierten sich irgendwelche Club-Med-Erlebnisse zurecht. Wie um alles in der Welt würde Marisol nur in dieses Bild passen?

»Mom, sie ist nicht einfach so aus dem Nichts aufgetaucht. Sie ist kein Bazillus.«

Endlich warf sie sich die Handtasche über die Schulter und stapfte auf die Tür zu. »Ich kann mit dir nicht mehr reden. Ich gehe jetzt zu Al. Du brauchst nicht auf mich zu warten.«

Warum?, wollte ich sie fragen. Übernachtest du bei ihm? Aber ich tat es nicht. Ein Schlag ins Gesicht pro Woche reicht völlig. Sie knallte die Tür zu und schloss ab; es hätte ja sein können, dass ich gerade in diesem Augenblick meine Flucht plante.

Liebe Mom,
auf den Rat meiner Freundin Marisol, dem Bazillus aus dem Nichts, schreibe ich dir einen Brief, den du nie zu Gesicht bekommen wirst. Wenn Marisol ihrer Mutter schreibt, macht sie ihr Vorwürfe, vergibt ihr aber auch, denn obwohl die Frau sie nach der Geburt verlassen hat, ist Marisol eine gerechte und ausgeglichene Person.
Was ich von mir nicht sagen kann. In den Jahren, seit du und Dad euch getrennt habt, bin ich ein verbogener und verkrümmter Mensch geworden, und obwohl ich weiß, dass du die Hauptschuld auf Dad schiebst, der das auch voll und ganz verdient, warst du es, die mich während der letzten sechs Jahre tagtäglich verkorkst hat. Wenn ich dich das lesen ließe, würdest du es spätestens jetzt zur Seite legen. Du würdest sagen, ich sei ungerecht. Was hättest du mir jemals so Schreckliches angetan? Du hättest genug zu tun gehabt, selbst einigermaßen normal zu bleiben.
Aber das Problem ist nicht, was du getan hast, sondern was du nicht getan hast. Am Anfang, nachdem Dad weggegangen war, hatte ich Angst, aber wenigstens hatte ich ja noch dich – dachte ich jedenfalls –, du hattest mich ja nicht verlassen. Es dauerte nicht lange, bis mir klar wurde, wie sehr ich mich getäuscht hatte. Du warst auch weg. Zurückgezogen in dich selbst, wo ich

dich nicht erreichen konnte, obwohl wir noch zusammen im selben Haus lebten.
Ich wage es jetzt, das auszusprechen – also wappne dich –, worüber wir nie reden: dass du es nicht ertragen kannst, mich zu berühren oder von mir berührt zu werden. Nicht einmal eine flüchtige Berührung der Hände gibt es zwischen uns, kein Zusammenstoßen der Schultern oder der Knie unter dem Tisch. Und schon gar nicht jene Art von Berührung, die die meisten Kinder regelmäßig erfahren: eine Hand auf einer fiebrigen Stirn, ein spielerisches Kitzeln, ein Gutenachtkuss. Jahrelang habe ich mir Entschuldigungen für dich ausgedacht und versucht, mir einzureden, dass du mich nicht wirklich so sehr hasst, wie du Dad gehasst hast. Aber die vorliegenden Beweise haben das nicht bestätigt.
Also nahm ich meine ganze Trauer über eure Scheidung und die ganze Liebe, die ich für euch beide einmal empfunden habe, und meine ganze Angst vor dem Verlassensein und baute daraus eine Steinwand, um mich dahinter zu verstecken. Um mich zu schützen. Und jetzt, liebe Mutter, bin ich so geschützt, dass ich mich manchmal kaum mehr lebendig fühle.
Ich bin immun gegen Gefühle. Und dafür hasse ich dich.

Dein dich liebender Sohn
John

Lieber Dad,

der Brief an Mom war einfacher. Denn obwohl ich wegen vieler Dinge böse auf sie bin, möchte ich es ihr noch immer sagen. Also nehme ich wohl an, dass sie mir immerhin noch zuhört, wenn ich etwas sage. Bei dir glaube ich nicht, dass du mir zuhören würdest, aber da das hier ja nur ein Exerzitium (oder vielleicht ein Exorzismus?) ist, versuche ich mal rauszufinden, was ich dir zu sagen habe.

Auch wenn ich dir mehr Schuld an meiner traurigen Kindheit gebe als Mom, hasse ich dich nicht. Vielleicht deshalb, weil Hass so ein starkes Gefühl ist und du eigentlich überhaupt keine Gefühle in mir hervorrufst. Wer bist du? Ein Kerl, der seine Frau und sein Kind verlassen hat, weil sie in seinen selbstsüchtigen Lebensstil, der ihm wichtiger ist als alles andere, nicht hineinpassten. Ein Kerl, der mit seinem Kind jeden Freitag zu Abend isst, ihm aber nichts zu sagen hat. Ein Kerl, der sich nie klar gemacht hatte, dass sein Sohn wirklich existiert, bis der Junge ein Mädchen mit nach Hause brachte, das seine Jeans über die Duschstange hängte.

Vielleicht bist du mehr als das. Ich weiß, dass die Leute in deiner kultivierten Literaturwelt dich für eine Größe halten. Das dachte ich auch, bis ich zehn Jahre alt war. Vielleicht schreibe ich eines Tages einen bril-

lanten Roman, dann wirst du wissen wollen, wer ich eigentlich bin, und dann wirst du allen verkünden: »Das ist mein Sohn!«
Und dann werde ich sagen: »Ich erinnere mich an dich. Du bist der Typ, den ich freitagabends immer bei Bertucci gesehen habe. Als ich mit mir selbst zu Abend aß.«

Dein egoistischerweise so getaufter Sohn
John Frances Galardi jun.

KAPITEL ELF

Ich sah den Brief oben auf dem Briefstapel auf der Küchentheke liegen, nachdem ich von den Schulball-Besorgungen mit Brian zurückkam – wir hatten die Smokings abgeholt und Blumen gekauft. Aber Brian hatte offensichtlich vor, sich für eine Weile häuslich niederzulassen, und durchwühlte den Kühlschrank nach Bagels und Frischkäse, also versuchte ich, den Brief erst einmal zu ignorieren. Warum schrieb Marisol mir einen Brief? Wir würden uns doch in ein paar Stunden treffen, oder nicht?

Seit diesem Morgen bei Dad hatten wir kein richtiges Telefongespräch mehr miteinander geführt. Sie war immer in Eile und konnte sich nie lange mit mir unterhalten. Gestern hatte ich es immerhin geschafft, sie so lange am Telefon festzuhalten, dass ich ihr den Weg hierher beschreiben konnte, der sie wenig zu interessieren schien. Sie sagte dauernd: »Das finde ich schon, das finde ich schon.« Schließlich sagte ich: »Aber du kommst doch, oder?«

»Ich habe doch *gesagt*, dass ich komme, Gio. Ich lüge nicht.« Sie klang wütend.

»Hör mal, wenn du keine Lust hast –« Ich konnte den Satz nicht beenden. Was würde ich tun, wenn sie nicht käme? Die Peinlichkeit des Ganzen und das schon ausgegebene Geld waren nichts im Vergleich zu dem jämmerlichen Schmerz, den ich schon jetzt in meiner Kehle und in meiner Brust fühlte, wenn ich mir nur vorstellte, dass ich sie nun doch nicht treffen würde. Aber dann nahm ich mich zusammen. Was war denn nur mit mir los? Was sollte auf dem Schulball denn schon Bedeutsames geschehen? Wenn Marisol kniff, dann würde ich es überleben.

»Lass uns darüber nicht mehr reden, okay?«, sagte sie ein wenig ruhiger. »Ich bin um sechs Uhr da. Ich hole dich ab und wir treffen deine Freunde im Haus von – wie heißt sie noch gleich?«

»Emily«, sagte ich. »Du wirst sie nicht mögen.«

»Kann's kaum erwarten. Ich muss los.« Und das war's.

Erst jetzt merkte ich, dass Brian ständig vor sich hin plapperte, während er Brötchen toastete und Moms Tomatensaft wegputzte. Er lobte sich offensichtlich selbst für seinen guten Geschmack in der Auswahl von Ansteckblumen: »Sie hat ein weißes Kleid, also hätte wohl jede Farbe gepasst, aber die rosa Rosen sind wirklich edel, findest du nicht auch? Ich habe noch nie so winzige Rosen gesehen, du? Und ich wusste auch nicht, dass es bei Rosen *so* viele Farben gibt. Haben dir auch die rosaroten am besten gefallen? Mir hätten auch die gelben gut gefallen, aber –« Ich konnte es nicht mehr mit anhören!

»Deine Blume ist auch hübsch«, fuhr er fort. »Ein bisschen duster. Also, ich meine, eine lila Orchidee zu einem schwarzen Kleid, aber wenn du meinst, dass es ihr gefällt –«

Ich meinte nicht, dass ihr überhaupt etwas gefallen würde. Sie wollte gar nicht kommen; was für einen Unterschied machte da eine lila Orchidee?

Brian war so aufgeregt, dass ich ihn fast beneidete. Er war so verrückt nach diesem albernen kleinen Schulmädchen und sie mochte ihn auch. Wer hätte geglaubt, dass so was passieren würde? Ich ließ ihn noch eine Stunde vor sich hin plappern und warf nur gerade so viel Blabla ein, dass er das Gefühl hatte, wir würden uns unterhalten. Endlich konnte ich ihn davon überzeugen, dass er jetzt besser gehen sollte, damit wir beide genug Zeit hätten, jede einzelne Pore unserer nervösen männlichen Körper zu desinfizieren, bevor sich der Vorhang vor der abendlichen Show öffnete.

An der Haustür erinnerte er mich: »Die Limousine ist für achtzehn Uhr dreißig bestellt, aber kommt ein wenig früher, weil Emilys Mutter Fotos von uns machen will.«

»Keine Angst.« Ich wusste, ich sollte ihm jetzt sagen, dass Marisol nicht wirklich meine Freundin war. Dass sie nicht im Geringsten *so* ein Interesse an mir hatte. Und dass sie lesbisch war. Ich erwartete nicht, dass sie es vor den anderen geheim halten würde, und trotzdem hatte ich keine Lust, es lauthals zu verkünden. Es würde sich einfach ganz natürlich ergeben. Und dann wäre es nichts Besonderes. Niemand würde sich darum kümmern.

Ich schloss die Tür hinter Brian, ging langsam in die Küche, als liefe ich über dünnes Eis, und riss mit zitternden Händen Marisols Brief auf. Es ist bloß ein *Brief*, sagte ich mir. Wovor hast du eigentlich Angst? Im Umschlag steckte nur ein Bogen Papier mit einem Gedicht. Auf einem kleinen, gelben Aufkleber mitten auf der Seite stand: »Das ist nicht für das Zine. Du wirst schon verstehen, was ich meine.«

Ich las es nicht sofort; ich musste mich erst beruhigen. Schon allein die Vorstellung, wie ich diesen ganzen Schulball-Mist hinter mich bringen sollte, machte mich völlig fertig. Eigentlich lagen meine Nerven schon ziemlich bloß, seit ich die Briefe an meine Eltern geschrieben hatte. Marisol hatte diese Nebenwirkung nicht erwähnt. Die Briefe lagen versteckt in einer Schublade unter einem Stapel Socken und Unterhosen, entweder musste ich sie irgendwo anders verstauen oder ich durfte die Unterwäsche nicht mehr wechseln. Jedes Mal, wenn ich die Schublade aufzog, durchfuhr mich ein kalter Wind wie von einer übernatürlichen Macht.

Das Gedicht war auf einfachem, weißem Papier ausgedruckt, nicht verziert wie manchmal die Zine-Gedichte. Keine Sticker oder Zeichnungen oder Fotos – da war nichts Spielerisches an dieser Mitteilung. Wegen des Titels war mir sofort klar, dass dieses Gedicht für mich bestimmt war. Ich hätte alles andere auf dieser Welt lieber getan, als dieses Gedicht zu lesen.

Du hörst nicht zu

Ich bin unsichtbar, wenn ich es dir
nicht sage. Du schreibst sonst meine
Zeilen, wie es dir gefällt.
Ich habe nicht gelogen,
aber du hörst nicht zu.

Ich brauchte deine
Zuneigung. Ich dachte nicht,
dass es mir schaden würde.
Du bittest mich, ohne Worte,
dass ich mich ändern möge.

Gemeinsam ist uns, niemand
zu vertrauen. Ich weiß, dass du
die falschen Dinge willst.
Du sehnst dich nach dem Schmerz,
den ich dir geben kann.

Es dauert nicht mehr lange, bis
ich dich verlasse, nun, da wir
das Anfangsgeheimnis lösten.
Konnten wir nicht einfach
Schutzheilige füreinander sein?

Ich bin unsichtbar, wenn ich es dir
nicht sage. Du schreibst sonst meine
Zeilen, wie es dir gefällt.
Ich habe nicht gelogen; es wird Zeit,
dass du zuhörst.

Marisol kam genau um sechs, parkte den Nissan ihrer Mutter am Bürgersteig und stieg aus. Ich war schon seit einer halben Stunde fertig, hatte mich aber oben versteckt, damit ich nicht mit Mom reden musste. Mehr als einmal hatte ich das Deo erneuert. Ich hatte schließlich beschlossen, das Gedicht überhaupt nicht zu erwähnen. Welche Botschaft auch immer darin steckte (du gehst mir total auf die Nerven?), darüber könnte ich später nachdenken oder sie könnte selber davon anfangen. Heute Abend würde ich jedenfalls nicht absichtlich Ärger heraufbeschwören. Und außerdem fühlte ich mich in diesem bescheuerten Pinguin-Anzug sowieso daneben; mir war, als hätte ich die hyperaktive Persönlichkeit irgendeines anderen Typen übernommen. Sobald ich das Auto sah, rannte ich die Treppen hinunter. »Tschüss, Mom!«, schrie ich. »Bis morgen!«

»Moment mal!« Sie machte sich gerade fertig, weil sie mit Al ausgehen wollte, und steckte sich einen Ohrring durchs Ohrläppchen. »Ich möchte dieses Mädchen wenigstens mal sehen.«

Was hätte ich dagegen sagen können? Sie folgte mir zur Haustür. Ich war darauf vorbereitet, die Tür zu öffnen und draußen Spider-Woman vorzufinden oder sogar Morticia Addams, aber auf diese Frau, die draußen auf den Treppenstufen stand, war ich nicht vorbereitet.

»Hier bin ich«, verkündete Marisol ohne auch nur die geringste Spur von Humor. Wäre es nicht ihre Stimme gewesen, hätte ich diese Erscheinung vielleicht für ihren Zwilling oder auch nur für eine Halluzination gehalten. Sie war völlig in Schwarz gehüllt – oder besser: eingewickelt, das wäre näher an der Wahrheit –, von dem hohen Kragen, der bis unter ihr Kinn reichte, beide Arme hinunter, um die schlanken Hüften herum, bis zu den Knöcheln. Nur hinten über den Absätzen war ein kleiner Schlitz, der ihr das Gehen, ohne zu stolpern, ermöglichte.

»Wow!«

»Es ist aus den Vierzigern, haben sie mir gesagt.«

»Du siehst aus wie Audrey Hepburn«, sagte ich.

Sie schnaubte. »In welchem Film? *Frühstück im Supermarkt?*« Sie erblickte Mom, die im Hintergrund herumstand. »Hi!«

»Hallo, guten Tag. Kommen Sie doch kurz herein«, sagte Mom und machte Platz. Sie zupfte ständig an ihrer Frisur herum, als wollte sie ihre Ohren verdecken.

»Mom, das ist Marisol; Marisol, meine Mutter.« Ich haspelte die Vorstellung so schnell wie möglich herunter, damit wir sofort losrennen konnten, aber dann fiel mir das Blumengesteck ein, das wie ein Salatkopf im Kühlschrank vor sich hin fror. »Bin gleich wieder da«, sagte ich und überließ die beiden sich selbst.

»Was für ein elegantes Kleid«, sagte Mom. »Es sieht wirklich aus wie von Audrey Hepburn.«

»Finden Sie?«, sagte Marisol. »Nur hätte Audrey nicht diese Stiefel dazu getragen.« Gerade als ich mit der Orchidee zurückkam, streckte sie ihren Fuß hinten durch den Schlitz, um Mom ihre alten, abgewetzten Stiefel zu zeigen.

Ich nehme an, dass Ms. Van Esterhausen nicht so genau wusste, was sie von der ganzen Ausstattung halten sollte. »Na ja, unter einem langen Kleid sieht man die Schuhe sowieso nicht«, sagte sie diplomatisch.

»Außer wenn ich gehe«, machte Marisol klar.

Ich fummelte herum, um das Gesteck aus seiner Schachtel herauszubekommen. »Ist das okay? Ich meine, du hast doch nichts dagegen, das anzustecken, oder?« Ich hielt die Orchidee hoch.

»Natürlich hat sie nichts dagegen, Dummerchen!« Mom schaute zwischen uns beiden hin und her und versuchte herauszufinden, was hier eigentlich vor sich ging. Ich nehme an, wir machten nicht den Eindruck eines üblichen Schulball-Pärchens.

»Es ist hübsch!«, sagte Marisol und zwang sich ein Grinsen auf die Lippen.

»Und wo kommst du her, Marisol?« Die Inquisition hatte begonnen.

»Cambridge«, sagte sie.

»Puerto Rico«, sagte ich und versuchte, die Anstecknadel um den Blumenstiel zu biegen, wobei ich mir vor Konzentration auf die Zunge biss.

»Er meint, ursprünglich«, sagte Marisol und zuckte zusammen, als ich sie mit der Nadel stach. Die Orchidee hing seitlich herunter.

»Das ist ja interessant«, sagte Mom. Wahrscheinlich war sie durch diese Antwort zu verwirrt, um noch weiter zu fragen.

»Scheiße!« Ich hatte die Nadel in meinem eigenen fetten Daumen versenkt.

»Gib her, ich mache das mit Marisols Blumen – und du geh zum Spiegel und steck dir dort deine eigene Blume an«, sagte Mom. Erst nachdem ich ihr die Orchidee gegeben hatte und brav ins Badezimmer marschiert war, kam es mir: Mom konnte Marisol die Blume anstecken, aber nicht mir. Ich weiß nicht, wie lange ich dastand und mich im Spiegel anstarrte. Ich wollte endlich herausfinden, was so widerlich an mir war, dass meine eigene Mutter es nicht über sich brachte, mich zu berühren.

»Wir sollten gehen«, rief Marisol.

Ich schaffte es, die dunkelrote Rose beim ersten Versuch festzustecken, dann ging ich an beiden vorbei in Richtung Haustür. »Ich bin so weit.«

»Wie schade, dass ich keinen Film in meinem Apparat habe, sonst würde ich ein Foto von euch machen«, sagte Mom.

»Oh, das wäre doch zu viel verlangt«, sagte ich, packte

Marisols schwarzen Ellbogen und zog sie den Weg hinunter zum Auto. Der Stoff war schlüpfrig unter meiner Hand. Richtig – noch ein Mensch, der sich mir entzog.

Als wir in das Auto krabbelten, hatte Mom die Tür schon geschlossen. Kein wehmütiges Winken von den Treppenstufen herunter. Sie hatte wichtigere Sachen vor.

Marisol startete den Wagen. »Was ist los? Bist du sauer auf deine Mutter, weil sie kein Foto von uns gemacht hat?«

Ich musste lachen. »Ein Foto? Sie hat von mir kein Foto mehr gemacht, seit ich ein kleines Kind war.«

»Wirklich?«

»Das ist noch nicht das Schlimmste.« Ich schüttelte den Kopf. »Sie hat mich nicht mal –« Meine Stimme versagte plötzlich. Ich hatte es noch nie ausgesprochen, hatte es noch niemandem erzählt und es schien so, als könnte ich es auch jetzt nicht. Ich schüttelte wieder den Kopf.

»Was hat sie nicht mal? Was wolltest du sagen?«

Ich räusperte mich. »Hat mich nie berührt. Nicht seit ich zehn war.«

»Hat dich nie berührt? Wie meinst du das? Nimmt sie dich nie in den Arm?«

»Sie lässt niemals einen Teil ihres Körpers in Kontakt mit einem Teil meines Körpers kommen. Wie mit meiner Rose vorhin. Sie könnte sie mir nie anstecken. Aber dich konnte sie ohne Probleme berühren. Sie berührt ihren neuen Freund. Nur mich nicht. Sie ist verrückt.«

»Das ist furchtbar, Gio!« Marisol nahm den Blick von der Straße und sah mich an, aber ich schaute aus dem Fenster. »So etwas habe ich noch nie gehört.«

»Noch nie?«

»Natürlich nicht. Sie ist deine *Mutter!*«

»Ich weiß. Ich hab ihr einen Brief geschrieben.«

»Ehrlich?«

»Ja. Aber ich gebe ihn ihr nicht. Er ist zu gemein.«

»Trotzdem ist es gut, dass du ihn geschrieben hast. Es hilft, findest du nicht?«

Ich zuckte die Schultern. »Wahrscheinlich. Ich hab auch einen an meinen Dad geschrieben. Der ist womöglich noch gemeiner.«

»Warum hast du mir nie erzählt, wie deine Mutter ist?«

»Ich denke nicht so oft daran.«

»Na ja, jedenfalls erklärt es eine Menge.«

Ich kicherte. »Du meinst, es erklärt, warum ich so verrückt bin?«

»Du bist nicht verrückt. Und lass nicht zu, dass sie dich verrückt *macht*. Lass es nicht zu!«, befahl Marisol. Das konnte ich nicht versprechen. Und ich konnte auch nicht weiter darüber reden. Nicht, wenn ich halbwegs gesund im Kopf zu diesem Schulball wollte.

Wir sagten nichts, bis wir Emilys Haus erreichten. Ich fragte mich, ob Marisol an das Gedicht dachte, das sie mir geschickt hatte. Ob es vielleicht auch »zu gemein« war. (Das war es nämlich.)

Als wir vorfuhren, standen Brian und Emily schon vor dem Haus und posierten für Fotos. Brians Mutter war da und dokumentierte zusammen mit Emilys Eltern jeden Augenblick des glorreichen Auftritts.

Bevor wir aus dem Auto stiegen, fragte Marisol: »Sie wissen doch über mich Bescheid?«

Nun fing es an. »Ich wollte es ihnen sagen, aber –«

»Sie glauben, ich bin deine Freundin?« Ihre Stimme wurde vor Überraschung ganz hoch.

»Du musst dich aber nicht so benehmen, als wärst du meine Freundin. Das erwarte ich nicht von dir.«

»Ich dachte, das Ganze sollte witzig sein, dass wir uns lustig machen über –«

»Das hab ich nicht gesagt.« Aber *was* genau sollte das Ganze?

»Dann klär mich mal auf. Wer soll ich nun also sein?«

»Du selbst! Hör zu, ich kann es ihnen auch gleich sagen, wenn du willst. ›Marisol ist eine Lesbe. Sie interessiert sich kein bisschen für mich. Das alles hier ist nur Theater.‹ Okay?« Ich spürte, wie der Zorn mir heiß ins Gesicht stieg, aber auf wen war ich eigentlich wütend?

»Meine Güte, jetzt beruhige dich doch mal. Du bist heute Abend wirklich voll daneben.« Wir starrten beide aus dem Fenster zu einem gelben Bungalow auf der anderen Seite der Straße, wo ein kleines Kind auf einem Dreirad fuhr. Glückliches Kind: Es hatte noch Jahre vor sich, bevor es sich mit diesem Schulball-Scheiß befassen musste. »Du brauchst ihnen jetzt nichts zu sagen. Und dann sehen wir mal, wie es läuft. Aber ich lüge nicht – das weißt du.«

Bevor ich etwas erwidern konnte, wurde die Beifahrertür von Mrs. Cookson, Brians Mutter, aufgerissen.

»Da seid ihr ja! Kommt doch raus! Seid nicht so schüchtern! Wir wollen euch sehen!« Sie war gnadenlos begeistert. Wir hatten keine Wahl.

Kaum hatten wir die Autotüren geschlossen, richtete Emilys Vater auch schon die Videokamera auf uns. »He, ihr beiden! Kommt mal hier rüber!« Die Gruppe hatte sich vor einem großen, lachsfarbenen Rhododendron versammelt. »Lächeln! Winken!«, dirigierte uns Mr. Prine, der selbst rückwärts über den Rasen ging. Ich fühlte mich total lächerlich. Wer steigt denn schon aus einem Auto und winkt und lächelt?

»He, John!«, schrie Brian, obwohl seine Augen voll und ganz auf Marisol gerichtet waren.

John. Wie hatte ich nur dieses kleine Problem vergessen können!

Während Mr. Prine uns vor dem Gebüsch aufreihte, stellte ich alle gegenseitig vor. Emily war so gegensätzlich zu Marisol angezogen, wie man es sich nur vorstellen konnte: kurzes Kleid, trägerlos und ganz in Weiß außer Brians rosa Rosen, die wie ein dekorativer Tumor an ihrem Handgelenk befestigt waren.

»Was für ein tolles Kleid«, sagte Emily wenig überzeugend und betrachtete die Stiefel unter dem Saum.

Marisol lächelte, erwiderte aber das Kompliment nicht. Stattdessen sagte sie: »Man muss einen schönen Teint haben, um Weiß tragen zu können.«

»Danke!«, sagte Emily – völlig überzeugt, dass sie den nötigen schönen Teint besaß.

»So, hier ist also die geheimnisvolle Frau«, sagte Brian und zwinkerte Marisol zu. Es war kaum zu glauben, dass dies derselbe Typ sein sollte, der noch vor einigen Monaten kein Wort herausgebracht hätte, wäre er neben jemandem wie Marisol gestanden.

»Gio hat mir von dir auch nicht viel erzählt.«

»Gio?« Brian warf mir einen fragenden Blick zu. »Du sagst zu John Gio?«

Sie sah mich an.

»Also, es ist so, dass damals –«, fing ich an.

»Ich nenne ihn so –«, unterbrach sie mich.

»Es ist so eine Art –«, versuchte ich es noch mal.

»Spitzname«, sagte Marisol leise. Und mir war klar, dass ich irgendwann für diese Lügen bezahlen musste, für ihre und meine, klein und harmlos, wie sie waren.

»Hallo, ihr vier, schaut mal hier rüber!«, befahl Mrs. Prine. Die nächsten zehn Minuten verbrachten wir damit, uns nach den Anordnungen beider Mütter in Position zu stellen: Jungen nach hinten, Mädchen vorn; alle zusammen aufgereiht; jedes Paar einzeln; die Jungen allein; die Mädchen zusammen. (Dieses letzte Foto war zum Totlachen: Die winzige Marisol stand hinter der robusten Emily auf den Treppenstufen wie ein böser Geist auf ihrer Schulter oder wie das schlechte Gewissen, das ihr gleich was ins Ohr flüstert.)

Ich war fast erleichtert, als die Limousine vorfuhr. Emily war außer sich vor Begeisterung; die ganze Familie war wohl der Ansicht, dies hier wäre ihre Hochzeit. Emily küsste ihre Eltern und auch Mrs. Cookson, bevor sie sich in das Auto duckte. Wahrscheinlich würde sie im Laufe des Abends auch mich noch küssen, wenn ich mich nicht vorsah. Das Mädchen war völlig aufgedreht und kurz vor dem Abheben.

Marisol war als Erste in den Wagen gestiegen. »Deine Mutter weint«, teilte sie Emily mit. Als die Limousine abfuhr, kamen wir in den Genuss des Anblicks von Mrs. Prine, die sich, in Tränen aufgelöst, an Mrs. Cooksons Schulter gelehnt hatte, während Mr. Prine alles auf seinen Film bannte.

»Ich weiß. Bei solchen Sachen heult sie immer.«

»Bei welchen Sachen?«, fragte ich. »Bei Schulbällen?«

Emily schlug mit ihrer rosenumschlungenen Hand auf mich ein.

»Sei doch nicht so zynisch, John«, sagte Brian. »Für manche von uns ist das heute Abend eben etwas Besonderes.« Er grapschte nach Emilys Pfote und hätschelte sie in seinem Schoß.

»Ja, John, ist doch auch wahr«, sagte Marisol. »Du bist immer so zynisch.« Ich konnte es kaum fassen, dass sie zu diesem Zeitpunkt zum Scherzen aufgelegt war. Als sie sicher war, dass die beiden nicht herschauten, verdrehte sie die Augen. Vielleicht würde sie mir trotz allem vergeben.

KAPITEL ZWÖLF

Marisol stocherte nur in ihrem Essen herum – Hühnchen, gefüllt mit etwas Grünem und »Wildreis«, der auch nicht wilder aussah als sonst ein Reis. Sie wies die Eiskrem zurück und bestellte noch eine zweite Tasse Kaffee, die sie mit dem Rücken zu mir, als beobachte sie die Tanzenden, austrank.

Der Plan des Festkomitees war gewesen, den Darlington-Jacht-Klub in ein *Liebesschiff* zu verwandeln – eine blödsinnige Idee. Glücklicherweise waren die Mittel beschränkt gewesen und so bestand die Dekoration hauptsächlich aus ausgeschnittenen und an die Wand geklebten Wellen aus blauer Folie. Rettungsringe hingen alle paar Meter dazwischen, auf denen mit Filzstift »H. M. S. Darlington« geschrieben stand. Grüne und blaue, mit Gas gefüllte Luftballons waren in der Mitte jedes Tisches mit einem in blaues Papier gewickelten Backstein verankert, und Krepppapier-Luftschlangen mit der Aufschrift »Bon voyage« hingen von den Deckenbalken herunter, als hätten wir gerade abgelegt, um den Ozean zu überqueren.

Wir saßen zu sechst am Tisch – wir vier und noch irgendein Paar, das ich noch nie gesehen hatte. Entweder waren es solche Nullen, dass sie überhaupt keine Freunde hatten, mit denen sie sich hätten zusammentun können. Oder vielleicht waren sie auch so eng miteinander verbunden, dass sie überhaupt keine Lust hatten, jemand anderen kennen zu lernen. Ich hätte mir niemals vorstellen können, dass Sechzehnjährige sich so verheiratet benehmen könnten. Er faltete die Serviette für sie auseinander und erinnerte sie daran, dass sie allergisch auf Sahne reagierte. Sie probierte seine Salatsoße und bat dann den Kellner um eine neue Gabel für ihn. Sie waren so sehr an ihren gegenseitigen Essgewohnheiten interessiert, dass ich schon fast erwartete, jeder würde dem anderen auch noch das Fleisch klein schneiden.

Aber nun waren sie beim Tanzen und Brian und Emily natürlich auch, obwohl ich bezweifelte, dass Brian sich schon jemals in seinem Leben zu irgendeinem Takt bewegt hatte. Er und Emily kämpften sich durch die Rocktänze und ließen sich glücklich in den Klammergriff fallen, als die Musik langsam und sentimental wurde. Ich fühlte mich wie der letzte Idiot, hier so am Tisch und ohne mich mit meiner »Verabredung« zu unterhalten. Fast alle anderen tanzten; offensichtlich tat man das bei einem Schulball. Und wir hier an unserem Ecktisch waren weiß Gott nicht unsichtbar. Marisol hatte bei unserer Ankunft ziemlich viel Aufsehen erregt, und die Leute drehten sich noch immer nach ihr um, als erwarteten sie von jemandem, der in Schwarz gehüllt war, noch irgendeinen spektakulären Auftritt.

Die anderen Mädchen hatten wie Emily so wenig wie nur möglich an. Die meisten sahen aus, als trügen sie Unterröcke oder Taschentücher. Ich nehme an, es sollte sexy aussehen, aber bei manchen klappte das einfach nicht und vor allem wirkten sie alle wie geklont.

Als Marisol hereingekommen war und aussah wie ein zierliches Hollywood-Starlet von vielleicht 1942, waren sie alle herumgewirbelt und hatten sie angestarrt. Ich hatte nichts dagegen. Ich war stolz, dass ich mit der einzigen Person gekommen war, die genügend Individualität besaß, sich in ihrem eigenen Stil zu kleiden. Aber wahrscheinlich zerbrachen sich die Leute den Kopf mehr über ihren stolzen Begleiter als über ihr Kleid. Wer hätte jemals erwartet, dass Mr. Unsichtbar mit dem Hit des Abends auftauchen würde?

Nicht dass ich wirklich *mit* Marisol hier war; sie hatte seit unserem Auftauchen im Saal kaum ein Wort mit mir gewechselt. Als sie ihre Tasse Nummer zwei geleert hatte, schaffte ich es, ihren Blick einzufangen. »Du willst wahrscheinlich nicht tanzen, oder?«

»Eigentlich nicht. Ich kann es nicht besonders gut.«

»Ich auch nicht, aber – sieh dich doch mal um. Berufstänzer sind kaum welche hier.«

Sie schüttelte den Kopf und warf mir einen heftigen Blick zu. »Warum hast du mich angelogen, mit deinem Namen?«

Ich stöhnte. Darauf hatte ich die ganze Zeit schon gewartet. »Ich wollte nicht lügen. Es war der Name, den ich für mein Zine benutzt habe, und irgendwie wollte ich diese Person sein. Ich hatte die Schnauze voll von dem langweiligen, alten John. Ich habe es nicht als Lüge betrachtet.«

»Aber es war eine«, sagte sie.

»Ja, vielleicht. Tut mir Leid.«

»Warum gefällt dir der Name John nicht? Für Berryman war er gut genug.«

»Woher willst du das denn wissen? Vielleicht hat er sich deshalb umgebracht.«

Sie lächelte nicht.

»Wirst du mich jetzt John nennen?«, fragte ich.

Sie zog ein Gesicht. »Geht nicht. Für mich bist du Gio.«

»Gut.«

Sie griff nach ihrer Tasse und knallte sie zurück auf den Unterteller, als ihr einfiel, dass die leer war. Sie amüsierte sich gewaltig.

Plötzlich ging sie auf mich los. »Was hast du deiner Mutter geschrieben? In dem Brief. Was war da so gemein daran?« Wenn das nicht ein Sprung vom *Liebesschiff* war!

»Hör auf, Marisol, ich mag jetzt nicht darüber reden.«

»Über irgendwas sollten wir aber reden. Es ist das Einzige, was wir gemeinsam haben, das Reden. Wenn du tanzen willst, Gio, dann hast du die falsche Person eingeladen.«

Da hatte sie nicht Unrecht. Wenn dieser Schulball unsere Freundschaft nicht zerstören sollte, dann sollte ich mich lieber daran erinnern, weswegen wir uns von Anfang an gemocht hatten. Ich holte tief Atem.

»Also, das Schlimmste, was ich ihr gesagt habe, ist, dass ich sie hasse. Das stand ganz am Schluss. Mein letzter Satz.«

»Das ist ziemlich hart. Hast du das wirklich gemeint?«

»Schon irgendwie. Ich hasse sie nicht immer, nur wenn ich daran denke –«

»Dass sie dich nie berührt?«

»Ja. Und was es mit mir gemacht hat und alles. Es hat mich so –« Ich konnte es nicht aussprechen. Ich schnitt eine Grimasse und ballte die Faust vor meiner Brust.

»Ja.« Ich wusste, sie verstand, was ich meinte. »Hast

du den Brief irgendwo hingelegt, wo sie ihn zufällig finden könnte?«

»Den findet sie nicht. Sie geht nie in mein Zimmer. Das gehört zu dem Hände-weg-Grundsatz.«

»Wirst du ihr den Brief irgendwann geben? Ich frage mich manchmal, ob ich, wenn ich meine richtige Mutter jemals treffen würde, ihr dann ein paar von den Briefen geben würde. Ich weiß nicht. Hauptsächlich sind sie für mich.«

»Wahrscheinlich nicht. Obwohl ich manchmal schon möchte, dass sie weiß, wie ich mich fühle. Ich möchte ihr auch wehtun.«

Marisol nickte und schaute hinunter in ihre leere Tasse. »Gio, ich hab dir das Gedicht nicht geschickt, um dir wehzutun. Ich wollte nur, dass du weißt, was ich denke.«

Das Gedicht. Ich hatte mir inzwischen schon fast eingeredet, dass es nur irgendein Gedicht war, das ich lesen sollte, und keine verschlüsselte Botschaft.

»Ich war mir nicht so ganz sicher, was du damit gemeint hast«, sagte ich.

»Dann hörst du immer noch nicht zu«, sagte sie und starrte an der gegenüberliegenden Wand zwei Rettungsringe an.

Eine oder zwei Minuten lang sagte ich nichts. Das Licht war inzwischen noch gedämpfter, was gut war. Ich wollte nicht, dass mich alle sehen konnten. Es gibt nichts Besseres, als unsichtbar zu sein.

»Einen Teil davon verstehe ich«, sagte ich leise. »Aber warum sagst du, dass du mich bald verlässt? Und was ist das ›Anfangsgeheimnis‹, das wir gelöst haben?«

Sie sah hinunter auf ihren Schoß. »Zu schwierig, um

darüber zu reden. Ich habe Angst, dass du es falsch verstehst.« Ihre Stimme war sehr leise geworden, als würde sie sich schon jetzt von mir entfernen.

»Ich verstehe überhaupt nichts! Ich weiß nicht, was so falsch sein soll!« In diesem Augenblick hatte ich das Gefühl, als wäre niemand sonst im Raum. Ich wollte nur mit Marisol zusammen sein; ich wollte, dass auch sie nur mit mir zusammen sein wollte und mit niemand anderem.

»Gio, mein Freund«, sagte sie und lächelte traurig. »Du hast gewonnen. Lass uns tanzen.« Sie stand auf und streckte mir ihre Hand entgegen.

Zuerst war ich frustriert, weil sie nur mit mir tanzen wollte, damit sie sich nicht weiter mit mir darüber unterhalten musste, was zwischen uns los war. Aber als ich aufstand und ihr zur Tanzfläche folgte, verschwand das Gefühl. Ich redete mir ein, ein Wunder sei geschehen: Marisol wollte mir so nahe sein wie ich ihr.

Eine ihrer Hände lag in meiner und die andere legte sich sanft auf meine Schulter und wir begannen uns langsam vor und zurück zu wiegen. Ich vergaß sofort, dass ich mich auf diesem lächerlichen Schulball befand. Ich wusste nicht, *wo* ich war, ich war allein mit Marisol, sie lehnte ihren Kopf an meine Brust, ihre Haare kitzelten mein Kinn und ihr Körper wiegte sich mit mir im gleichen Rhythmus.

Ihre Hand auf meiner Schulter bewegte sich, wie ein Streicheln. So erschien es mir wenigstens. Es war so klar: Sie berührte mich, anstatt die Dinge in Worte zu fassen. Sie *berührte* mich. Kleine Wellen breiteten sich von der Stelle aus, auf der ihre Hand lag, und durchliefen meinen ganzen Körper, setzten mich unter Strom.

»Das ist das ›Anfangsgeheimnis‹, Gio«, sagte sie leise. »Vorher konnten wir keinen an uns heranlassen. Jetzt können wir es.«

So viele wunderbare Gefühle flossen durch mich hindurch, dass ich dachte, ich würde zerbersten. Das war es also, was die Leute meinten! So fühlte es sich an! Ich zog Marisol dicht an mich heran, legte beide Arme um sie und vergrub mein Gesicht in ihren Haaren.

Ich fühlte, wie sie steif wurde und mich wegschob, aber ich hielt sie fest.

»Moment mal, Gio«, sagte sie. »Was soll das?«

Ich küsste sie oben auf den Kopf und versuchte die richtige Position zu finden, um ihr Gesicht zu küssen, mich zu ihren Lippen hinabzuarbeiten, aber sie wand sich aus meiner Umarmung, stieß mich von sich.

»Herrgott noch mal, Gio. Das habe ich doch nicht gemeint!«

Etwas lief entsetzlich falsch, aber ich konnte sie nicht loslassen. Ich glaube, mir war klar, dass ich sie niemals mehr würde halten können, nachdem ich sie losgelassen hätte. Sie trat mit Wucht auf meinen Fuß und zerquetschte mit ihrem Absatz drei oder vier meiner Zehen.

»Lass mich los!«, sagte sie und ich musste gehorchen. Wahrscheinlich beobachteten uns inzwischen eine Menge Leute, denn Marisol hatte nicht leise gesprochen.

»Genau das war's, was ich mit meinem Gedicht sagen wollte! Du hörst mir nicht zu! Wir hatten was Schönes laufen, ein gutes Gefühl. Wir haben uns gegenseitig einen Schritt weitergebracht, aber du willst es zu etwas machen, was es nicht ist!«

»Es tut mir Leid. Ich dachte –«

»Du hast nichts gedacht! Du bist ein *Mann!*«, schrie sie und schleuderte mir die Beschimpfung entgegen, die sie offensichtlich als die größte Beleidigung in ihrem Wortschatz empfand.

»Was ist denn los, John?« Brian tauchte auf und legte mir eine Hand auf die Schulter, während Emily hinter ihm herumschlich.

»Ich sollte nicht hier sein. Das ist los«, sagte Marisol.

»Natürlich solltest du –«, fing der gute Bri an.

»Mein lieber Brian, ich bin eine Lesbe. Was dein Freund *John* weiß, aber nicht glauben will.«

»Das ist nicht fair!«, schrie ich.

»Ich gehe jetzt«, sagte sie und wandte sich dem Ausgang zu. »Du kannst ja mit deinen Freunden hier noch rumsitzen und darüber diskutieren, ob ich fair bin oder nicht. Mir ist das völlig egal.«

Ich stand da neben Brian und sah Marisol nach, die aus der Tür stürmte.

»Will sie nicht in der Limousine zurückfahren?«, fragte Emily und klang fürchterlich traurig.

Das gab mir den Rest; ich rannte hinter Marisol her. Bis ich den Ausgang erreichte, war sie schon einen halben Häuserblock weit die Straße hinuntergelaufen. Das Kleid hatte sie mit einer Hand hochgerafft, mit den Stiefeln kam sie schnell voran.

»Marisol, warte!«, schrie ich.

»Komm mir bloß nicht nach!«, brüllte sie zurück.

»Natürlich komme ich«, sagte ich und begann zu laufen. »Du weißt ja nicht mal, wo du bist!«

»Das finde ich schon raus!« Sie marschierte weiter, wurde aber, als ich sie eingeholt hatte, etwas langsamer.

»Du hast mich leicht einholen können. Dieses verdammte Kleid, das ich nur *dir* zuliebe angezogen habe, ist wie eine Fußfessel!«

»Hör zu, ich weiß nicht, was los ist. Könntest du mir mal einen Tipp geben?«

»Du weißt nicht, was los ist? Wie bist du nur darauf gekommen, plötzlich über mich herzufallen?«

Dass sie meine zarten Annäherungsversuche als »über sie herfallen« bezeichnete, war mehr, als mein Ego in diesem Augenblick ertragen konnte. »Was sollte dann dieser ganze Scheiß mit dem ›Anfangsgeheimnis‹? Und warum hast du deine Hand so an meiner Schulter bewegt? Was soll ich darüber denken?«

»Meine Hand an deiner Schulter bewegt–?« Marisol stand da in ihrem majestätischen Kleid, kleine Segelboote schwankten im friedlichen Hafen hinter ihr auf und ab (Liebesboote?), der Vollmond oben erklärte diese Frühlingsnacht zu einer von denen, über die Menschen Lieder schreiben. Nur mein Date war fuchsteufelswild.

»Du glaubst, dass ich dir was vorgemacht habe? Ich habe dir schon am ersten Tag gesagt, dass ich lesbisch bin. Hast du einfach beschlossen, das nicht zu glauben?«

»Wenn du nicht gewollt hast, dass ich dich als meine Freundin betrachte, dann hättest du dich auch nicht so aufmachen sollen!«

Das ließ sie innehalten. »Wie *so?*«

»So – schön.« Bis zu dem Augenblick, in dem ich das sagte, war mir dieser Gedanke nicht einmal bewusst gewesen.

Ich konnte sehen, dass Marisol sich nicht ganz klar darüber war, wie wütend sie über so ein Kompliment sein sollte. Sie starrte eine Weile meine Knopflochrose an, bevor sie antwortete. »Ich hätte also einen Overall und ein T-Shirt anziehen sollen, damit du nicht durcheinander kommst?«

»Ich wollte nur sagen, es ist ganz schön schwierig, nicht zu vergessen, dass du nicht zu haben bist, wenn du dich so anziehst. Das ist alles.«

Nun hatte sie ihre Wut wieder gefunden. »*Nicht zu haben?* Und was genau hat dieses Kleid dir signalisiert, für *was* ich zu haben bin?«

»Das habe ich nicht gemeint –«

»Offensichtlich doch! Meine gequetschten Rippen beweisen es!«

Warum war sie nur so uneinsichtig? Ich sage ihr, dass sie schön ist, und sie bezeichnet mich als Schwein! Plötzlich fühlte ich, wie meine eigene Sicherung durchbrannte. Ich trat einen Schritt zurück, streckte ihr meinen Finger (ich gebe es nur ungern zu) wie eine Pistole entgegen und explodierte: »Fick dich, Marisol. Fick dich doch selbst!«

Einen Augenblick lang blieb sie bewegungslos stehen und ließ die Attacke über sich ergehen. Dann verzog sich wütend ihr Gesicht und sie schlug zurück: ein stechender Schlag in mein Gesicht und dann, bevor ich ausweichen konnte, ein zweiter als Zugabe.

»Ich kann es nicht glauben, dass ich jemals gedacht habe, wir wären Freunde«, sagte sie. »Ich hab mich wirklich in dir getäuscht, Gio.« Ich meinte, Tränen in ihren Augen zu sehen, aber sie drehte sich schnell um und ging weg, während ich noch mein Kinn nach eventuellen Brüchen untersuchte.

Ich sah ihr nach, wie sie wegging, und dachte zuerst: Gut so – ich brauche mich nicht so beschimpfen zu lassen. Und kurz danach: Sie hat mich sowieso nie richtig verstanden. Was sich dann schnell verwandelte in: Ich habe sie überhaupt nie verstanden. Es dauerte nicht lange, bis ich ihren schmalen Rücken verschwinden sah und dachte: Hier geht die einzige Person, die sich jemals für mich interessiert hat.

Als ich sie dann eingeholt hatte, flossen die Tränen. Meine zumindest. Sie hatte die ihren besser unter Kontrolle. (Ich versuchte, meine Tränen zu ignorieren. Es war so seltsam; ich konnte mich überhaupt nicht erinnern, wann ich das letzte Mal wegen irgendetwas geweint hatte. Wo kamen diese verdammten Dinger nur her?)

Sobald Marisol mich hinter sich hörte, drehte sie sich um und schrie mich an: »Du hast ihnen nicht gesagt, dass ich lesbisch bin! Du hast mir nicht gesagt, dass wir in diesem bescheuerten Auto fahren würden! Du hast mir nicht einmal deinen *Namen* gesagt! Du hast bei J. D. Salinger geschworen, dass du mich nie anlügen würdest, du Scheißkerl, und dann hast du's doch getan. Die ganze Zeit hast du mich angelogen!«

»Es tut mir Leid. Ich wollte dich, vor allem dich, nicht anlügen.« Ich versuchte ihre Hand zu nehmen, weil ich meinte, sie würde mir vielleicht glauben, wenn ich sie berührte, aber sie zog sich vor mir zurück. Noch jemand, den ich nun nicht mehr berühren durfte.

»Zuerst versuchst du mich zu küssen, dann sagst du: ›Fick dich doch selbst, Marisol‹, wobei du genau *weißt*, dass es mich verletzt –«

»Das hab ich nur gesagt, weil du *mich* verletzt hast.«

»Gio, ich hab dich nie angelogen. Wenn es dich verletzt hat, dann deshalb, weil du dir etwas eingebildet hast, was nicht da war.«

»Da *war* etwas! Jetzt lügst *du*. Wir haben das ›Anfangsgeheimnis‹ gelöst – das hast du gesagt!«

Sie hörte auf mich anzuschreien und schob ihre Finger unter ihre Ponyfransen, als wollte sie sich ihr Gehirn massieren. Es war gut, dass wir mit dem Schreien aufhörten, weil einige misstrauische Verandalichter in dieser reichen Wohngegend schon angegangen waren und bestimmt schon ein paar Zeigefinger sich bereitmachten, die 110 zu wählen.

»Ja, okay«, sagte sie. »Aber ich meinte damit etwas anderes – nicht, was du denkst.«

»Nicht?«

Sie holte tief Atem und sah mir in die Augen. »Nein, nicht Liebe. So eine Art – tiefer Verbundenheit –« Sie legte ihre Hand auf ihr Herz. »Was etwas anderes ist. Und deshalb muss es jetzt aus sein.«

»Nein! Marisol, ich liebe dich!«, sagte ich und musste die Worte unbedingt hinaus in die Welt bringen, auch wenn niemand sie hören wollte.

»Mein Gott«, sagte sie und warf den Kopf zurück, um den Mond um Beistand zu bitten. »Liebe mich nicht, Gio. Nein.«

»Ich kann's nicht ändern.«

Sie seufzte. »Oje, jetzt haben wir alles vermasselt, stimmt's?« Sie lachte dann ein bisschen, also tat ich's auch, obwohl nichts komisch war.

Sie starrte eine Weile lang hinaus auf den Hafen, während ich hilflos ihren Hinterkopf betrachtete. Ein paar mordgierige Hunde kratzten und winselten hinter nahen Türen, in der Hoffnung, irgendwie rauszukommen und uns zu zerstückeln, aber das machte mir weniger Angst als der Gedanke, Marisol könnte niemals sagen, dass sie mich liebte. Endlich packte sie mit beiden Händen fest meinen Arm, was aus irgendeinem Grund fast genauso schmerzte wie ihre Schläge in mein Gesicht.

»Begleite mich zurück zu meinem Auto«, sagte sie. »Und lass uns heute Abend kein Wort mehr reden.«

Na toll – aber genau so machten wir es dann auch.

KAPITEL DREIZEHN

Brian kam am nächsten Morgen um acht Uhr vorbei. Er hatte Emily gerade nach Hause gebracht, war aber zu aufgedreht, um heimzugehen und zu schlafen. Komischerweise war ich froh, dass er aufgetaucht war. Ich wollte irgendwie mit jemand über die ganze Sache sprechen, und da Marisol wahrscheinlich nicht mehr mit mir redete – wen gab es da noch außer Brian?

Wenn ich eine normale Mutter gehabt hätte, dann hätte ich ihr gestern Nacht vielleicht alles erzählt, denn wir kamen ungefähr zur gleichen Zeit nach Hause – sie von ihrem Essen mit Al, ich von meinem abgebrochenen Schulball. Al fuhr gerade ab, als wir ankamen. Bevor ich ausstieg, sagte ich zu Marisol nur noch: »Kann ich dich anrufen?«

»Lass uns darüber schlafen«, sagte sie. »Ich ruf dich an.«

Großartig. Das war also nun das Ende. Ich ging ins Haus und da war Mom, schon halb die Treppe hinauf und mit einem schrecklich zufriedenen Ausdruck im Gesicht. »Bist du nicht etwas früh zu Hause?«, fragte sie und zog am Treppenabsatz ihre Schuhe aus. Ihre Frage verriet mir ein gewisses Desinteresse an den wichtigsten Ereignissen meines Lebens.

»Nein«, sagte ich. »Schulbälle sind immer um halb elf aus.«

»Hast du dich mit deiner Freundin gestritten?«, wollte sie wissen und ließ die Schuhe an ihren Fingerspitzen schaukeln, als wäre sie selbst erst achtzehn Jahre alt. Was war nur mit der Frau geschehen, die jahrelang im Dunkeln gesessen und fast kein Wort herausgebracht hatte?

»Sie ist nicht meine Freundin«, sagte ich und ging auf dem Weg zu meinem Zimmer an ihr vorbei.

»Das hatte ich eigentlich auch nicht gedacht«, sagte sie. »Sie wirkte auf mich ziemlich sonderbar in diesem Kleid.«

»Sie ist überhaupt nicht sonderbar«, sagte ich, aber ich war nicht bereit für einen neuen Streit und Mom interessierte sich offensichtlich nicht genug für mich oder Marisol, um das Gespräch weiterzuführen.

»Also dann, gute Nacht und schlaf schön. Morgen fühlst du dich gleich besser«, zwitscherte sie, bevor ich ihr die Tür vor der Nase zumachte. Welch tiefe elterliche Fürsorge! Das war die Art Ratschläge, wie sie auf Cornflakesschachteln stehen. »Gebrochenes Herz? Schlaf schön und iss am Morgen deine Cornflakes.«

Wie zum Teufel soll man einschlafen, wenn man sich vor jemandem, nach dem man völlig verrückt ist, zum Trottel gemacht hat? Ich lag da und dachte über alle möglichen bescheuerten Dinge nach. Ob Marisol schon mal einen Jungen hatte weinen sehen. Was sie ihren Eltern erzählen würde, wenn sie nach Hause kam. (*Die* würden enttäuscht sein!) Ob sie das Audrey-Hepburn-Kleid jemals wieder anziehen würde. Ob sie es wirklich so abscheulich fand, als ich sie küssen wollte. Wie lange ich es ohne einen Anruf von ihr aushalten würde, bevor ich völlig durchdrehte.

Es war keine gute Nacht. Ich stand früh auf und hatte mein Frühstück schon hinuntergewürgt, als Brian mit ziemlich zerknautschtem Smoking an der Hintertür auftauchte. Seine Haare sahen aus, als hätten bis vor kurzem Schlangen darin gehaust, und am Hals zeigten sich gerade die ersten Verfärbungen von zwei Knutschflecken. Seine Nacht war offensichtlich besser abgelaufen als die meine.

»Mann«, sagte er, als ich die Tür öffnete, »was zum Teufel war denn mit Marisol los?«

»Ich hab versucht, sie zu küssen«, sagte ich und brachte es gleich auf den Punkt.

Er lehnte sich an den Kühlschrank und starrte mich an, als wollte er mein Gehirn erkunden. »Wie kommt's?«, fragte er schließlich. »Ich meine, du hast doch offenbar gewusst, dass sie eine Lesbo ist, oder? Und übrigens, wieso hast du mir das nicht erzählt?«

»Lesbe, nicht Lesbo. Ich *wollte* es dir erzählen, aber du hängst jetzt dauernd mit Emily rum und –«

»Emily hat keine Vorurteile! Du hättest es ihr auch erzählen können!«

»Vielleicht habe ich keine Lust, vor Emily über mein Privatleben zu plaudern! Ich kenne sie kaum. Emily ist nicht mein bester Freund!«

Brian zog sich seine Krawatte aus und schaute auf sie hinab. »Bin ich dein bester Freund?«, fragte er zögernd.

Ich kann ihm eigentlich keinen Vorwurf machen, dass er es nicht wusste, weil ich meistens so tue, als würde ich ihm einen großen Gefallen erweisen, wenn ich mich mit ihm abgebe. Es musste ein Geheimrezept geben, wie viel man Leuten über sich selbst erzählen sollte. Nicht zu wenig, aber auch nicht zu viel. Das war offensichtlich ein Geheimnis, das mir niemand beigebracht hatte. »Wer sollte denn sonst mein bester Freund sein?«, sagte ich. »Du und Marisol, ihr seid meine einzigen Freunde.«

Ein schiefes Grinsen breitete sich auf seinem Gesicht aus. »Stimmt, du und ich haben schon super Sachen zusammen erlebt, was?« Einen Moment lang hatte ich Angst, dass er mich umarmen würde, aber wahrscheinlich hielt ihn mein mürrischer Gesichtsausdruck davon ab.

»Ist Marisol also nun richtig sauer auf dich?«, fragte er.

»Das kann man wohl sagen. Ich habe mehr oder weniger unsere Freundschaft kaputtgemacht.«

»Nur weil du sie küssen wolltest? Ich meine, es würde sie ja nicht gerade umbringen. Oder ist sie gegen Männer allergisch?«

Ich seufzte. »Das ist eine lange Geschichte. Willst du was zu essen?«

Er klopfte sich auf den Bauch. »Ich habe schon nach dem Schulball dort gefrühstückt und dann noch mal bei Emily. Ihre Mutter hat Waffeln gebacken mit Speck dazu, aber die trinken keinen Kaffee. Könntest du mir einen Kaffee machen?«

Allmählich mochte ich das Zeug auch. Während der Kaffee durch den Filter tropfte, weihte ich Brian in das Wesentliche meiner Geschichte ein.

»Wow!«, sagte Brian. »Sie hat extra für dich ein Gedicht geschrieben? Das ist cool.«

»Na ja, es war nicht gerade ein Liebesgedicht. Aber du hast Recht, sie ist ziemlich cool. Ich sag dir, ich habe noch nie jemanden wie sie getroffen.«

»Mann, pass lieber auf. Es klingt, als wärst du in sie verknallt.«

»Bin ich auch. Und das Schlimmste ist, ich hab's ihr gesagt.«

Dieses letzte Eingeständnis machte ihn kurzfristig sprachlos, aber er fasste sich wieder. »Das hab ich nicht mal *Emily* gesagt. Die ganzen Jahre war dir kein Mädchen gut genug und jetzt suchst du dir ausgerechnet eine Lesbe aus.«

»Ich weiß. Ich bin verrückt.«

»Wieso hast du das nur zugelassen? Du hast es doch gewusst!«

»Ich hab es nicht *zugelassen*. Es ist einfach passiert. Ich kann doch nichts dafür, wie ich fühle.«

Aber ich *fühlte* etwas, das war unbestreitbar. Auch wenn mein Magen verschlungen war wie eine Brezel und ich mich nicht ausstehen konnte, weil ich mich wie der letzte Idiot benahm, so geschah doch noch etwas anderes mit mir. Ich fühlte mich wach und lebendig und seltsamerweise fast heiter. Es klingt bescheuert, aber mir war, als hätte ich jahrelang beobachtet, wie die Leute an mir vorbeirannten, während ich am Spielfeldrand festgebunden war und so tat, als wollte ich sowieso nicht mitspielen. Und jetzt war ich endlich losgebunden, konnte auf den Rasen laufen und am Spiel teilnehmen, wann immer ich wollte.

Ich tischte Brian diese metaphorischen Überlegungen nicht auf. Stattdessen ließ ich ihn von seiner Nacht berichten, was er, wie ich wusste, kaum mehr zurückhalten konnte.

Nachdem sie sich in eine verschwitzte Ekstase hineingetanzt hatten, erreichten er und Emily neue Höhen der Leidenschaft – sie hatten eine halbe Stunde lang auf dem Rücksitz der Limousine rumgeknutscht, bevor sie zum Schulball-Frühstück gegangen waren. (Wie unerträglich, der Fahrer von einer Schulball-Limousine zu sein!) Sie saßen dann an einem Tisch mit jemand, den sie von *Sound of Music* her kannten und der einen Flachmann mit Wodka bei sich hatte. Den schüttete er allen in den Orangensaft, nur nicht in den von Emily, weil sie schließlich vollkommen ist. Dann spazierten sie am Strand entlang und betrachteten den Sonnenaufgang, dann beendeten sie die makellose Nacht mit Waffeln und Darjeeling-Tee im Haus der Prines. Brian war hoffnungslos glücklich, was eigentlich irgendwie nett zu beobachten war.

»Brian. Du bist ja schrecklich früh dran.« Die Königinmutter war von ihrem Thronsaal herabgestiegen.

»Ich hab gerade Emily nach Hause gebracht. Sie wissen doch, vom Schulball.« Ich glaube, er genierte sich ein bisschen, weil er so stolz auf sich war. (Das unglückselige Pickel-Erröten setzte ein.)

»Oh, natürlich. Du bist letzte Nacht ja auch zum Ball gegangen. Und du bist, wie ich sehe, ein bisschen länger geblieben als John und seine Verabredung.« Sie kicherte. Ich hielt meine Kaffeetasse mit beiden Händen fest, damit sie nicht heraussprang und den Inhalt auf ihren Morgenmantel ergoss.

Sie wandte sich mir mit einem Lächeln zu, obwohl sie mehr ihr Inneres anzuschauen schien als mich. »Lad das nächste Mal ein Mädchen von hier ein, Johnny. Stadtmenschen sind ein bisschen zu eingebildet, wenn du verstehst, was ich meine.«

Natürlich verstand ich es und es passte mir überhaupt nicht. »Mit ›Stadtmenschen‹ meinst du wohl Dad, oder? Aber ich hatte keine Verabredung mit Dad. Dieser egoistische Scheißkerl war *dein* Fehler.«

Sie zögerte nur einen Moment lang auf dem Weg zum Kühlschrank, in den sie den Saft räumen wollte, und ging dann weiter, als hätte ich nichts gesagt. Aber Brian war schockiert. In seiner Familie sagte man keine hässlichen Sachen zu seinen Eltern.

»Ich geh jetzt lieber, John. Meine Mutter wartet wahrscheinlich auf mich. Sie wird wissen wollen, wie's auf dem Schulball war und so.« Er ging rückwärts aus der Tür und rannte los, wobei er seine Krawatte durch das nasse Gras schleifen ließ. Ich wünschte, ich könnte auch nach Hause laufen. Aber wo wäre das wohl?

»Hat's Spaß gemacht gestern mit Al?«, fragte ich, denn ich wusste, dass sie nach meinem Spruch über Dad nicht als Erste mit mir reden würde.

»Wir hatten einen angenehmen Abend«, sagte sie und leckte geziert den Honig von ihren Fingern. So etwas Verwegenes wie »Spaß« wollte sie nicht zugeben.

»Über was redet ihr eigentlich den ganzen Abend?«

Sie seufzte. »Das würde dich sicherlich nicht interessieren.«

»Doch, ehrlich. Ich würde es gern wissen. Wo er doch mein Stiefvater wird und so –« Ich ging ein wenig näher auf sie zu, dorthin, wo sie, an das Spülbecken gelehnt, stand und an ihrem Toast knabberte. Ich fragte mich, ob sie es überhaupt merkte, dass sie sich im selben Tempo in die andere Richtung von mir weg bewegte.

»Also, letzte Nacht haben wir eine Weile über dich geredet und uns überlegt, was dir den Wechsel in eine neue Stadt ein wenig leichter machen könnte.«

»Welcher Wechsel?« Ich veränderte erneut meine Position, sie tat dasselbe.

»Wenn wir nach Chesterfield ziehen, nach der Hochzeit.«

»Ich ziehe nach der Hochzeit nirgendwohin. Das habe ich dir doch schon gesagt.«

»John, tut mir Leid, aber es wird Zeit, dass du allmählich etwas erwachsener wirst. Bei dieser Entscheidung sind noch andere Menschen beteiligt und wir *werden* umziehen.« Einen Moment lang ließ sie ihren Blick direkt in meine Augen hineinbrennen, dann schaute sie weg. »Du redest über den Egoismus deines Vaters, aber mir scheint, du hast mehr als nur sein gutes Aussehen von ihm geerbt.«

Ich blieb wie angewurzelt stehen. Gerade eben hatte sie mir das letzte Teilchen des Puzzles, an dem ich seit Jahren arbeitete, überreicht. Sie dachte, ich sehe aus wie Dad.

»Würdest du mir bitte das Honigglas reichen?«, sagte ich und streckte langsam, um sie nicht zu erschrecken, die Hand aus. Aus irgendeinem Grund *musste* ich das einfach tun.

Sie umfasste das Glas ganz oben am Rand, sodass sie es mir unbeschadet in die Hand geben konnte. Aber ich war bereit. Meine große Hand, wahrscheinlich so groß wie die meines Vaters, wurde plötzlich lebendig, packte das Glas und ihre langen Finger, alles zusammen, Haut an Haut.

Arme Frau! Sie war so erschrocken über die Berührung mit dem Fleisch ihres eigenen Sohnes, dass sie tief und geräuschvoll den Atem einsog und das Honigglas losließ, damit sie die Hand wegziehen konnte. Natürlich war ich nicht daran interessiert, so etwas Gewöhnliches wie Bienenpollen festzuhalten; ich wollte wissen, wie meine Mutter sich anfühlte. Während ich dastand und ihre starren Finger gepackt hielt, fiel das Glas vor unsere Füße und zersprang. Ein goldener See breitete sich auf den sauberen, weißen Fliesen aus.

Es war die Panik in ihren Augen, weswegen ich ihre Finger nach ein paar Sekunden freigab. Sie sprang zurück, weg von mir, und tat dann so, als wäre sie nur der Schweinerei auf dem Boden ausgewichen.

»Vorsicht mit den Scherben«, sagte sie. »Geh lieber raus.«

»Ich mache es sauber«, bot ich ihr an.

»Nein, nein«, sagte sie. Ich sah, dass ihre Hände zitterten; sie knetete ihre Finger, um Kraft zu sammeln. »Ich mach das schon. Geh du nur rauf.« Im Grunde flehte sie mich an wegzugehen.

»Gut«, sagte ich und verließ die Küche. »Mach du es sauber. Du warst es ja auch, die es nicht festhalten konnte.«

Den Rest des Vormittags versuchte ich zu schreiben. Zuerst holte ich den lahmen Artikel *Erinnerungen aus der Hölle* auf den Bildschirm. Jetzt, da das Leben wirklich zur Hölle geworden war, erschien er noch weniger komisch als zuvor. Eigentlich wollte ich nur über Marisol nachdenken, aber das war eher so, wie wenn man nach einer Wurzelbehandlung ständig mit der Zunge den schmerzenden Zahn befühlen muss. Ich versuchte, ihr einen

Brief zu schreiben, aber eine halbe Stunde nachdem ich »Liebe Marisol« geschrieben hatte, starrte ich noch immer auf das weiße Blatt Papier.

Ich hörte das Telefon klingeln, aber ich gehe nie ran, weil es sowieso nicht für mich ist. (Bevor Mom anfing, mit Al auszugehen, hat das Telefon praktisch nie geklingelt, was irgendwie schön war.) Ich hörte, wie Mom unten im Flur antwortete und dann raufkam. Sie klopfte an meine Tür und schaute verstohlen herein.

»Ich glaube, *sie* ist es. Soll ich sagen, dass du nicht da bist?«

»Was? Natürlich nicht.«

Sie schüttelte den Kopf. »Du musst ein Masochist sein.«

»Häng unten auf, sobald ich abnehme!«

Ich nahm den Hörer ab, wartete auf das Geräusch, wenn der andere Hörer aufgelegt wird. »Leg auf, Mom!« Sie tat es.

»Hallo?«

»Ich bin's«, sagte die vertraute Stimme. Ich bekam sofort einen Adrenalinstoß, mein Herz raste.

»Hey, du bist es«, sagte ich und bemühte mich, nicht zu erfreut zu klingen.

Aber sie war ganz förmlich. »Hör zu, Gio. Ich glaube, wir sollten am nächsten Wochenende zu diesem Treffen fahren. Wir könnten am Freitagnachmittag den Bus hinunter zum Cape nehmen.«

»Das ist super! Ich meine, es könnte ganz interessant werden.« Ich konnte es nicht glauben. Sie war offensichtlich doch nicht wütend auf mich! »Wieso hast du deine Meinung geändert?«

Sie seufzte. »Ich hab heute Morgen mit Birdie geredet.«

Na wunderbar! Nun wusste also Arnold Schwarzenegger Bescheid über meine Demütigung. »Du hast ihm von letzter Nacht erzählt?«

»Gio, ich musste mit jemandem reden. Und wen habe ich denn sonst? Jedenfalls habe ich erwähnt, dass du mit mir zu dem Zine-Treffen gehen wolltest, und Birdie sagte, Provincetown sei ziemlich schräg. Eine Menge Schwule und Lesben wohnen da und verbringen dort ihre Ferien. Klingt wirklich cool.«

»Deshalb willst du also hinfahren?«

»Birdie sagt, ich soll mehr Leute treffen, die so sind wie ich. Ich glaube, er hat Recht.«

»Sagt Birdie. Das Wort des großen Birdie. Also meinst du jetzt, dass du nur mit Homosexuellen etwas gemeinsam haben kannst?«

»Es ist nicht nur das. Gio, du siehst mich einfach nicht als Lesbe. Was auch irgendwie schön ist. Ich musste bei dir nicht betonen, wer und was ich bin, und das gefiel mir. Aber inzwischen sehe ich ein, dass es ein Fehler war.«

»War es nicht! Marisol! Können wir nicht einfach letzte Nacht vergessen? Ich werde so was nie wieder tun!«

»Gio, hör auf! Wie soll denn alles wieder so sein wie vorher? Wir können nicht zurück. *Es ist passiert.* Aber ich glaube, wenn wir nach Provincetown gehen, dann wirst du besser begreifen, wer ich bin. Es wird für uns beide gut sein. Und auch du wirst Leute treffen, solche wie diese Diana Baum.«

»Diana Baum interessiert mich einen Dreck! Ich möchte niemand anderen kennen lernen!«

»Gio, hör dir doch mal selbst zu. Was ist denn mit dem Typen geschehen, der nicht einmal genau wusste, ob er schwul war oder nicht? Wem war das alles egal? Wer konnte überhaupt niemanden leiden?«

Ich ließ mich völlig erschöpft von dieser ganzen Unterhaltung zurück aufs Bett fallen. »Ich weiß nicht. Ich nehme an, inzwischen *kann* er jemanden leiden.«

»Aber er mag die *falsche* Person. Pass auf, Gio, entweder wir gehen zusammen zu diesem Treffen oder wir sehen uns gar nicht mehr. Du kannst es dir aussuchen.«

Eine ganze Weile lang sagte keiner von uns ein Wort. Ich dachte daran, einfach aufzuhängen, aber dann brachte ich es doch nicht über mich.

»Ich habe eigentlich keine Wahl, stimmt's?«, sagte ich endlich.

»Treff mich am Freitagnachmittag am Südbahnhof. Der Bus fährt um vier Uhr dreißig ab.«

»Kommt Birdie auch?« Ich musste es fragen.

»Nein. Er kann Zines nicht ausstehen. Nur du und ich. Noch ein Mal.«

KAPITEL VIERZEHN

Ich war mir sicher, dass ich den Bus verpassen würde. Abends hatte ich Mom erzählt, dass ich vorhatte, den Vorortzug nach Boston zu nehmen, weil Dad eine lange Besprechung hätte und mich nicht abholen könnte. Das hatte ich früher schon mal getan und wusste deshalb, dass bei ihr keine Alarmlämpchen aufleuchten würden. Ich hatte mir überlegt, dass ich, wenn Brian mich von der Schule nach Hause fahren würde, meinen Rucksack packen und den Drei-Uhr-Zug erreichen könnte, bevor Mom überhaupt von der Arbeit nach Hause kam.

Ich hätte ihr von dem Treffen erzählen können. Sie hätte mich wahrscheinlich gehen lassen (aber sie hätte ein großes Trara gemacht, hätte den Busbahnhof angerufen, hätte wissen wollen, wann ich zurückkomme, hätte mir Versprechen abgenommen, mich an irgendwelche Fünfziger-Jahre-Regeln zu halten, die einem das Leben retten), aber wegzugehen, ohne es ihr zu sagen, verstärkte in mir die Phantasie, dass ich mit Marisol weglief und möglicherweise nicht mehr zurückkam.

Ich erzählte Dad während des kürzesten Telefongesprächs aller Zeiten, dass ich dieses Wochenende wieder in Darlington bleiben musste, weil Brians neue Freundin mir eine Verabredung verschafft hatte. Am schwersten zu verstehen war für Dad, dass Brian eine Freundin hatte. Natürlich war er außer sich vor Glück, ein weiteres Wochenende seine Freiheit genießen zu können, obwohl er einen kläglichen Versuch machte, es nicht zu zeigen. Sofort nach diesem Telefongespräch adressierte ich einen Brief an die Marlborough Street und legte den gefalteten Lieber-Dad-Brief hinein. Er würde ihn vorfinden, wenn er am Freitagabend von der Arbeit kam, oder spätestens am Samstag, und da wäre ich schon längst weg.

Wäre der Honigglas-Vorfall nicht gewesen, hätte ich Mom *ihren* Brief wahrscheinlich nie gegeben. Aber ich konnte die Erinnerung daran einfach nicht loswerden: ihr angestrengtes Bemühen, mich auf Distanz zu halten, der Ausdruck von Angst auf ihrem Gesicht, als würde ich mich gleich umdrehen und sie erstechen. Ich legte den Brief auf ihr Kopfkissen und sagte mir, dass Mom und Dad sich bald intensiver mit meinen Gefühlen auseinander setzen müssten, als sie jemals gewollt hatten. Ich glaube, die Tatsache, dass ich ihnen diese Briefe nun aushändigte, überzeugte mich mehr als alles andere davon, dass ich nicht mehr zurückkommen würde.

Ich stand in der Küche und stopfte gerade einen Apfel in meinen Rucksack, als Mom zur Hintertür hereinkam. Ich zuckte wohl zusammen.

»Was ist los?«, sagte sie. »Hab ich dich erschreckt?«

»Nein, du bist heute nur früher zu Hause, sonst nichts.«

»Ich habe Kopfschmerzen. Ich konnte nicht mehr.«

Warte doch erst mal, bis du meinen Brief liest, dachte ich. Ich musste weg, bevor sie hinauf in ihr Zimmer ging.

»Also, bis später«, sagte ich und lief zur Tür.

»Warte doch mal! Musst du jetzt schon gehen? Dein Vater ist doch sowieso in einer Besprechung.«

»Ich möchte noch in die Stadt. Ich muss ein paar Sachen erledigen.«

Sie sah auf die Uhr. »Du könntest doch den Zug um halb vier nehmen. Ich dachte, wir könnten uns ein bisschen unterhalten.«

Ausgerechnet jetzt wollte sie sich unterhalten! Mit dem Halb-vier-Uhr-Zug würde ich es nur knapp schaffen; ich würde von der U-Bahn zum Busbahnhof rennen müssen. Aber was blieb mir anderes übrig?

»Ich gehe nur kurz rauf und hole meine Hausschuhe«, sagte sie.

Das durfte sie nicht. Sobald sie das Zimmer betrat, würde sie den Brief sehen. »Ich hole sie dir!«, sagte ich. »Ich hab oben was vergessen. Meinen – Notizblock.« Ein extra Notizblock konnte nie schaden.

Sie betrachtete meinen Rucksack auf dem Boden. »Sieht aus, als wolltest du den Everest besteigen. Du hast doch bei deinem Dad schon eine Menge Sachen rumliegen. Und warum nimmst du deinen Schlafsack mit? Hat er denn keinen?«

Vielleicht waren diese ganzen Jahre, in denen sie halb komatös vor sich hin gelebt hatte, gar nicht so übel gewesen. Wenigstens hatte sie damals nicht jede Kleinigkeit bemerkt. Ich war mit ihren Hausschuhen und dem Notizblock in Rekordzeit wieder unten.

»Ich glaube, er hat ihn einem Freund ausgeliehen oder so. Und ich schlafe gern im Schlafsack; es ist einfacher, als das Bett zu machen.« Der geborene Lügner schlägt wieder zu. Ich schwor mir, damit aufzuhören, sobald ich die Dinge mit Marisol geklärt hatte und beginnen konnte, ganz *ich selbst* zu sein, was immer das auch sein mochte.

Mom schüttelte den Kopf. »Ich kann mir das verschlampte Junggesellenleben von euch am Wochenende richtig vorstellen.« Und ich konnte mir gut vorstellen, was *sie* sich vorstellte: zwei Playboys, die sich auf Sofas räkeln, mit spärlich bekleideten jungen Mädchen im Arm und durch die Luft zischenden Champagnerkorken.

Sie zog ihre Hausschuhe an und lehnte sich auf der Couch zurück, während ich auf der Stuhlkante hockte, bereit, aufzuspringen und zu gehen. »Also, was ist?«

»Johnny, magst du Al? Nicht als Vater, einfach so als Mann.«

Ich stöhnte. »Ich hab dir doch gesagt, er ist in Ordnung. Aber so gut kenne ich ihn doch gar nicht.«

»Natürlich liebe ich Al, aber manchmal habe ich ein bisschen – Angst.« Sie malte unsichtbare Kreise auf ihren Rock. »Du glaubst doch nicht, dass er das tun würde, was dein Vater getan hat, oder?«

O mein Gott! »Mom, woher soll ich das denn wissen?«

»Du kennst deinen Vater. Du bist jetzt ein Mann. Du weißt, wie Männer reagieren.«

Ich war erstaunt. »Nur weil ich männlich bin, meinst du, kann ich für die gesamte Männerwelt antworten? Sind denn alle Frauen gleich?«

»Nein, aber Männer sind mehr – ich weiß nicht.« Sie seufzte. »Die Wahrheit ist, ich finde es schwierig, Männern zu vertrauen. Seit deinem Vater.«

Ach wirklich! »Hör mal zu«, sagte ich, »Al wirkt auf mich ganz in Ordnung, aber ich kann die Zukunft nicht voraussagen. Ich glaube, du musst einfach über diese Angst-Geschichte wegkommen. Al gegenüber ist es nicht gerade fair, dass er den ganzen Mist ausbaden muss, nur weil Dad abgehauen ist. Wenn du diesmal eine funktionierende Ehe führen willst, dann sollte nicht nur Al daran arbeiten müssen, finde ich.«

Ich kann den Ausdruck auf ihrem Gesicht nicht beschreiben. Es war so, als würde sie mich zum ersten Mal richtig erkennen. »Du hast Recht, John, du hast Recht. Dein Vater hat in dieser Beziehung nichts zu suchen. Sag mal, wo war ich denn die ganze Zeit, während du so klug geworden bist?«

Ich hätte am liebsten etwas Gemeines gesagt wie: »Mom, du hast mich einfach sechs Jahre lang übersehen«, aber sie lächelte mich so nett an, dass ich es nicht sagte. Plötzlich sah ich sie vor mir, wie sie den Brief las, ihren traurigen Gesichtsausdruck. Sie sollte mir lieber auch nicht mehr vertrauen.

»Ich muss los, Mom. Nicht dass ich auch noch den Halb-vier-Uhr-Zug verpasse.« Ich schnappte mir den Rucksack und war zur Tür hinaus, bevor sie auch nur aufstehen konnte.

»Viel Spaß, mein Schatz! Bis Sonntagnachmittag!«, rief sie mir hinterher.

Mein Schatz? Wann hatte sie das letzte Mal so etwas zu mir gesagt? Ich blieb ganz kurz stehen, bis die Liebkosung mich erreicht, sich in meine Ohren hineingebrannt hatte und mein Gehirn versengte. Dann lief ich los.

Als ich um die Ecke gerannt kam, stand Marisol schon auf dem Trittbrett unseres Busses. Ihre Haare standen wie die Krone der Freiheitsstatue vom Kopf ab.

»Gio! Hierher! Ich habe dein Ticket schon!«, schrie sie mir entgegen.

Ich sprang auf und der Fahrer schloss sofort hinter mir die Tür und ließ den Motor an. »Bürschchen, länger hätte ich nicht mehr auf dich gewartet«, versicherte er mir. »Muss schließlich meinen Fahrplan einhalten, ganz egal, was deine Freundin dazu meint.«

Marisol durchbohrte ihn mit einem Röntgenblick und ging mit mir nach hinten zu der Sitzbank, die sie für uns reserviert hatte. Ich warf meinen Rucksack ins Gepäcknetz und ließ mich auf den Sitz fallen.

»Wieso kommst du denn so spät? Ich hab diesen ekligen Fahrer ganze zehn Minuten lang belabern müssen.«

»Meine Mutter wollte sich mit mir unterhalten. Und da ich ihr nicht erzählen wollte, wohin ich gehe, konnte ich ihr nicht sagen, dass ich jetzt unbedingt losmusste.«

»Ich hab's meinen Eltern auch nicht gesagt. Wahrscheinlich rufen sie Birdie an, wenn sie anfangen sich Sorgen zu machen. Er sagt ihnen dann, dass ich zu einer Konferenz gefahren bin, dass er aber nicht weiß, wo. So kriegen sie keinen Herzinfarkt und können mich trotzdem nicht finden.«

»Das ist nicht zufällig eine Lüge?«

»Wieso denn? Birdie weiß nicht genau, wo wir sind, nur in welcher Stadt.« Ich warf ihr einen skeptischen Blick zu. »Ja, gut, es gefällt mir auch nicht, aber es musste sein. Du weißt schon, Fluchtgeschwindigkeit. Sie lassen mir nie Zeit, richtig auf Tempo zu kommen.«

Marisol rannte also auch davon! Vielleicht war die Situation doch nicht so hoffnungslos. »Hast du gemeint, ich lasse dich hängen?«, fragte ich sie.

»Nein. So was tust du nicht.«

Ich lachte. »Sei nur nicht so sicher. Während wir hier

reden, werden wahrscheinlich gerade die schlimmsten Befürchtungen meiner Mutter bestätigt: Wie allen Männern kann sie auch ihrem Sohn nicht vertrauen.«

»Warum?«

»Ich habe ihr den Brief hingelegt. Und der andere ist in der Post, auf dem Weg zu meinem Vater. Also ist die Nabelschnur durchgeschnitten. Ich bin frei.« Das nur auszusprechen gab mir schon das Gefühl, durch das Weltall zu schweben und mein früheres Leben auf der Erde zurückzulassen.

»Du hast ihnen diese Briefe gegeben?«, fragte Marisol. »Du hast doch gesagt, sie seien gemein.«

»Sind sie auch. Sogar grausam.«

»Das klingt gar nicht nach dir, Gio. Du bist nicht grausam.«

Wie kam sie nur dazu, mir zu sagen, was ich war und was ich nicht war? Ich stieß ein dunkles, grausames Lachen aus. »Ich war nur *ehrlich*, Marisol. Zum ersten Mal habe ich ihnen die Wahrheit gesagt. Das war es doch, was ich sollte, oder?«

»Man kann auf verschiedene Arten die Wahrheit sagen, Gio. Wenn man jemanden mag –«

»Ich mag sie nicht. Hast du mir denn nicht zugehört?« Mann, ich kam mir so hart und abweisend vor wie ein alter Einsiedlerkrebs in seinem Muschelhaus. Für wen, zum Teufel, hielt sie sich eigentlich, dass sie mir Lektionen über die Wahrheit erteilte? Was hatte es mir schließlich gebracht, ihr die Wahrheit zu sagen? Plötzlich war mir ganz klar, dass ich nicht mit Marisol durchbrennen würde.

Sie wandte sich ab und schaute aus dem Fenster. Wir

fuhren an den Gaskesseln von Dorchester vorbei, an den eintönigen Vororten einer großen Stadt, kein Ort, wo Hoffnungen hätten entstehen können.

»Gut, wenn du das so siehst«, sagte sie schließlich. »Aber es gibt keine perfekten Eltern. Du bist gerade auf alle und jeden wütend – auf deine Eltern und auch auf mich. Aber wenn du durch die Gegend rast und es jedem zurückzahlst, dann wird alles nur noch schlimmer.«

»Keine Angst. *Dir* habe ich keinen Brief geschrieben«, sagte ich und wünschte fast, ich hätte es getan. Warum sollte ich sie nicht auch verletzen, so wie sie es getan hatte? Ich hatte die Schnauze voll, auf der Straße zu liegen und mich von Leuten mit Lastwagen überfahren zu lassen. Ich war sauer. Falls sie dachte, sie würde das Wochenende mit einem liebeskranken Hündchen verbringen, dann hatte sie sich getäuscht.

»Du kannst mir ja einen Brief schreiben, wenn du willst – Ich weiß, wie man zwischen den Zeilen liest.« Sie lächelte ihr kleines, allwissendes Lächeln, aber ich wandte mich ab und tat so, als würde ich auf der gegenüberliegenden Seite zum Fenster hinausschauen. Ich musste nicht dringend von ihr ausgelacht werden.

Sie holte ein Buch aus ihrem Rucksack, setzte sich bequem hin und schlug ihre dünnen Beine übereinander. Der Bus schaukelte voran, Pendler stiegen an Haltestellen südlich von Boston aus, und als die Sonne durch die Federwolken immer tiefer sank, verfärbte sie sich von Weiß in immer stärkeres Gelb. Als wir dann über die Sagamore-Brücke, die über den Kanal von Cape Cod führt, ratterten und weiter auf die Halbinsel, war Marisol eingeschlafen und ihr Kopf ruhte erst leicht, dann schwerer auf meiner Schulter. Auch wenn ich es mir nicht eingestehen wollte – ich wäre liebend gern für immer und ewig so weitergefahren.

Eine Stunde verstrich auf diese Weise. Die Bäume schrumpften zu strubbeligen Kiefern zusammen; an den Straßen boten Motels und schäbige Muschelbuden den wenigen Vorsaisontouristen ihre Dienste an. Weiter im Norden der Halbinsel türmten sich auf beiden Seiten der Straße Sanddünen auf, als drohten sie, sich wie eine Lawine über den Beton zu ergießen und so beide Sandstreifen wieder miteinander zu vereinigen. Die Straße wand sich noch einmal, und da war ein großer Turm mit einer riesigen blauen Bucht dahinter, in die gerade die orangefarbene Sonne eintauchte. Das Ende der Straße: Provincetown.

»Wir sind da«, wisperte ich und hätte es lieber nicht gesagt.

Marisol setzte sich verschlafen auf. »Entschuldige«, sagte sie verlegen. »Du hättest mich aufwecken sollen. Habe ich auf dein Hemd gesabbert?«

»Kein Problem.« Ich stülpte meine rotzige Persönlichkeit wieder über.

Marisol fragte ihren Freund, den Fahrer, nach dem Bluefish Wharf und er zeigte die Commercial Street hinunter, die Flaniermeile, die sich parallel zum Strand dahinzog. Es war eine sehr enge Straße, voller Autos und Fahrräder und Fußgänger, die sich durch das Gewühle kämpften. Wir sahen eine Frau mit Federn im Haar und einer großen, um die Schultern gelegten Schlange und einen glatzköpfigen Mann, der ein Kleid trug. Marisol war so aufgeregt, dass sie ganz vergaß, mich nicht zu berühren, und mich am Arm packte. Ich versuchte, es nicht wahrzunehmen.

»Schau dir das mal an, Gio! Ist das nicht phantastisch?« Es war tatsächlich irgendwie phantastisch: seltsam und schön und wild und alles zugleich.

Wir stolperten an einem bunt bemalten Laden nach dem anderen vorbei: Leder, Schmuck, Secondhand-Klamotten, Antiquitäten, Hüte, T-Shirt-Läden und Kunstgalerien. Da waren Fischrestaurants und Pizzabuden und einige Bars, die dunkel und geschlossen aussahen. Und hier und da konnte man zwischen den Häusern ein Stückchen Sandstrand erblicken, ein Fischerboot, einen alten Pier und immer wieder das Wasser, das leise gegen diesen schmalen Landstreifen schwappte.

Als die Läden immer spärlicher wurden, entdeckten wir den Wegweiser zum Bluefish Wharf. Schon einen Häuserblock vorher war zu erkennen, dass dort irgendetwas vor sich ging. Girlanden aus Glühbirnen hingen überall herum und Leute sangen zur Begleitung einer Gitarre. Der Ort selbst war ziemlich abgefahren, viele kleine Holzhäuschen und übereinander gebaute Zimmer auf einem langen, alten Kai, an dessen hölzerner Brüstung bunt bemalte Bojen und Wagenräder hingen. Bei unserer Ankunft löste sich am Fuß einer wackeligen Treppe gerade die singende Gruppe auf.

Ein großer Typ mit einem zottigen Bart sah uns und schrie: »He, Neuankömmlinge! Seid ihr Zine-Leute?« Er kletterte vom Strand zu uns herauf.

Ich nickte. »Ich bin Gio – John Galardi und das ist Marisol Guzman. Wir kommen gerade aus Boston.«

»Ja, genau. Ihr seid die beiden, die Diana eingeladen

hat. Ich bin Bill Murdock.« Er streckte uns beiden jeweils eine Hand entgegen und so war es eher wie ein Händeanfassen als ein Händeschütteln. Er war so eine Art Althippie mit zottigen Haaren und ausgefransten Jeans und einem uralten Sweatshirt.

»Herzlich willkommen«, sagte er. »Ihr habt gerade unser Lagerfeuersingen verpasst. Wir haben es so früh gemacht, weil alle in die Stadt wollen, in die Bars. Hier läuft es folgendermaßen ab: Ihr sucht euch ein leeres Zimmer und schmeißt dort euer Zeug rein. Erdnussbutterbrote und Obst findet ihr dort drüben im Büro. Ich organisiere das Ganze mit sehr wenig Geld, deshalb ist das Essen ziemlich einfach.«

Irgendwie passten Lagerfeuer, Bars und Erdnussbutterbrote nicht zum selben Wochenende. Wir schauten uns etwas verloren um. »Ich suche mal Diana. Sie wird sich freuen, dass ihr hier seid.« Er ging die Treppe wieder halb hinunter und rief ein schlaksiges Mädchen mit kurzen, braunen Haaren herbei, die gerade mit einem Gitarrenkasten angelaufen kam.

»Hier sind deine beiden!«, sagte Bill Murdock zu ihr und dann zu uns: »Also bis später dann. Muss meine Tanzschuhe suchen.« Er drehte sich um und ging den Kai hinunter zu einer Hütte ganz am Ende.

Diana sprang wie ein tollpatschiges Hündchen auf uns zu. »Hi! Ihr seid wohl John und Marisol. Schön, dass ihr gekommen seid. Ich war mir nicht sicher.« Sie lächelte erst Marisol an und dann kurz mich. Sie wirkte nervös oder vielleicht ein bisschen schüchtern.

»Vielen Dank für die Einladung«, sagte ich.

»Es ist toll hier«, sagte Marisol. »Direkt am Wasser.«

Diana nickte. »Das gehört alles Bills Eltern. Sie vermieten erst ab Juni an Touristen, deshalb dürfen wir hier übernachten. Wollt ihr euch jetzt ein Zimmer suchen?«

Wir folgten ihr die knarrenden Planken hinunter, die an einer merkwürdigen Ansammlung von Hütten mit Türen verschiedener Größe und Farbe vorbeiführten. Über jedem Eingang war ein Schild mit dem Namen des Zimmers angebracht: Stachelbeere, Dickerchen, Weidenkätzchen, Liliput.

»Was sollen diese ganzen Namen bedeuten?«, fragte ich.

»Oh, das sind die Namen der Katzen von Bills Mutter. Von früher und jetzt. Fast jeder Raum heißt nach einer Katze, obwohl sie weiter unten, als ihr die Katzennamen ausgingen, noch ein paar Hunde reingemischt hat.« Diana klopfte an die Tür von »Weidenkätzchen« und öffnete sie einen Spalt. »Jemand da drin?«

»Belegt!«, schrie eine Stimme zurück.

»Entschuldigung.« Wir gingen weiter den Kai hinunter. »Ich hätte es wissen müssen, ›Weidenkätzchen‹ ist immer ziemlich beliebt. Aber in ›Kürbis‹ ist wahrscheinlich noch niemand.« Sie kletterte eine Leiter zu einer zweistöckigen Hütte hinauf, die leicht schief auf einer anderen thronte. Der Blick von dort oben war atemberaubend. Ganz Cape Cod lag glitzernd vor uns.

»Ja, die hier ist noch frei«, sagte sie und zog beim Eintreten durch die schmale Tür den Kopf ein. »Wollt ihr zusammen in einer Hütte übernachten oder möchtet ihr zwei getrennte? Es wird allmählich etwas voll.« Ihre Stimme klang unbeteiligt; sie wollte nicht den Eindruck erwecken, als würde sie das interessieren.

Ich sah Marisol an. Es gab nichts, was ich lieber und sie wahrscheinlich weniger wollte. »Ist mir egal. Nehmen wir zusammen eine?« Ich versuchte, die lockere Gleichgültigkeit von Diana Baum zu imitieren, aber ich glaube, es gelang mir nicht besonders.

»Fürs Erste ist es okay«, sagte Marisol, ließ ihren Rucksack fallen und betrachtete das kleine gelbe Zimmer, ohne irgendwelche Gefühle zu zeigen. Drei kleine Affen mit ihren Händen auf Augen, Ohren und Mund.

»Und, habt ihr Hunger?«, fragte Diana. Sie hatte die Angewohnheit, von unten durch ihren dicken Pony hochzuschauen, sodass sie einen nie richtig anzublicken schien. Eine Art Schutz, dachte ich.

»Ich sterbe vor Hunger«, gestand Marisol. Wir folgten Diana hinunter zum Büro, das auch eine kleine Küche beherbergte. Diana holte eine Packung Brot aus dem Kühlschrank und ein Glas mit Gelee, beides stellte sie neben die Erdnussbutter auf den Tisch. »Viel gibt es nicht gerade«, sagte sie entschuldigend. »Manche gehen zum Essen in die Stadt, obwohl die meisten eher durch die Bars ziehen.«

»Schwulenbars?«, fragte Marisol. Sie war schon dabei, sich ein Brot zu schmieren. Ich schälte eine Banane, obwohl der Sturzflug meines Herzens in den Magen ihn schon völlig ausgefüllt hatte.

»Die Tanzbars sind meistens schwul, aber jeder kann rein. Dort ist es am lustigsten.« Ich sah Diana genauer an. War sie auch lesbisch? Wie konnte man das feststellen? Es gab keine verlässlichen Zeichen. Vielleicht gaben manche Schwule einem Zeichen, so wie Birdie mit seinem tuntenhaften Geplapper, damit kein Irrtum entstand.

Nicht dass mein Wissen mir bei Marisol irgendwie geholfen hätte.

»Wir sind noch nicht einundzwanzig«, sagte ich.

»Das macht nichts. Viele von den Zine-Leuten sind es auch noch nicht. Solange du nicht versuchst, Alkohol zu bestellen, schmeißen sie dich nicht raus.«

»Also, auf was warten wir noch?«, fragte Marisol.

»Und was hat das alles mit Zines zu tun?«, nörgelte ich. Ich war nicht den ganzen langen Weg hierher gekommen, um mir einen anzusaufen. Auch nicht zum Tanzen. Obwohl ich auch nicht unbedingt bis ganz ans Ende dieser Halbinsel gekommen war, um mir von meinen Kritzel-Kollegen gute Ratschläge zu holen. Eigentlich muss ich zugeben, dass die wahre Motivation meines Hierseins etwas mit der Verzweiflung zu tun hatte, die ich empfand, weil meine Zukunft genauso trostlos und deprimierend aussah wie die Gegenwart. Was immer hier draußen geschehen würde, ich würde es hinnehmen.

Diana zuckte die Schultern. »Heute Abend hat man einfach nur Gelegenheit, die Leute kennen zu lernen. Für morgen hat Bill ein Programm geplant. Aber wenn ihr lieber hier bleiben und die ganzen Zines lesen wollt, die alle mitgebracht haben, dann könnt ihr das natürlich auch tun.« Sie zeigte auf die Zines-Stapel auf dem Boden neben einer durchgesessenen Couch. »Oder vielleicht seid ihr müde.«

»O nein«, sagte Marisol. »Gio ist nie müde. Er möchte tanzen, stimmt's, Gio? Ich finde, wir sollten zusammen gehen!«

»Okay.« Diana sah erfreut aus. »Ich glaube, die meisten von uns gehen zu Butterfield's. Die haben manchmal

Abende, wo sie Oldies spielen und Diskoschlager und so. Darauf kann man gut tanzen.«

»Kommt, wir gehen!« Marisol konnte es nicht mehr erwarten, sich in die Gesellschaft von anderen lesbischen Frauen zu stürzen, um mir zu zeigen, wie lesbisch sie sein konnte, sobald sie mich abserviert hatte. Sie wollte mir ihr Lesbischsein in Aktion zeigen. Und das war das Letzte, was ich wollte.

KAPITEL FÜNFZEHN

So etwas wie bei Butterfield's hatte ich noch nie gesehen. Dunkel, voll und verraucht, so wie man sich Bars vorstellt, aber mit einer riesigen Tanzfläche, auf der sich die verschiedensten Typen zu Diskomusik aus den Siebzigern wanden und stampften, zu diesem dramatischen Sound, dessen Rhythmus einem wie ein Schlag in den Unterleib fährt. Da tanzten Männer mit Männern und Frauen mit Frauen – was nichts Schockierendes für mich war –, aber da waren auch Paare, deren Geschlechterkombination ich nicht hätte erraten können. Die Hälfte der Gäste waren gepierct, gefärbt, getönt, mit Muskeln bepackt und tätowiert. Ich fühlte mich, als hätte ich eine Leuchtschrift über dem Kopf: *naiver Junge, nicht schwul.*

Niemand beachtete uns. Diana entdeckte einen kleinen Tisch, an dem sich sechs oder sieben Zine-Leute zusammengefunden hatten, auch Bill Murdock war dabei. Es gab dort keine freien Stühle mehr, doch Bill sprang auf und stellte uns vor. Ich stand neben Marisol, aber ich glaube, ich hätte die plötzliche Aufladung ihres Energiefelds auch auf der anderen Seite des Raumes spüren können. Am Tisch saßen vier Frauen, von denen drei Marisol unverwandt fixierten und herauszufinden versuchten, ob das, was sie vermuteten, stimmte. Marisol dagegen schaute jeder tief in die Augen, als Bill ihre Namen sagte (Sarah, B. J., June), und hatte offensichtlich Schwierigkeiten, sich auf die anderen zu konzentrieren, deren Namen danach genannt wurden.

Weil alles so eng war, teilten Sarah und B. J. sich einen Stuhl. June rückte zur Seite und machte eine Bewegung zu Marisol, sie solle den ihren mit ihr teilen. Marisol setzte sich vorsichtig hin, Hinterbacke an Hinterbacke mit June, und sah ein bisschen schüchtern aus. Schüchtern? Wem machte sie da was vor? Es gab doch nicht die kleinste schüchterne Faser in ihrem Körper. Oder doch?

Ich versuchte mitzukriegen, was June sagte. Offensichtlich hatte sie *Fluchtgeschwindigkeit* gelesen und überschüttete Marisol nun mit Komplimenten, wie toll ihr Zine doch sei. Sarah und B. J. unterstützten sie dabei; Marisols Zine war ein großer Hit bei der Lesbentruppe. (Ich glaube, *ich* war der Erste, der ihr gesagt hatte, wie toll ihr Zine sei, aber wer war ich denn schon groß? Nur ein normales, nicht vertrauenswürdiges *männliches* Wesen.)

»Ich wünschte, ich hätte so ein starkes Gefühl für mich selbst gehabt, als ich in der High School war«, sagte June. Ich nehme an, sie war Anfang zwanzig. Sie legte den Arm auf die Rückenlehne des Stuhls, auf den sie zusammengezwängt saßen, und neigte den Kopf in Marisols Richtung.

»Ich bin mit der Schule fast fertig. Nur noch ein paar Wochen«, sagte Marisol. »Dann bin ich frei!« In einer ungewohnt mädchenhaften Weise streckte sie schwungvoll einen Arm zur Seite aus und warf den Kopf zurück. Sie war auf einmal so jung und voller Ungeduld, dass ich sie kaum wieder erkannte.

»Möchtest du was trinken?«, fragte mich Diana. Ich hatte fast vergessen, dass sie auch noch da war. »An der Bar gibt es auch alkoholfreie Getränke.«

Ich konnte es nicht mehr ertragen, wie Marisol und June miteinander flirteten. »Willst du tanzen?«, fragte ich Diana. Es war zwar keine Antwort auf ihre Frage, aber sie schien sich über den Vorschlag zu freuen, und so gingen wir auf die Tanzfläche. Wahrscheinlich wollte ich, dass Marisol mich mit jemand anderem sah und wie ich mich ohne sie amüsierte. Nur dass sie gar nicht auf mich achtete.

Zuerst kam ich mir bescheuert vor, zu dieser idiotischen Musik herumzuzappeln, aber der Rhythmus packt einen irgendwann und ziemlich bald gab ich nach und ließ mich hineinfallen. Es war nicht so, dass ich Diana nicht wahrnahm; ich merkte, dass auch sie sich der Musik überlassen hatte. Ihre Haare fielen ihr ins Gesicht, und sie bewegte die Lippen zu einem Lied, das ich noch nie vorher gehört hatte. Wir waren ziemlich gut drauf, fand ich, obwohl es in dem Menschengewühl natürlich keiner bemerkte.

Bei der lauten Musik konnte man sich fast nicht verständlich machen, aber zwischen zwei Songs fragte ich sie: »Kommst du oft hierher?«

Sie schüttelte den Kopf. »Nicht so oft. Ich wohne in Truro, das ist die nächste Stadt Richtung Süden, und ich kriege das Auto nicht so oft. Und außerdem gefällt es den meisten meiner Freunde hier nicht.«

»Warum nicht?«

»Weil so viele hier schwul sind. Da fühlen sie sich nicht wohl.«

»Aber dir macht es nichts aus?«

Sie schüttelte den Kopf. »Ich mag Leute, die keine Angst vor sich selbst haben.«

Ich hätte sie noch mehr gefragt, aber dann dröhnte ein neuer Song los. Schließlich machten wir eine Pause und holten uns was zu trinken. An der Bar, die sich hinter dem größten Lautsprecher befand, war es etwas weniger laut. Und dann sah ich, wie Marisol mit June tanzte, nicht wild wie Diana und ich, sondern langsam und sinnlich, aufreizend, sich mit Blicken festhaltend. Ich wollte wegschauen, aber ich konnte es nicht.

Diana bekam das alles mit. »Marisol ist lesbisch«, sagte sie.

Es war eigentlich keine Frage, aber ich nickte.

»Ich hab ihr Zine gelesen, deshalb wusste ich das, aber dann seid ihr beide – ich dachte, da würde was laufen. Ich war mir nicht sicher.«

»Wir sind nur Freunde«, sagte ich, wandte mich Diana zu und weg von Marisols kreisendem Körper.

Diana lächelte. »Sie ist hübsch.«

Ich schüttete den Rest meines Gingerales hinunter. Langsam fürchtete ich, dass dieses Wochenende meine Gesundheit gefährden könnte. »Weißt du was, ich bin ziemlich müde. Ich glaube, ich gehe zurück und hau mich aufs Ohr.«

»Ist es dir recht, wenn ich mitkomme?«, fragte Diana. »Mir reicht's auch.«

»Klar. Ich sag Marisol nur schnell Bescheid, dass ich gehe.« Okay, ich gebe zu, dass das nur ein Vorwand war, um mit ihr sprechen zu können und das zu stören, was da zwischen June und ihr ablief.

Ich schlängelte mich durch die Tanzenden hindurch und stellte mich neben sie, aber es dauerte eine ganze Weile, bevor Marisol mich bemerkte.

»Was ist?«, schrie sie mir über das Lärmgetöse zu.

»Ich gehe zurück. Mit Diana.« Es würde nichts schaden, wenn sie wusste, dass ich auch nicht allein war.

»Okay. Bis später dann.« Das hatte wohl keinen großen Eindruck gemacht. »Oh, Gio!«, schrie sie dann und ich fuhr herum. »Ich glaube, ich schlafe bei June und Sarah und B. J. Die haben eine große Hütte und genug Platz.«

»Je mehr, umso lustiger«, sagte June und grinste ihr Damit-ich-dich-besser-fressen-kann-Grinsen.

»Wenn du also nicht willst, dass ich dich beim Heimkommen aufwecke, dann stell doch meinen Rucksack einfach vor – welche ist eure Hütte?«, fragte sie June.

»›Königin Viktoria‹. Die ist unter ›Kürbis‹, nur eine Tür weiter«, erklärte June.

»Dann störe ich dich auch nicht«, redete Marisol weiter und lehnte sich atemberaubend dicht an mich, damit ich sie ohne Schreien verstehen konnte, »falls du dich mit Diana zusammentun willst.«

»Diana?«, explodierte ich. »Die kenne ich doch kaum.« Wahrscheinlich hoffte sie, ich hätte auch jemanden gefunden, damit sie kein schlechtes Gewissen haben musste, weil sie mich im Stich ließ.

»Aber du könntest sie kennen lernen. Sie sieht aus, als könnte sie dein Typ sein, Gio«, sagte Marisol lächelnd.

»Und woher willst du das wissen?«, sagte ich so sarkastisch wie nur möglich. Ich hatte genug von ihrem herablassenden Gequatsche. Sollte sie doch schlafen, wo sie wollte. Ich drehte mich um und stapfte hinaus und hätte Diana wahrscheinlich völlig vergessen, wenn sie nicht auf mich gewartet und, sobald wir aus der Tür waren, neben mir hergelaufen wäre.

»Marisol schläft in der Lesbenbude«, verkündete ich und klang fieser als gewollt. »Ich muss ihr Zeug zu ›Königin Viktoria‹ runterschaffen.«

»Ich weiß, wo das ist. Ich zeig's dir.«

Man konnte die Musik von Butterfield's noch einen ganzen Häuserblock entfernt hören, aber allmählich wurde sie immer leiser und verstummte schließlich. Nachdem wir uns vom Zentrum des Ortes entfernt hatten, umgab uns die Stille wie eine Flüssigkeit.

»Wow, es ist so still hier, dass man es fast *fühlen* kann«, sagte ich.

Diana nickte. »Ich glaube, das kommt daher, weil man von Wasser umgeben ist. Das gibt es sonst nirgendwo.«

»Hast du dein ganzes Leben hier in der Gegend gewohnt?«, fragte ich, und plötzlich fielen mir alle die Einzelheiten ein, wie ihre Mutter starb, als sie noch klein war. Zehn Jahre, meinte ich mich zu erinnern. So wie ich damals, als Dad abhaute.

»Wir sind hergezogen, als ich sechs war. Mein Dad schreibt Lieder, was nicht viel Geld einbringt, aber in Truro kann man ziemlich billig leben. Im Sommer macht er den Gärtner für andere Leute und im Winter schreibt er seine Lieder.«

»Klingt wie ein gutes Leben.«

»Finde ich auch. Aber mein älterer Bruder und meine Schwester sehen das nicht so. Sie sind wahrscheinlich eher wie Mom. Sie konnten es kaum erwarten, bis sie erwachsen genug waren und wegziehen konnten.«

»Hat es deiner Mutter hier nicht gefallen?«

»Sie hatte eine Abmachung mit meinem Vater. Sie würde hier fünf Jahre lang mit ihm leben, damit er seine

Liederschreiberei ausprobieren könnte, aber dann müsste er mit ihr zurück nach Boston und wieder Musiktheorie unterrichten. Sie war eine Sängerin; sie hat die ganzen Konzerte und all die Sachen in der Stadt vermisst. Aber von den fünf Jahren hat sie nur noch vier gelebt und Dad ist dann nie weggezogen.«

»Was passiert eigentlich mit seinen Liedern?«

»Manchmal verkauft er eines. Meistens spielt er sie auf dem Klavier oder ich lerne sie auf der Gitarre. Das gefällt ihm.«

Inzwischen hatten wir den Bluefish Wharf erreicht. Wir blieben stehen und schauten eine Weile lang hinaus aufs Wasser. »Ich hatte Glück, dass wir hier waren«, sagte sie. »Woanders, ohne Stille, ohne Wasser und Dünen, die mir Gesellschaft leisteten, wäre es mir viel schwerer gefallen, mit ihrem Tod zurechtzukommen.«

Es war schön, einfach so im Dunkeln zu stehen und hinaus auf den Hafen zu blicken. Inzwischen war ich mir ziemlich sicher, dass Diana nicht lesbisch war. Und ich hatte sogar das Gefühl, dass sie mich ganz gern mochte, was nett war, aber nichts, womit ich etwas hätte anfangen wollen. Wenn ich Marisol nicht haben konnte, dann wollte ich niemanden haben.

»Also wo ist nun die armselige Hütte von Königin Viktoria?«, fragte ich schließlich.

»Ich zeig sie dir.«

Ich folgte Diana den Kai hinunter und da war dann auch »Königin Viktoria« ziemlich dicht bei »Kürbis«. Ich holte Marisols Rucksack herunter und warf ihn durch die Tür. »So, das wär's«, sagte ich und schlug angewidert die Hände zusammen.

»June wirkt manchmal etwas giftig, aber sie ist eigentlich ganz nett«, sagte Diana, als hätte sie meine Gedanken gelesen. »Sie hat vor ein paar Jahren, bevor sie nach New York gezogen ist, in Provincetown gewohnt. Ich kenne sie, weil sie einen Sommer lang zusammen mit meinem Dad in den Gärten gearbeitet hat.«

New York? Das war gut. Also würde Marisol sie von zu Hause aus nicht so oft treffen können. »Sie ist okay«, sagte ich großmütig.

»Du und Marisol, ihr seid euch wohl – sehr nahe«, sagte Diana.

Ich zuckte die Schultern. »Manchmal.« Diana sah mich so intensiv an, dass ich mich abwenden musste.

»Eine Zeit lang war ich ziemlich gut mit einem schwulen Jungen in meiner Schule befreundet. Aber das war ziemlich verwirrend. Ich meine, er war netter zu mir, als jemals ein normaler Junge es zu mir gewesen war, und deshalb mochte ich ihn natürlich auch. Aber er erzählte mir dauernd von den ganzen Jungs, die er mochte, und was sie sich alles sagten – die ganzen Details –, und nach einer Weile hat mich das irgendwie – verletzt. Ich konnte es nicht ändern. Ich glaube, ich wollte, dass er mich auch so mochte, obwohl ich ja wusste, dass er es nie tun würde. Und dann haben wir uns irgendwann nicht mehr getroffen.«

Eine Parabel für unsere Zeit. »Weißt du, ich bin ziemlich müde. Also bis morgen dann, okay?«

»Oh, klar.« Sie sah verlegen aus, und ich hatte ein schlechtes Gewissen, dass ich auf ihre Geschichte nicht reagiert hatte. Aber was sollte ich dazu sagen? *Oh, ich auch! Buhuuu!*

»Frühstück gibt's um neun unten am Strand, das heißt, wenn das Wetter gut ist«, sagte sie.

»Super.« Ich stieg die Treppen hinauf zu »Kürbis«.

»Wenn du was brauchst, ich wohne in ›Bullwinkle‹«, rief Diana mir nach. »Das ist die Hütte ganz am Ende.«

Natürlich war ich nicht wirklich müde; im Gegenteil, ich war so aufgedreht, dass ich bezweifelte, jemals einschlafen zu können, allein, in meiner hübschen, gelben Zelle. Mir fiel ein, dass ich mir ein oder zwei Zines von dem Stapel im Büro hätte holen können, aber die Energie, um vom Bett aufzustehen und noch mal den Kai hinunterzugehen, hatte ich einfach nicht. Stattdessen schmiss ich das Zeug aus meinem Rucksack, bis ich ein altes Exemplar von *Ohne Bedauern* fand, das ich eingesteckt hatte. Natürlich waren die beiden Hefte *Fluchtgeschwindigkeit* auch drin, aber so dringend brauchte ich die Lektüre nun auch wieder nicht. Keine Marisol mehr heute Nacht.

Ich schlug Dianas Zine bei ihrer Autobiografie auf. Nachdem ich sie in echt getroffen hatte, konnte ich sie nun die geschriebenen Worte sagen hören, und zwar überhaupt nicht so gehetzt, wie ich mir diese aneinander gehängten Sätze vorgestellt hatte, sondern langsam, als würden die Wörter in ihr ruhen, bis sie sie freigab. Den letzten Abschnitt las ich mehrere Male: »Wenn man, so wie ich, auf Cape Cod lebt, werden die natürlichen Dinge sehr wichtig – sie helfen dir, den Menschen zu vergeben, die dich verletzt haben, weil du erkennst, dass man Menschen, du selbst mit eingeschlossen, nie so vertrauen kann wie der Natur, weil Menschen nicht verstehen, wie sehr sie einander brauchen –«

Erst vor einer halben Stunde hatte sie zu mir gesagt: »Ich hatte Glück, dass wir hier waren«, als hätte das Wasser die Fähigkeit gehabt, sie sogar nach dem Tod ihrer Mutter zu heilen. Ich war mir nicht sicher, ob ich akzeptieren konnte, dass die Natur so viel Macht haben sollte, aber ich dachte mir, vielleicht würde ich das, was Diana wusste, gerne lernen.

Lange Zeit lag ich da und lauschte auf die Brecher, die am Strand ausliefen, sich dann umwandten und zurück ins Meer eilten. Ich stellte mir Diana unten am Ende des Kais in ihrer Hütte vor, wie sie auf dieselben hypnotischen Geräusche lauschte. Ich hoffte, dass ich hören konnte, was sie hörte.

Nach einer Weile stand ich auf und schrieb ein Gedicht.

Die Sonne knallte durch mein Fenster und weckte mich früh. Ich hatte gestern den Schlafsack auf das Bett gelegt und dabei nicht geahnt, dass ich am Morgen mit so einem weiten Ausblick aufwachen würde. Wenn ich mich nur ein bisschen aufsetzte, konnte ich hinunter auf den sandigen, geschwungenen Bogen von Cape Cod sehen, wo Provincetown zu Truro wurde, und Truro zu Wellfleet, und weiter bis zur Brücke hinüber aufs Festland. Plötzlich fühlte ich mich weit weg von zu Hause, weit weg von meiner neurotischen Mutter und meinem ichbezogenen Vater und weit weg von der Langeweile Darlingtons. Ich war nicht nur entflohen, ich war direkt im Paradies angelangt!

Natürlich tauchten bei den Gedanken an meine Eltern auch eine ganze Menge unbehaglicher, beklemmender Gefühle auf. Inzwischen hatten sie meine Briefe gelesen und waren wahrscheinlich gerade heftig dabei, mich aus ihren Testamenten zu streichen und die Schlösser in ihren Wohnungstüren auszutauschen. Aber ein Blick zurück nützte nichts; die Brücken waren in Rauch aufgegangen.

Ich las das Gedicht nicht noch einmal durch; ich hatte Angst, dass das Tageslicht in Stücke reißen würde, was mir letzte Nacht richtig erschienen war. Ich hatte gehört, wie Königin Viktorias Kammerzofen um Mitternacht von der Bar zurückgekehrt waren, aber ich hatte mich auf die Wellen konzentriert und ihr Lachen hatte mich kaum verletzt.

Ich hatte besser geschlafen als die ganze Woche davor und hatte nach meinem kärglichen, aus Bananen bestehenden Abendessen gewaltigen Hunger, also stand ich auf, um etwas zu essen aufzutreiben. Sobald ich die Tür öffnete, hörte ich jemand unten am Strand Gitarre spielen und ein paar Stimmen, die ein altes Volkslied sangen. Es war kühler als erwartet, der Wind peitschte über das Wasser, und ich ging zurück, um mir ein Sweatshirt zu holen.

Als ich auf der Suche nach etwas Essbarem in Richtung Büro ging, waren die Sänger inzwischen bei einem Lied von Peter, Paul and Mary angelangt. Bill Murdock musste früher als wir anderen aufgestanden sein, denn das Wasser war schon durch die Zweiunddreißig-Tassen-Kaffeemaschine gelaufen und er holte sich gerade einen heißen Becher voll.

»Hallo, guten Morgen«, begrüßte er mich. »John, stimmt's? Du kommst gerade rechtzeitig, um mir bei einer Fünfzig-Mann-Portion Rührei zu helfen.«

»Kann ich erst mal eine Tasse von dem Zeug haben?«

»Bedien dich nur«, sagte er und reichte mir einen Becher aus dem Küchenschrank über seinem Kopf. »Konntest du wegen der Singerei nicht mehr schlafen?«

»Das hat mich nicht aufgeweckt, es war eher die Sonne.«

»Sie hat eine tolle Stimme, findest du nicht auch? Und sie ist auch gut auf der Gitarre.«

»Wer?«

»Diana. Hast du nicht gewusst, dass das Diana ist?«

Ich schüttelte den Kopf. »Ich kenne sie kaum. Wir haben uns nur ein paarmal geschrieben.«

»He, nichts gegen Briefe! Manchmal sagen sich Leute mehr in Briefen, als sie sich jemals von Angesicht zu Angesicht sagen würden.«

Das war für mich, den überragenden Hassbriefe-Verschicker des Bezirks Boston, natürlich nicht gerade eine Neuigkeit.

»Diana ist eine wunderbare Person. Wenn sie dich mag, dann hast du eine Freundin fürs Leben.« Bill stieß mir seinen Finger in die Brust, was ein bisschen bedrohlich auf mich wirkte.

»Sie hat eine schöne Stimme«, sagte ich, was, wie ich selbst bemerkte, ein ziemlich lahmes Kompliment war. Dann erst hörte ich dem Klang, der durch die offene Tür hereindrang, richtig zu. Sie war wirklich gut. Sie besitzt diese Art von Stimme, die nicht nur die richtigen Töne erwischt, sondern den Wunsch in dir weckt, dass sie dein Lieblingslied singen soll.

Bill reichte mir eine Schüssel und eine Gabel. »Die Eier sind im Kühlschrank. Auf geht's.« Unter der Theke zog er einen riesigen Karton hervor, der offensichtlich mit Schachteln voller Muffins gefüllt war. »Eine Spende«, erklärte er. »Ich habe so meine Beziehungen.«

»Sollten wir nicht warten, bis alle aufgestanden sind?«, fragte ich. »Wenn sie gestern Nacht lange weg waren, möchten sie vielleicht ausschlafen.«

»Machst du Witze? Diese Schlafmützen würden den ganzen herrlichen Tag verpennen, wenn es nach ihnen ginge. Die werden jetzt aufstehen und nachher sind sie froh darüber.«

So war Bill, ziemlich locker, aber gleichzeitig bestimmt. Er hatte den ganzen Tagesablauf für uns geplant und wir würden verdammt noch mal seinen Plan nicht über den Haufen werfen. Nachdem er alle zum Frühstück zusammengetrommelt hatte (mit einem persönlichen Trompetenstoß an jeder Tür), erklärte er, wie sich der Rest des Tages abspielen würde: Am Vormittag würde Dean Gunnison, der offensichtlich so eine Art Zine-Lokalgröße war, erzählen, wie er angefangen hatte und wieso er sich entschlossen hatte, sein Zine, *Familienzirkus*, ins Internet zu stellen. Dann würden wir uns etwas bewegen – ein Spaziergang vor dem Mittagessen hinaus zum Wellenbrecher – und danach würden wir alle Auszüge aus unseren Zines vorlesen. Anschließend eine Ausruh- und Lesepause (wie Bill es nannte), bevor wir uns zum Grillen unten am Strand bereitmachten. Dann wieder ein Lagerfeuer und danach konnten wir den Rest des Abends so verbringen, wie wir Lust hatten.

Der Vormittag war nicht schlecht. Gunnison war ziemlich interessant, wenn auch ein bisschen selbstgefällig wegen seines Computerwissens. Als wir dann zu dem

Wellenbrecher hinausgingen, war das Wetter warm und alle banden sich ihre Sweatshirts um die Taille und machten sich über eine Art Felsbrücke auf den Weg zu einem kleinen Fleckchen Strand am äußersten Ende der Halbinsel.

Marisol ging dicht neben June und suchte sich mit ihr einen Weg über die Felsen, aber ich war weit genug von ihnen entfernt, um nicht zu viel darüber nachzudenken. Und überhaupt wollte sie nur etwas beweisen, oder? Ich sah mich nach Diana um, aber sie unterhielt sich mit einer Frau, die ich noch nicht kannte, und im Augenblick hatte ich keine Lust, noch jemand Neues kennen zu lernen. Zu Mittag gab es wieder Erdnussbutter, allerdings war auch noch eine Kiste mit Orangen aufgetaucht, wohl um Skorbut zu verhindern.

Am frühen Nachmittag brannte die Sonne heiß herunter und die meisten von uns zogen Sommersachen an, bevor wir uns am Strand trafen, um aus unseren Zines vorzulesen. Auf diesen Teil hatte ich mich gefreut – Texte zu hören und herauszufinden, wie die Leute, die sie geschrieben hatten, in Wirklichkeit waren.

Sarah fing an mit einem Gedicht über einen Autounfall, den sie vor Jahren mit ihrer Mutter gehabt hatte. Es war so gut, dass die Leute anschließend klatschten. Ich freute mich schon darauf, ihr Zine während der Ausruh- und Lesepause zu lesen.

June war die Nächste. Ich war nicht beeindruckt, aber ich hatte ja schließlich auch meine Probleme mit ihr. Sie hatte ein langes, blödes Ding über Horoskope geschrieben. Ich hatte es nicht einmal verstanden. (Obwohl ich zugeben muss, dass ich mit dem lauten Klopfen und Rauschen in meinen Ohren Schwierigkeiten hatte, überhaupt etwas zu verstehen.)

Jedenfalls kam so einer nach dem anderen dran und die meisten Sachen gefielen mir richtig gut. Diana las ein paar sehr komische Gedichte vor. Marisol las ihren *Flucht*-Text (weil June sie vor allen Leuten richtiggehend darum anbettelte). Ich hatte verschiedene Sachen mit heruntergebracht, Texte, die in der zweiten Nummer von *Bananenfisch* erscheinen sollten, aber damit machte ich mir nur was vor, damit ich nicht nervös wurde. Ich wusste, was ich vorlesen würde. Vielleicht würde ich es später bereuen, aber ich war wohl in einer Phase meines Lebens, in der ich wagemutige Entscheidungen traf. Als ich an der Reihe war, lag das neue Gedicht ganz zufällig oben auf meinem Stapel.

Ich lüge nicht

Ich liege in einer Schindelhütte,
durch die der Wind bläst. Etwas ist mir gefolgt,
den ganzen Weg von Boston zu diesem geschützten
Hafen, in dem ich weniger beschützt bin als jemals
zuvor.
Unsichtbar wie ein Fisch im Ozean
habe ich versucht zuzuhören, um das Geheimnis
von zwei Menschen zu verstehen, die sich
fast berühren konnten, nur hatten sie beide
miteinander gemein,
niemandem zu trauen. Ich lüge nicht, wenn ich sage,
dass ich es versuchte.

Ich liege nicht neben dir
und ich werde es nie tun. Es gab eine Nacht,
da brauchten wir mehr als Zuneigung,
doch keiner wollte es zugeben.
In Wahrheit ist es völlig gleichgültig,
wer die Hose trägt und wer das Kleid, wichtig ist,
wer sichtbar wird für wen.
Du hast mich wirklich gesehen, und ich sah alles, was
du mich sehen ließest;
ich lüge jetzt nicht, und ich hoffe, ich werde es nie tun.

Als ich zu lesen aufhörte, klatschten fast alle, außer natürlich Marisol. Sie saß im Schneidersitz im Sand, hatte ihre dünnen, braunen Beine so ordentlich gefaltet und starrte mit unbewegter Miene hinaus aufs Meer. June jedoch blickte mich an. Sie sah aus, als wollte sie mich mit den Zähnen am Nacken packen und mich gut durchschütteln.

Bill hörte das Telefon vor uns allen; er stand auf und rannte sofort hinauf ins Büro. Während er weg war, begann der Typ neben mir, Michael Irgendwas, mich über Metaphorik auszufragen und mir Komplimente wegen meines Stils zu machen. Er war ein richtiger Lyrik-Liebhaber.

»Marisol!«, schrie Bill. »Für dich!«

Sie rannte an mir vorbei und wirbelte hinter ihren Füßen Minisandstürme auf. Ich stand langsam auf; ein Anruf für Marisol war wie ein Anruf für mich.

Aber Michael legte seine Hand auf meinen Arm. »Nicht für dich. Für das dünne Mädchen vom Lesbenschlafsaal.«

Ich erstarrte. »Was hast du da gesagt?«

»Oh, so haben wir die Hütte getauft, wo die Lesbentruppe sich gestern Nacht versammelt hat. Du hast sie wahrscheinlich nicht gehört, aber ich wohne gleich nebenan. Hat mich die halbe Nacht wachgehalten.«

Ich zögerte einen Augenblick lang und setzte mich dann hin. »Ach so, die Lesbentruppe.« Mein Hals tat weh, als ich das sagte.

KAPITEL SECHZEHN

Die letzten Vorleser waren schon fertig, bis ich Marisol wieder sah. Als ich vom Strand heraufkam, wartete sie, an die Wand gelehnt, vor dem Büro.

»Wer war das?«, fragte ich und ging auf sie zu. Am besten lassen wir die lyrischen Meinungsverschiedenheiten für den Augenblick beiseite, dachte ich, das heißt, falls sie nicht damit anfängt.

Sie tat es nicht. »Birdie. Ich habe ihm für den Notfall die Nummer von hier gegeben.«

»Und was ist der Notfall?«

»Was wohl? Meine Eltern drehen durch. Ihr Baby ist verschwunden.«

»Hat er ihnen gesagt, dass du auf dem Cape bist?«

»Ja. Meine Mutter möchte anscheinend die Nationalgarde einberufen, damit sie nach mir suchen.« Sie seufzte und trat mit dem nackten Fuß gegen das Gebäude. »Übrigens hat meine Mutter deine Mutter angerufen. Sie hat mein Zimmer durchsucht und deine Telefonnummer gefunden. Ich nehme an, sie hat sich gedacht, dass wir zusammen abgehauen sind.«

Ich weiß, es klingt lächerlich, aber das tat mir so gut. Offensichtlich musste ich doch ein wichtiger Teil in Marisols Leben sein, wenn ihre Mutter dachte, wir seien zusammen. »Macht nichts«, sagte ich, »morgen, wenn mein Vater mich nicht zur üblichen Zeit abliefert, hätte sich meine Mutter sowieso gedacht, dass was nicht stimmt.«

»Dein Vater weiß es auch. Birdie hat nicht die ganze Geschichte mitgekriegt, aber es sieht so aus, als wären unsere Eltern seit gestern Abend ständig in Telefonkontakt.«

»Ehrlich? Na gut, wenigstens wissen sie dann, dass wir nicht entführt worden sind oder so. Wahrscheinlich hätte es deinen Eltern was ausgemacht.« Ich merkte, dass June im Hintergrund herumkreiste und nur auf den Augenblick wartete, bis sie zustoßen und Marisol wegschleppen könnte, sobald wir unser Gespräch beendet hatten.

»Ich glaube, ich rufe sie morgen an, bevor ich gehe«, sagte Marisol. Sie warf June einen kurzen Blick zu. »Falls ich Zeit habe.«

Mir fiel auf, dass sie »ich« sagte und nicht »wir«, aber ich weigerte mich, dem irgendwelche Bedeutung zuzumessen. »Gehen wir schon morgen früh los? Ich dachte, der Bus fährt um drei.«

Marisol blickte wieder kurz zu June hinüber und ich konnte mich nicht zurückhalten und drehte mich auch um. June lächelte.

»Gio, ich komme morgen nicht mit nach Boston zurück. Ich fahre mit June und Sarah und B. J. nach New York.«

»Was? Das kannst du doch nicht tun!« Ich war genauso entsetzt, als hätte sie mir verkündet, sie wollte mit Birdie durchbrennen. Sie *verließ* mich, einfach so!

»Natürlich kann ich das.« Sie wandte sich an June. »Ich treff dich dann später in der Hütte. Ich muss jetzt allein mit Gio reden.«

»Okay«, sagte June widerwillig. »Aber verpass nicht die Ausruh- und Lesezeit.«

»Was soll das denn? Sind wir hier im Kindergarten oder was?«, brüllte ich sie an. »Sie ruht sich aus und liest, wann sie Lust dazu hat!« Obwohl ich völlig außer mir war, freute es mich doch, dass June beim Weggehen ziemlich sauer aussah. Jetzt gab es keinen Zweifel mehr, dass ich sie hasste.

Marisol berührte mich leicht am Arm, und ich fuhr zurück, als hätte sie mich mit einem Stock geschlagen. »Komm, wir gehen ein Stück.« Sie ging den Weg hinunter und ich folgte ihr, natürlich. Was hätte ich denn sonst auch tun sollen?

»Ich kann's nicht glauben, dass du mit der abhaust«, sagte ich, als wir einen halben Häuserblock die Straße hinuntergegangen waren. »Du kennst sie doch kaum. Was soll denn an der so toll sein!« Ich hasste den weinerlichen Klang meiner Stimme, wie ein kleines Kind, das nicht zu Hause beim Babysitter bleiben will, kurz vor einem Tränenausbruch.

»Das hat nichts mit June zu tun. Ich bin an ihr nicht interessiert.«

»Warum gehst du dann nach New York? Du hast noch nicht einmal deinen Schulabschluss fertig!«

»Es sind doch nur noch zwei Wochen. Ich gehöre immerhin zu den B&Ts und Stanford hat mich schon angenommen. Meinst du, die geben mir wegen der zwei Wochen meine Abschlusspapiere nicht? Meine Mutter ist schließlich im Schulvorstand!«

»Aber warum jetzt? Ich kapier's nicht!«

»Weil ich jetzt die Gelegenheit dazu habe. Ich mag die

drei, und sie haben mich eingeladen, eine Weile bei ihnen zu wohnen. Vielleicht bleibe ich nur ein paar Wochen. Vielleicht länger. Ich muss das tun, Gio. Ich muss endlich sehen, wer ich bin, ohne dass meine Eltern ständig an mir kleben. Oder du.«

»Kannst du das nicht in Stanford tun?« Ich wusste, dass ich sie anwinselte, aber ich konnte nicht damit aufhören.

»Gio«, sagte sie traurig. Ihre schwarzen Nägel umfassten mein Handgelenk wie zarte Handfesseln. »Ich habe jetzt gerade die Fluchtgeschwindigkeit erreicht. Ich muss gehen.«

Sie ließ mich tatsächlich ihre Hand nehmen und wir liefen schweigend noch ein bisschen weiter, blieben dann stehen und schauten hinunter in das zwischen zwei Strandhäusern hochspritzende Wasser.

»Gio, mir hat das Gedicht gefallen.«

»Wirklich? Es hat dir gefallen?«

Sie nickte. »Es hat mir ein wenig Angst gemacht, aber das ist in Ordnung. Und es ist wahr.« Sie lachte leise vor sich hin. »Wie ist das nur passiert?«

»Was?«

»Dass du mein bester Freund geworden bist.«

Ihre Hand fühlte sich an wie der Teil von mir, der fehlte. »Das Problem ist«, sagte ich, »dass es für mich schwierig ist, dein bester Freund zu sein, nachdem –«

»Halt! Sag es nicht!« Sie zog ihre Hand aus der meinen und hielt sie mir vors Gesicht, als wollte sie meine Worte aufhalten.

»Auch wenn es wahr ist?«

Sie antwortete nicht. Wir standen da, schauten uns

eine Ewigkeit lang an, ihre Augen durchdrangen mich, bis ich schließlich wegsah.

»Lass uns zurückgehen«, sagte sie und drehte sich um. Ich folgte ihr und ließ beim Gehen immer mehr Zwischenraum zwischen ihr und mir entstehen. Händchen halten war nicht mehr angesagt.

Nach gegrillten Würstchen und vegetarischen Burgern (für jeden etwas) holte Diana wieder ihre Gitarre hervor, und Bill bat sie, ein paar alte Simon-and-Garfunkel-Sachen zu spielen. Die meisten kannten die Lieder und sangen mit, aber Dianas Stimme war über allen zu hören und führte die Melodie an.

Ich sang nicht. Wie hätte ich singen können? Ich konnte nur über das Lagerfeuer hinweg Marisol anstarren, die mich verließ. Sie saß zwischen ihren beiden Stützen Sarah und June, und ich hatte eindeutig das Gefühl, dass die beiden sie bewachten. Damit keine gefühllosen Tiere ihr zu nahe kamen: Männer.

Wie hatte das nur geschehen können? Wenn ich auf mein Leben vor Marisol zurückschaute, erschien es mir völlig leer. Ausgelöscht. Übertüncht. Was hatte ich damals getan? Wer war ich gewesen? Und wer konnte ich jetzt sein, ohne sie? Was würde ich tun? Mir irgendwelche Verabredungen von Brian und Emily verpassen lassen? Nein, ich würde allein in meinem Zimmer sitzen und irgendetwas zusammenkritzeln, was keiner lesen wollte. Schmerztriefende Gedichte, die zu peinlich waren, um sie in einem Zine zu veröffentlichen. Wahrscheinlich würde man mich in ein Zimmer drüben in Großmutters Spukhaus einsperren. Al würde zu Mom sagen: »Es ist nur zu seinem Besten, wenn wir es abschließen«, und sie würde eifrig zustimmen. Sie würde nicht wollen, dass ich frei herumlaufe und Leute *berühre*.

Ich blickte mich im Kreis um. Alle klatschten im Rhythmus in die Hände und sangen. Obwohl ich mein ganzes Leben lang allein gewesen war, hatte ich das Alleinsein noch nie so richtig gefühlt. Ich wünschte mir, nur ein einziges Mal im Mittelpunkt zu stehen wie Diana, die alle mit ihrer Stimme berühren und umarmen konnte. Irgendwann schmerzte es dann zu sehr, die ganzen fröhlichen Leute zu beobachten, und so legte ich mich zurück in den Sand und schaute hinauf in die Sterne, das war ein bisschen besser. Die Sterne schienen auch ziemlich einsam zu sein.

Nach ein paar weiteren gemeinsamen Songs sagte Diana, sie würde jetzt gern eines ihrer Lieblingslieder singen, eines, das die meisten wahrscheinlich nicht kannten. Es sei von einem Folksänger namens Bob Franke, den sie schon einmal auf der Bühne gesehen habe. Mir reichte es allmählich mit diesen ganzen warmherzigen Gruppengefühlen, und ich war drauf und dran, mich in Richtung »Kürbis« aufzumachen und den Kopf unter das Kissen zu stecken. Aber als ich mich aufsetzte, schaute Diana mich direkt an, und ich wusste, sie wollte, dass ich blieb und zuhörte.

»Dieses Lied ist ein kleines bisschen traurig, aber auch schön«, sagte sie. »Es heißt *Hard Love*.«

Erstaunlich. Es war, als wüsste Diana, was zwischen mir und Marisol ablief, als wüsste sie, wie mein Leben aussah, denn das Lied schien genau für mich geschrieben zu sein. Die erste Strophe handelte vom Aufwachsen in einem

Zuhause, in dem Liebe schmerzlich war und schwierig, und dann erzählte es von etwas, das ziemlich stark meiner jetzigen verkorksten Situation ähnelte.

»It was hard love, every step of the way,
Hard to be so close to you, so hard to turn away,
And when all the stars and sentimental songs
dissolved today,
There was nothing left to sing about but hard love.

So I loved you for your courage and your gentle
sense of shame,
And I loved you for your laughter and your language
and your name,
And I knew it was impossible, but I loved you just
the same,
Though the only love I gave to you was hard love.«

Dianas Stimme war wunderschön, aber mir war, als würde mich das Lied zermalmen. Ich wagte nicht, Marisol anzusehen. *Hard to be so close to you, so hard to turn away.* Ich zog die Knie an meinen Körper heran und ließ meinen Kopf darauf sinken, damit niemand zufällig in mein Gesicht schaute und sah, dass das Lied irgendwie genau für mich geschrieben worden war – *I knew it was impossible, but I loved you just the same.* Ich war nicht der einzige Mensch, der diese qualvollen Gefühle kannte. Jemand hatte dieses Lied geschrieben; es war jemand anderem auch so ergangen. Plötzlich erkannte ich, dass es sogar meiner Mutter so ergangen war.

»So I'll tell you that I love you even though I'm
far away,
And I'll tell you how you change me as I live from
day to day,
How you help me to accept myself and I won't
forget to say,
Love is never wasted, even when it's hard love.

Yes it's hard love, but it's love all the same,
Not the stuff of fantasy but more than just a game.
And the only kind of miracle that's worthy of the
name,
For the love that heals our lives is mostly hard love.«

The love that heals our lives. Während alle Diana applaudierten und johlten und nach einem weiteren Lied verlangten, kreiste diese eine Zeile ständig in meinem Kopf herum. Ich fühlte mich nicht geheilt – ich war zerstört –, und trotzdem wusste ich, dass es stimmte. Leise schlich ich mich von der Gruppe davon, ohne genau zu wissen, was ich nun wollte, aber sobald ich merkte, dass ich mich in Richtung Büro befand, war mir klar, was ich tun würde.

»Mom? Ich bin's«, sagte ich, als sie sich meldete.

»Johnny! Oh, Gott sei Dank! Wo bist du?« Sie wandte sich vom Hörer weg und sagte: »Es ist Johnny!« Al musste direkt neben ihr stehen.

»Ich bin auf Cape Cod. Hat dir das Marisols Mutter nicht gesagt?«

»Doch, aber *wo* auf Cape Cod? Was machst du da?«

»Wir sind bei einem Treffen, aber ich kann dir nicht genau sagen, wo, denn dann müsstest du es ihren Eltern mitteilen. Und ich kann dir nichts über Marisols Pläne erzählen. Ist auch nicht wichtig. Ich fahre morgen mit dem Bus nach Hause. Ich sollte so um sieben Uhr abends in Darlington ankommen.«

Am anderen Ende hörte ich ein leises Flüstern. »Johnny, John«, sagte Mom, »Al und ich haben uns unterhalten, und wir haben beschlossen, dass es unsinnig wäre, in deinem letzten Schuljahr von Darlington wegzuziehen. Al kann ja jederzeit zu seiner Mutter fahren, wenn sie ihn braucht. Wir bleiben in unserem Haus, bis du ins College gehst. Wie findest du das? Ist das okay?« Ihre Stimme war belegt und zitterte. »Johnny, ich weiß, dass ich eine Menge Fehler gemacht habe. Wir haben nie über Sachen geredet und –«

»Mom«, unterbrach ich sie, »es stimmt nicht, dass ich dich hasse. Deshalb hab ich jetzt auch angerufen. Es tut mir Leid wegen dem Brief.«

Sie brach in Tränen aus. »Oh, Johnny, *mir* tut es so Leid! Ich weiß, ich bin keine gute Mutter gewesen. Ich wusste nicht – ich dachte, du hast ja deinen Vater. Bis er es mir erzählt hat, wusste ich nicht –«

Ich konnte ihr Weinen nicht mehr länger aushalten, mir wurde richtig übel. »Du hast nichts gemacht. Es war nicht dein Fehler«, sagte ich. Aber ich glaube nicht, dass sie mich hörte. Dann raschelte es auf der anderen Seite und Al war dran.

»John? Hier ist Al. Deine Mutter ist im Moment ziemlich durcheinander.«

»Ich weiß. Der Brief, tut mir Leid«, wiederholte ich. Ich war darauf vorbereitet, dass der Typ mir jetzt Vorhaltungen machen würde, was er aber nicht tat.

»Sie meint – es ist ihre Schuld. Aber wenn ihr beiden miteinander redet, könnt ihr es wieder in Ordnung bringen. Es wird schon werden.«

Er klang so vernünftig, und ich wusste nicht, was ich sagen sollte. Ich hatte gedacht, er würde wütend auf mich sein, weil ich Mom diese schrecklichen Sachen geschrieben hatte.

»Dein Freund Brian war fast den ganzen Vormittag hier. Er und seine Freundin haben ständig über der Karte von Cape Cod gehockt, als könnten sie so erraten, wo du bist. Er wollte schon eine Suchmannschaft losschicken mit Bluthunden. John, du hast da einen guten Freund.«

»Ja, ich weiß«, sagte ich. Es war komisch, wenn ich mir die vier vorstellte, zwei perfekte Paare, wie sie da zusammensaßen und sich Sorgen um mich machten – sogar die gute Emily. Natürlich hoffte sie insgeheim, sie würden eine Limousine mieten und so nach mir suchen.

»Könntest du vielleicht Brian anrufen? Damit er weiß, dass ich zurückkomme.«

»Natürlich, mach ich«, sagte Al.

»Danke.« Ich überlegte, ob ich mich jemals schon mit Al unterhalten hatte. Eigentlich nicht, jedenfalls nicht so, dass ich wirklich zugehört hätte, was er zu sagen hatte. Er war kein schlechter Kerl.

»John, vielleicht solltest du noch wissen, dass dein Dad ziemlich aufgebracht ist. Wütend, sollte ich eher sagen.«

Meine Kopfhaut zog sich zusammen. »Wütend? Wieso ist ausgerechnet *er* wütend?«

»Ich sollte mich da nicht einmischen. Es geht mich nichts an. Hier, ich glaube, deine Mutter kann jetzt wieder reden. Also dann bis bald! Und danke, John, dass du angerufen hast.« Er war weg, bevor ich etwas erwidern konnte.

»Johnny? Wegen deinem Vater«, sagte Mom und ihre Stimme war jetzt leise und rau. »Er meint, du seist ihm gegenüber nicht fair und –«

»Fair? Der hat vielleicht Nerven, von ›fair‹ zu reden!«

»Wenn ich nur gewusst hätte, wie es dir mit ihm gegangen ist«, sagte sie und seufzte. »Keiner von uns hat besonders gut mit dem andern kommuniziert.«

»Mom, es tut mir Leid, dass ich dir diesen Brief geschrieben habe, aber bei ihm tut es mir nicht Leid. Mir ist es egal, wenn ich ihn nie wieder sehe.«

»Darüber reden wir, wenn du zu Hause bist. Aber Johnny, es war nicht nur seine Schuld. Ich war einfach nicht die richtige Frau für ihn. Das weiß ich jetzt. Manchmal verliebt man sich in den falschen Menschen.«

Was konnte ich dazu schon sagen? *Schwierige Liebe*, da war sie wieder.

»Ich muss jetzt gehen«, sagte ich. Vor der Tür sah ich den Umriss einer Person, und ich dachte, es könnte Marisol sein. »Morgen Abend bin ich zu Hause. Mach dir keine Sorgen.«

Sie fing wieder an zu weinen. »Danke, dass du mich angerufen hast, mein Liebling, danke –« Ich hängte auf und fühlte mich, als hätte ich gerade einen riesigen Berg erklommen und wäre nun zu schwach, ihn auf der anderen Seite wieder hinunterzusteigen. Hinter mir schlug die Fliegengittertür des Büros zu, doch als ich mich umdrehte, stand da nicht Marisol.

»Alles in Ordnung?«, fragte Diana.

Ich würde gern sagen, dass ich mich freute, sie zu sehen, aber das stimmt nicht. Ich war enttäuscht, dass sie nicht Marisol war. »Ja, schon, ich hab nur meine Mutter angerufen. Es ist eine lange Geschichte.«

Sie lächelte. »Ich weiß. Du hast mir in deinem Brief davon erzählt.«

»Ach ja, stimmt. Also, ich geh jetzt ins Bett. Ich bin ziemlich fertig.« Sie stand schweigend da und ich ging an ihr vorbei zur Tür.

»In deinem Brief hast du mir nicht geschrieben, dass du in Marisol verliebt bist.«

Ich hätte gelacht, wenn ich mich nicht fast hätte übergeben müssen. »Und du hast mir nicht geschrieben, dass du Gedanken lesen kannst.«

»Das war nicht so schwierig.«

Ich nickte. »Jetzt weißt du also, was für ein Idiot ich bin.«

Diana stampfte ärgerlich mit dem Fuß auf. »John, hast du mein Lied gar nicht gehört? Ich hab's für *dich* gespielt!«

O Mann! Auf der einen Seite war es so schön, dass Diana da war und Anteil an mir nahm, aber auf der anderen Seite fühlte ich mich so elend, dass sie nicht Marisol war. »Ich hab das schon irgendwie gewusst«, sagte ich ihr. »Es ist ein tolles Lied und du hast es wunderschön gesungen. Danke.« Wir standen sehr nah beieinander, und ich überlegte, wie einfach es doch wäre, mich hinunterzubeugen und sie zu küssen. Ich hatte keine Zweifel, dass sie mich lassen würde. Aber es war unmöglich.

Sie lächelte und zog, wie gestern schon, auf diese schüchterne Art den Kopf ein. »John, wenn du wieder zu Hause bist, schreibst du mir dann vielleicht einmal?«

»Natürlich schreibe ich dir«, sagte ich. »Und schreibst du mir dann zurück?«

Sie nickte. »In Briefen bin ich besser, da kann ich sagen, was ich wirklich meine. Du weißt schon, die Zauberworte.«

Ich legte ihr meine Hand auf die Schulter und drückte sie. So in der Wirklichkeit war sie auch nicht schlecht, aber ich war noch nicht so weit, das laut aussprechen zu können.

»Gute Nacht«, sagte ich. »Bis morgen dann.«

KAPITEL SIEBZEHN

Ich schlief wenig. Sobald der erste Lichtschimmer sich durch die duftigen Vorhänge stahl, stand ich auf. Ich würde noch acht Stunden – einen ganzen Tag voller Veranstaltungen und Gespräche – hier mit diesen Leuten verbringen, und ich hatte vor, einen lohnenden Tag daraus zu machen. Ich würde mir Hefte von all den Zine-Stapeln im Büro mitnehmen und so viele Autoren wie möglich kennen lernen. Es würde ein Tag des Neubeginns sein.

Aber ich machte mir auch nichts vor. Ich war so früh aufgestanden, weil ich nicht wollte, dass Marisol ihre Flucht begann, ohne wenigstens Auf Wiedersehen zu sagen. Es konnte sein, dass sie *niemals* wieder zurück nach Boston kommen würde. Gegen die Kälte des frühen Morgens hatte ich mich dick eingemummelt und lief den Strand entlang. Ich hoffte, dass niemand wie Bill oder Diana mich sehen und mir Gesellschaft leisten würde, aber das tat auch keiner. Ein verlassener Strand bei Morgengrauen war der perfekte Ort, um mich in ein Gefühl der Trostlosigkeit fallen zu lassen, dieses Gefühl noch etwas auszukosten, und es dann wieder in mich hineinzuholen, um es genauer zu betrachten.

Als die Kälte mir dann langsam in die Knochen kroch, hörte ich oben auf dem Kai eine Tür schlagen. Ich ging näher heran, weil ich sehen wollte, wer es war. Natürlich, Sarah und B. J. trugen ihr Gepäck hinaus auf die Straße und verstauten es in ihrem alten Kombi. June kam als Nächste heraus, noch verschlafen und grummelig.

»Ich sehe nicht ein, warum wir nicht wenigstens noch frühstücken können«, beschwerte sie sich. »Ich habe Hunger.«

»Ich hab's dir doch schon gesagt, ich muss heute Nachmittag zu einem Meeting«, sagte Sarah. »Wir trinken unterwegs irgendwo einen Kaffee.«

In diesem Augenblick trat Marisol aus »Königin Viktoria« heraus, den Rucksack auf dem Rücken. Sie stand auf der Mole und sah sich um, als würde sie nach jemand suchen. Und da war ich schon.

»Können wir uns kurz unterhalten?«, fragte ich.

»Ich weiß nicht.« Sie sah leicht verunsichert aus. »Sarah hat's eilig. Ich frag sie mal.« Schnell lief sie zu den dreien hinüber und ich beobachtete sie. June drehte sich zu mir um und warf mir einen fiesen Blick zu, aber Sarah nickte, und so wuchtete Marisol ihren Rucksack in den Wagen und rannte zu mir zurück. Sie lief auf mich zu, als hätte sie sich für mich entschieden. Das machte mich völlig fertig. Ich hätte schreien können. Warum konnte das nicht die Wirklichkeit sein?

»Nur kurz. Sie haben es eilig«, sagte sie.

»Komm hier herunter. Ich habe keine Lust auf Zuschauer«, bat ich sie. Sie folgte mir die Stufen hinunter zum Strand.

»Ich wollte dir nur Auf Wiedersehen sagen, falls wir uns eine Weile nicht sehen.«

»Gio, ich verschwinde ja nicht vom Erdboden«, sagte sie und blickte hinaus aufs Wasser, um mich nicht anzusehen.

»Nein? Für mich fühlt es sich aber so an.«

»Gio –« Sie seufzte genervt. »Du *wusstest* von Anfang an –«

»Ich weiß, ich weiß. Aber das ist jetzt nicht mehr der Anfang. Ich wollte nicht, dass das so passiert.«

Sie sah mir direkt in die Augen, mit einem dieser Blicke, die mich vom ersten Tag an, als ich sie bei Tower Records sah, in einen rückgratlosen Menschen verwandelten. »Gio, du hast mir eine Menge bedeutet. Und ich würde das gern als eine gute Sache in Erinnerung behalten. Nur weil wir nicht –«, sie suchte eine Weile lang nach den Worten und gab es dann auf. »Das heißt aber nicht, dass es nicht wichtig war.«

»War es wichtig?«, fragte ich und wollte, dass sie es mir immer wieder sagte.

Sie lachte dann ein bisschen in dem Versuch, die Situation aufzulockern. »Natürlich war es wichtig! Du weißt doch, dass ich außer dir noch keinen Freund hatte!«

Aber ich konnte nicht lachen. Marisol war der erste Mensch, der *einzige* Mensch, den ich geliebt hatte. Und sie flüchtete vor mir.

Als ich in ihr Lachen nicht einstimmte, schluckte sie hart. »Okay. Ich sag dir jetzt was, aber du musst mir versprechen, dass du richtig *zuhörst*, damit du auch verstehst, was ich sage.«

»Ich versprech's«, sagte ich.

Sie blickte hinunter auf den Sand und bohrte mit ihrem hässlichen, kleinen Stiefel ein Loch hinein. »Ich hab dich auch angelogen.«

»Was? Wann?«

Sie seufzte wieder, als wäre die Nachricht, die sie mir

jetzt mitteilen wollte, eine schlechte Nachricht. »Als du mich zum Schulball eingeladen hast, hab ich so getan, als würde ich die ganze Geschichte nur hassen. Aber so war es nicht. Ich war geschmeichelt und sogar – glücklich.«

»Wirklich?«

Sie deutete mit dem Finger auf mich. »*Nicht* weil ich von da an mit dir gehen wollte – hörst du mir zu?« Sie blitzte mich an, und ich bemühte mich, meine plötzliche Freude zu verbergen. »Sondern weil ich mich mit dir einfach so wohl fühlte. Ich fühle mich fast nie wohl mit Leuten. Mit dir war ich gern zusammen. Und dadurch bekam ich das Gefühl, dass jemandem nah zu sein vielleicht sogar – ganz schön sein kann.«

Wir sagten beide eine Zeit lang nichts, aber ich musste sie fragen: »Und das war das Anfangsgeheimnis?«

Sie nickte und kickte ein Büschel Seegras zurück ins Wasser.

Dann, so leise, dass ich es kaum verstehen konnte, sagte sie: »Mir hat sogar das gottverdammte Kleid gefallen.«

Plötzlich musste ich lachen. »Wirklich?«

Sie zeigte ihr schiefes Lächeln. »Ziemlich bescheuert, was? Ich meine, ich könnte doch jederzeit ein Kleid anziehen, oder? Es gibt keine *Vorschrift*, dass eine Lesbe nicht manchmal ein Kleid anziehen kann!«

»Schau mal an, du kleine Lügnerin«, sagte ich und legte meine Arme um sie. Sie erwiderte meine Umarmung sofort und drückte ihren Kopf an meine Brust.

»Danke, dass du mir gesagt hast, ich sehe schön aus. Du bist der erste Mensch, der das jemals zu mir gesagt hat. Meine Mutter ausgenommen.«

»Und ich danke *dir*«, sagte ich. »Ich danke dir, dass du mich – berührt hast.«

Kurz danach lockerte sie ihre Umarmung. »Ich werde dich vermissen.«

»Ich vermisse dich schon jetzt.«

»Ich dich auch«, versicherte sie mir, schob mich weg und ging auf die Treppe zu. Auf halbem Weg drehte sie sich jedoch um und überreichte mir ein letztes Geschenk. »He, Gio, ich liebe dich auch«, sagte sie. »Sosehr ich es eben kann.« Dann verschwand sie.

Ich ging nicht hinauf, um sie abfahren zu sehen. Ich wollte nicht sehen, wie diese ätzende June sich auf dem Rücksitz behaglich neben Marisol niederließ. Ich blieb unten am Strand, schlang die Arme zum Schutz gegen den Wind um meinen Körper und zitterte unkontrollierbar. Ich zitterte so stark, dass nicht nur meine Zähne klapperten, selbst meine Kiefer schienen aufeinander zu schlagen. Auf eine seltsame Art war es wunderbar.

Die Sonne kündete den neuen Tag an, als ich mich endlich dazu zwang, hinauf in die Hütte zu gehen und mich zum Auftauen unter die heiße Dusche zu stellen.

Bald werden sich die Leute draußen zum Frühstück versammeln. Bill wird seine Trompete vor den ganzen katzenbeschilderten Türen blasen, manche werden müde und sauer aus ihren Hütten treten, andere werden völlig aufgedreht herauskommen, glücklich, dass ein weiteres Stück des Lebens vor ihnen liegt. Diana wacht wahrscheinlich singend auf.

Ich glaube, ich bin bereit, mich ihnen anzuschließen. Sehr aufgeregt, ziemlich ängstlich, doch inzwischen auch empfänglich für alles, was passieren mag.

Hard Love

Schwierige Liebe

Text von Bob Franke

I remember growing up like it was only yesterday,
Mom and Daddy tried their best to guide me on my way.
But the hard times and the liquor drove the easy love away,
And the only love I knew about was hard love.

It was hard love, every hour of the day,
When Christmas to my birthday was a million years away,
And the fear that came between them drove the tears into
my play,
There was love in Daddy's house, but it was hard love.

And I recall the gentle courtesy you gave me as I tried
To dissemble in politeness all the love I felt inside.
And for every song of laughter was another song that cried,
This ain't no easy week-end, this is hard love.

It was hard love, every step of the way,
Hard to be so close to you, so hard to turn away,
And when all the stars and sentimental songs dissolved
today,
There was nothing left to sing about but hard love.

So I loved you for your courage and your gentle sense of
hame,
And I loved you for your laughter and your language and
your name,
And I knew it was impossible, but I loved you just the
same,
Though the only love I gave to you was hard love.

It was hard love, it was hard on you I know,
When the only love I gave to you was love I couldn't show.
You forgave the heart that loved you as your lover turned to go,
Leaving nothing but the memory of hard love.

So I'm standing in this phone booth with a dollar and a dime,
Wondering what to say to you to ease your troubled mind,
For the Lord's cross might redeem us, but our own just wastes our time,
And to tell the two apart is always hard, love.

So I'll tell you that I love you even though I'm far away,
And I'll tell you how you change me as I live from day to day,
How you help me to accept myself and I won't forget to say,
Love is never wasted, even when it's hard love.

Yes it's hard love, but it's love all the same,
Not the stuff of fantasy but more than just a game.
And the only kind of miracle that's worthy of the name,
For the love that heals our lives is mostly hard love.

Bob Franke

Vielen Dank
den Zine-Autorinnen und -Autoren, die mir geholfen haben und mir einen Blick in ihre Welt gestatteten:
Colette Ryder-Hall (*Looks Yellow, Tastes Red*)
W. Lugh Van Droog (*Lugh Spoke*)
Amanda Hughes (*Paranoy*)
Ariel Bordeaux (*Deep Girl*)
Neil Simon (*Gobstopper and automaton*)
Ellen Myre (*Noisemaker*)
Ski-Mask (*Riverside Art Scene*)

Dank auch meinem Lektor, David Gale, und meiner Agentin, Ginger Knowlton.

Und besonderen Dank Ani DiFranco und Bob Franke für die großzügige Erlaubnis, ihre Liedertexte benutzen zu dürfen.